毒島 BUSUJIMA
Illustrator
厄災の王子は素敵なメイドと旅をする
1
サースロッソへの旅路

登場人物
-CHARACTERS-
THE PRINCE OF CURSED
TRAVELS WITH A LOVELY MAID.
ナーナ
ノクス

アイビー
ラノ

- CONTENTS -

THE PRINCE OF CURSED
TRAVELS WITH A LOVELY MAID.

厄災の王子は素敵なメイドと旅をする 1

サースロッソへの旅路

毒島　BUSUJIMA

Illustrator　るいせんと

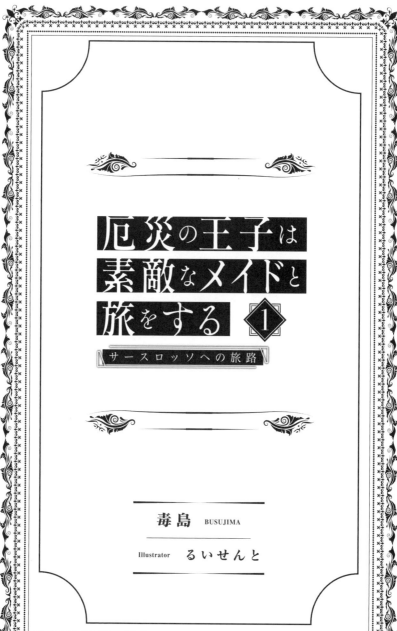

プロローグ ◆ 呪われた王子

よく手入れされた広い中庭に、バシャッという大きな水音が響《ひび》いた。

「まあ、ノクス様！　ごめんなさい、気がつかなくて」

心にもない白々しい声で謝《あやま》る中年のメイドの手には、掃除《そうじ》の後と思《おぼ》しきバケツ。

「……気をつけろ」

黒ずんだ水が直撃《ちょくげき》してずぶ濡《ぬ》れになった少年は、黒い髪《かみ》からぽたぽたと水滴《すいてき》を垂らしながらメイドと目も合わせずに立ち去った。

「さすがにやりすぎじゃない？」

一部始終を見ていた別のメイドが中年メイドにそろりと話しかけた。

「だって、いつ見ても気味が悪いんだもの、あの髪と目」

中年メイドはわざと汚水《おすい》をぶっかけたことを隠《かく》しもしなかった。

「でも、旦那様《だんなさま》に告げ口されたら大変よ」

「あの昼行灯《ひるあんどん》にそんな度胸ないでしょ。旦那様だって全然気にかけてないし」

ひそひそと言う同僚《どうりょう》に対し、フンと馬鹿《ばか》にした様子で少年が立ち去った方向を見る中年メイド。

「それもそうね。弟のラノ様は、今日も公務に同行されてるっていうのに」

同僚も同じ方向に視線を移した。点々と続く水の跡《あと》が中庭から屋内に向かっているのを見て、掃除したばかりなのに迷惑《めいわく》な、と眉《まゆ》をひそめた。

「『呪《のろ》われてるほう』にも王位継承権《けいしょうけん》があるなんて。アコールの恥《はじ》だわ」

中年メイドも水の跡に気付き、自分が原因であるにもかかわらず嫌《いや》そうな顔をした。

「廃嫡《はいちゃく》できないならいっそ、どこかに婿入《むこい》りさせればいいのよ」

「あんなのを押《お》しつけられたら相手の家が可哀想《かわいそう》よ」

クスクスと嘲笑《ちょうしょう》するメイドたちの姿を、二階の窓から見ている赤い髪のメイドがいた。

＊＊＊

水をぶっかけられた黒髪の少年、ノクス・ガラクシアは、よく磨《みが》かれた床《ゆか》に水滴を落としながら広い屋敷《やしき》の中を横切っていく。途中《とちゅう》で正規ルートを通るのが面倒《めんどう》になって窓を乗《の》り越《こ》え、建物の裏手にやってきた。周囲に人影《ひとかげ》がないことを確認《かくにん》して、髪を掻《か》き上《あ》げた。

「あーあ、久しぶりに派手にやられたな」

現れた目は、良く言えばルビーのような、悪く言えば鮮血《せんけつ》のような赤い色だった。犬のように頭をぶんぶんと振《ふ》って水を切り、上着を脱《ぬ》いで適当に絞《しぼ》る。と、

「ノクス様」

どこからともなく現れた若いメイドの顔を見て、ノクスは少しだけ表情を和《やわ》らげた。

「ナーナ」

燃えるような赤い髪と黒曜石のような黒い瞳《ひとみ》を持つ、愛らしい顔立ちのメイド――ナーナは、絞

られて皺《しわ》になった上着と、その持ち主をジトッと見た。

何か言いたげな目にノクスがへらっと笑い返すと、ナーナは目を伏《ふ》せて小さくため息をついた。

「少しくらいやり返せばいいのでは？」

ノクスの手にある濡れた上着を当たり前のように受け取り、かわりにタオルを差し出す。

「どうでもいい。性根《しょうね》の曲がった人間は相手にするだけ無駄《むだ》だ」

ノクスは受け取ったタオルで顔と髪を拭《ふ》き、肩《かた》に引っかけた。身《み》の程《ほど》をわきまえない中年のメイドは、ノクスが生まれる以前から屋敷に勤めている。何か言ったところで今更《いまさら》あの陰険《いんけん》さが変わるとも思えない。

「まあ、ラノがガラクシアを継《つ》ぐ前には、あのババアはどうにかしたいところだなあ」

気に入らない使用人が入ってくるといじめて追い出すような、性根の腐《くさ》った使用人にはぜひ出て行っていただきたいと、ノクスは弟の領主生活を案じて常々思っていた。

「……あのお歳《とし》と性格では、次のお仕事はないでしょうね」

「なんて？」

物騒《ぶっそう》な言葉が聞こえた気がして振り返るノクス。

「王宮に竜《りゅう》の襲撃《しゅうげき》でもあれば次期国王になるかもしれない王子に、よくあのような態度が取れるものだと称賛《しょうさん》をおくっておりました」

「ナーナもなかなか不敬だよ」

はあ、とため息をつくノクスだった。

アコール王国は、世界地図の上半分を占《し》める大陸の西側に位置する大きくも小さくもない国だ。温暖な気候と肥沃《ひよく》な土地に恵《めぐ》まれ、魔術《まじゅつ》と武術をバランス良く推奨《すいしょう》する国策によって安定した国力を持っている。

現国王の弟であるエドウィンは、兄の即位《そくい》後に首都東側のガラクシアという領地を治めることになり、同時に公爵《こうしゃく》となった。

そしてノクスは、そのエドウィン・ガラクシア公爵の息子《むすこ》だ。つまりガラクシア公爵家の嫡男であり、王弟と現国王の二人の息子に次ぐ、王位継承権四位の王族なのだが――。

「下も脱いでください」

「さすがにそれは部屋に戻《もど》ってからかな！」

使用人一同から、ぞんざいな扱《あつか》いを受けていた。

理由は二つ。

一つ目は、ノクスが双子《ふたご》だということだ。

弟のラノ・ガラクシアは母譲《ゆず》りの淡《あわ》い金髪《きんぱつ》と父譲りの青い目を持ち、誰《だれ》もが見蕩《みと》れるほどの美少年だ。

加えて聡明《そうめい》で剣術《けんじゅつ》の腕《うで》も高く、国中から愛される人気者。便宜《べんぎ》上は弟だが、双子なので立場はノクスとほぼ同等。彼《かれ》こそ次期ガラクシア当主に相応《ふさわ》しいという声が多く上がっていた。

「ラノ様に言わないのですか」

「次期当主様は『呪われてるほう』のことなんか気にしなくていいんだ」

濡れた黒髪をくしゃくしゃと掻き、ノクスはポケットに手を突《つ》っ込《こ》んで歩き出す。

理由のもう一つは、ノクスの外見にあった。

顔立ちや背格好はラノとそっくりだが、髪は漆黒《しっこく》で目は魔物《まもの》を思わせる真紅《しんく》。王族の血統はもちろん、アコール国内に黒髪の人間はほとんどいない。赤い目は尚更《なおさら》いない。突然《とつぜん》変異としか思えないその色合いに『ガラクシアの息子は呪われている』という噂《うわさ》が広まった。

双子を産んだ直後に彼らの母親が亡《な》くなったこと、そしてアコール王国が保有していた世界一の銀鉱山に竜が住み着いたことが、より信憑性《しんぴょうせい》を持たせた。

ところがエドウィンは、自分の屋敷にも息子たちにもあまり関心がなかった。元々、ガラクシア公爵の地位に収まったこと自体不満だったと聞く。息子が生まれた後すぐに愛する妻を亡くすと、ますます家に近寄らなくなった。

そしてノクスは、ラノのようにエドウィンの公務に付《つ》き添《そ》うよう指示されることも、貴族学校に通う手続きを取られることもなかった。十五歳《さい》を過ぎた今となっては、もはやいないもののように扱われ、使用人たちからは虐《しいた》げられている有様だ。

「ナーナも、俺《おれ》に構うところを見られないほうがいいんじゃないか」

そんなノクスの世話を唯一《ゆいいつ》しに来るのがナーナだった。私情を挟《はさ》まずきびきびと動く働き者のメイドだが、表情筋だけが仕事をしない。

「面倒な方が寄ってこないのでむしろ好都合です」

四年前、突然エドウィンに連れられて屋敷にやってきたナーナは、ノクスよりよほど権力を持っていた。愛想《あいそ》がなくても、当主直々《じきじき》の採用だったため他のメイドたちは睨《にら》み付けるくらいしかできない。彼女《かのじょ》が来てから、ノクスの生活の質はかなり向上した。

「ナーナがいいならいいけど」

淡々《たんたん》とした効率を重視する性格で、常に冷徹《れいてつ》なところをノクスは好ましく思っていた。

「そんなことより早く着替《きが》えましょう。身体《からだ》を冷やす前に」

「シャワーも浴びたいな。よりによって渡《わた》り廊下《ろうか》を掃除した後の泥水《どろみず》だ」

昼食を取るために近道しようとしたのが間違《まちが》いだった。いや、領主の息子に低俗《ていぞく》ないじめ行為《こうい》をしてくる使用人のほうが間違いなのだが。

「料理長が、昼はサンドイッチでいいかと言っていましたよ」

「じゃあ、丘《おか》のほうに行ってピクニックでもしよう」

自分の前では明るく振る舞《ま》うノクスの後ろ姿を、ナーナはじっと見ていた。

＊＊＊

ガラクシア領主館とも呼ばれる屋敷の敷地は無駄に広い。門から館まで続く庭園はちょっとした散歩コースほどの距離《きょり》がある。裏手には森と、使用人が住む別館。初夏になると一面の花畑になる小高い丘までもが敷地の中だった。

「うん、美味《うま》い」

シャワーを浴びて着替えたノクスは、暖かな春の日差しの中で料理長が作ったサンドイッチを頬《ほお》張《ば》っていた。

「どうぞ」

「ありがとう」

ナーナから差し出された茶を受け取る。まだ花が咲《さ》くには早い丘は、柔《やわ》らかい草原になっていて、くつろぐには最適だった。息苦しいガラクシア家の中で、ノクスが落ち着ける数少ない場所だ。

「ラノが領主になったら、ここに離《はな》れを建てて住もうかな」

冗談《じょうだん》でそんなことを言うと、

「その時には私の部屋も作ってください」

自分で茶を淹《い》れて飲むナーナの一緒《いっしょ》に住むつもりのような言い方に、ノクスは一瞬《いっしゅん》戸惑《とまど》った。どうせ毎朝起こしに来るのが大変だからとか、その程度の話だ。それでも思わせぶりなことを言われると、ノクスは時々勘違《かんちが》いしそうになる。彼女が自分のことを好意的に思ってくれているのではないかと。――そんなわけがないのに。

「その前に追い出されるかもしれないけどね」

公爵家の評判を下げるだけの穀潰《ごくつぶ》しが、好きな相手との幸せな生活を叶《かな》えられることなどない。彼女への想《おも》いを口にすることは一生ないだろうと思いながら、ノクスは草むらに寝転《ねころ》がった。空を漂《ただよ》う雲に指を向け、くるくると緩慢《かんまん》に動かす。と、白い塊《かたまり》が少しずつ形を変え、羽ばたく鳥の形を取った。

「……」

ナーナは、表情を変えず黙《だま》って雲を見上げていた。

ノクスが手遊びに飽《あ》きてまどろんでいると、不意に遠くから草を踏《ふ》む足音が聞こえた。

「ノクス。やっぱりここにいた」

一人で丘を登ってきたのは、先ほども噂をしていた可愛《かわい》い弟、ラノだった。

「おかえり、ラノ。何か用？」

父と共に公務から帰ってきたばかりの弟が、わざわざ自分を探しに来たことに、ノクスは怪訝《けげん》そうに首だけ持ち上げた。

「父様が、一緒に執務室《しつむしつ》に来いって」

用件を聞くなりあからさまに嫌そうな顔をしたノクスを、ラノは複雑そうな顔で見下ろした。

「今更俺に何の用だ？」

「多分、僕《ぼく》たちの成人の儀《ぎ》についてじゃないかな」

アコール王国の法律では、十六歳から成人と見なされる。一般《いっぱん》の国民にとっては単に結婚《けっこん》と飲酒が解禁されるというだけだが、貴族にとってはもっと重要な意味を持っていた。社会の一員として認められるかわりに、権力者としての義務を果たさねばならなくなるのだ。

「そういえば、そんなのがあったな……」

王族ともなれば専用の儀礼があり、国王から爵位《しゃくい》を授《さず》けられるまでが一連の流れだった。

ほら、行こう、と差し出される手を拒《こば》み、ノクスはごろんと横に寝返りを打った。

「俺は見つからなかったってことにして、ラノ一人で行ってきてくれ」

しかし、ラノはわざわざノクスの顔のほうに回り込んで屈《かが》んだ。

「ダメだよ。そんなことするから、父様たちがノクスの力を認めないんだ」

ラノは空を見上げた。ノクスを探す手がかりになった雲の鳥は、風に流されてとっくに原型をなくしていた。

「認めるも何も、『呪われてるほう』に誰も期待なんかしてないだろ？」

事実を口にすると、ラノはノクスと同じ顔で悲しそうに俯《うつむ》いた。

「そんな顔するなって。ラノが領主になって、楽させてくれればいいんだから」

「……とにかく行こう。ナーナも手伝って」

ラノはため息をつくと、ノクスの腕を無理矢理《むりやり》引っ張って起こした。


ラノに引きずられて渋々《しぶしぶ》屋敷に戻ったノクスに、使用人たちの視線が刺《さ》さる。

「今日は兄のほうも呼ばれてるらしい」

「何かしら。いよいよ追放とか？」

「滅多《めった》なこと言うなよ、呪われるぞ」

ひそひそと好き勝手な声が聞こえる中を、居心地《いごこち》の悪い思いをしながら進む。

「ラノ様も、双子だからって構うことないのに」

「お優《やさ》しいんだよ、ラノ様は」

ラノに取り入って出世を望むなら口を慎《つつし》んだほうがいいのに、とノクスは思う。兄と同じで、弟も耳がいい。

「どうしてみんな、ノクス自身を見ようとしないんだ」

案の定、ラノは俯いて唇《くちびる》を噛《か》んだ。

「仕方ないさ。この屋敷では父さんが絶対なんだから」

主君である王弟殿下が蔑《ないがし》ろにしているのだから、兄のほうは取るに足らない。自分たちも蔑ろにしていい。ノクスはその濁《にご》った考え方をどうにかすることをとっくに諦《あきら》めていた。

「父様だってそうだよ。呪いなんてただの迷信なのに」

アコール王国の貴族の間には『双子が生まれるとどちらかが家に災《わざわ》いをもたらす』という言い伝えがあった。

「世の中には、仲良く家を切り盛りしている双子もたくさんいるんだって」

しかし生憎《あいにく》、ノクスとラノが生まれたのは伝統を重んじる王弟殿下の家だ。ノクスは首を振った。

「この髪と目じゃなあ。百人が百人、呪いだと思うだろ」

両親はおろか、双子の弟とも似ても似つかない色を持つ子どもなど、気味悪がられて当然だ。

「実際、俺が生まれてからアコールでいくつか問題が起きてるらしいし。……母さんも死んだ」

「それは僕にも言えることだよ」

ラノは首を振った。もし迷信が本当だとしても、双子なのだから自分が呪われている可能性だってある。もちろん、母が亡くなったのはノクスのせいなどではない。

「僕は、ノクスと二人でガラクシアを守っていきたいのに」

俯いて、ノクスの腕を摑《つか》む手の力を強めた。

「ラノが領主になってくれれば、ガラクシアは安泰《あんたい》だろ？」

剣術を真面目《まじめ》にやっているラノは握力《あくりょく》が強い。ノクスは、ラノの手を空いているもう片方の手で緩《ゆる》めた。そう遠くないうちに確定する未来だ。きっとエドウィンが統治するよりもいい街になると、ノクスは確信に近いものを感じていた。しかし、

「領主ならノクスのほうが向いてるよ、絶対！」

ラノは尚も食い下がった。ノクスはハッと鼻で笑う。

「使用人にも相手にされないのに？」

「それは……」

言《い》い淀《よど》んで暗い顔をするラノを見て、ノクスはため息をついた。

「やめやめ。このやり取りも、きっとこれで最後だ」

幾度《いくど》となく繰《く》り返される言い合いをしているうちに、二人は父の執務室の前に来ていた。

「先に行け」

「もう……」

ノクスが顎《あご》をしゃくって促《うなが》すと、ラノは呆《あき》れながらもノックする。

「ラノとノクスが参りました」

「入れ」

くぐもったエドウィンの声。

「失礼します」

背筋を伸《の》ばして丁寧《ていねい》に入るラノの後ろから、ノクスもそろりと入る。

執務机の向こうで、エドウィンは二人の息子が入ってくる様子をじっと見ていた。ラノと同じ青い瞳に、王弟の威厳《いげん》が覗《のぞ》いている。

ノクスが居心地悪そうにラノの隣《となり》に並ぶと、ようやくエドウィンは口を開いた。

「用件はわかっているだろう。成人の儀についてだ」

予想していたとおりの言葉に、息子たちはお互《たが》いをちらりと見た。

「たしか、アコール王家が所有する迷宮の最深部に到達《とうたつ》する、というものですよね」

ラノが問いかけた。

迷宮とは、古代の魔術師が各地に作ったとされる遺物だ。失われた魔法技術で作られた空間は、現代の技術では取り除《のぞ》けない。しかし内部では魔物が発生するため、定期的な駆除《くじょ》が必要となる。

「十階層にいる迷宮の主を倒《たお》し、核《かく》を取ってくる。それがアコール王家の成人の儀だ」

迷宮には必ず【主】と呼ばれる強力な魔物がいる。迷宮の主には核が存在し、それを取り除くとその迷宮はしばらく沈静化《ちんせいか》するというのが基本的な仕組みだった。

アコール王家の迷宮は、噂や記録を見る限りでは何ということはない簡単な迷宮だ。だが、

「一度核を取ったら、新しい核ができるまでには早くても数ヶ月かかりますよね。ノクスと協力して取ってくればいいということですか？」

ラノの再びの問いに、エドウィンは首を振った。

「二人には競争してもらう。……先に最深部に辿《たど》り着《つ》き核を持ち帰ったほうに、イースベルデの管理を任せる」

イースベルデはガラクシア領東部に位置する農業地帯だ。年間を通して安定した温暖な気候に広がる農地で幅広《はばひろ》い品種の農作物が生産され、アコールの台所と称されている。

「この意味がわかるな」

国家の食料供給の鍵《かぎ》となる要地を任せられるということは、すなわち次期ガラクシア公爵として内定するということだ。

「はい。全力で儀式に臨《のぞ》みます」

ノクスは返事をラノに任せた。

＊＊＊

屋敷の中でノクスを蔑ろにしない者が、ナーナ、ラノに加えてもう一人だけいる。

「今日の隠し味はブルーベリージャムか？」

「よくわかったな」

屋敷の胃袋《いぶくろ》を司《つかさど》る男、料理長のパスカルだ。

「舌だけはエドウィン様やラノ様よりも上だと思うぜ」

自らも貴族の次男でありながら料理人の道を志し、その腕を認められ公爵家の料理長を務めている男は、へっと鼻で笑った。

「『だけ』は余計だ」

軽口を叩《たた》きながらノクスが夕食を取っているのは、厨房《ちゅうぼう》の奥《おく》にある料理長の研究室だ。

いつからか、ノクスは給仕《きゅうじ》すらされなくなった。

空腹で厨房に足を運んでも、料理は余っていないと中を見る前に追い返され、ラノが自分の分を残して持ってきてくれたパンやスープと、屋敷の周りに自生している果物で食い繋《つな》ぐ日々が続いた。

そんな中、同じ屋敷で暮らす双子の栄養状態が違って見えることに気付いたパスカルが、ノクスの首根っこを摑んで厨房に引きずり込んだのが、二人の交流の始まりだった。

パスカルはノクスの食事もきちんと用意していて、当然のように給仕されているものと思っていた。

ところが実際には『あの忌《い》まわしい穀潰しが領主やラノ様と同じものを食べるなんて』と、給仕担当の使用人たちが勝手にくすねて、自分たちで分けていたことが発覚したのだ。

『主君の息子の食事を取り上げて餓死《がし》させようとするとは何事か』とパスカルが激高し、給仕担当者を殴《なぐ》り飛《と》ばしたことで、事態がエドウィンにも伝わった。

ついでに各地の貴族からラノとノクスの二人に贈られていたプレゼントの類いも、ノクスに届けずに着服していた使用人がいたことが発覚した。心優しいラノもこの時ばかりは怒《おこ》り、この事件でかなりの人数が処分されたのだが、ノクスにはどうでもいいことだった。

「このパスカルの美味い飯も、あと何回食べられることやら」

事件の後、ラノは食堂で一緒に食べることを提案したが、ノクスは厨房の気楽さを選んだ。

テーブルマナーもパスカルから直々に叩き込まれたので、ノクスの食べ方はラノよりも綺麗《きれい》だったりする。しかし、それを知るのはナーナくらいだ。

「？　どういうことだ」

意味深なノクスの発言に、パスカルの眉がピクリと動いた。

「今日、成人の儀のことで父さんに呼ばれたんだ」

「……そういえば二人とも、もうすぐ誕生日か」

痩《や》せ細《ほそ》っていた子どもが太々しく成長した姿を、パスカルは感慨深《かんがいぶか》そうに眺《なが》めた。

「俺を体《てい》よく追い出す口実にするには、ちょうどいいだろ？」

音を立てず丁寧に肉を切り分けて口に運びながら、ノクスは他人事《ひとごと》のように言う。

「うーん……。エドウィン様がそんなことをするとは思えんが……」

拾われた恩があるパスカルは、器用に動く銀のナイフとフォークを無意識に目で追いつつ、複雑そうな顔で腕を組んだ。

「まあ、パスカルにとっては立派な主君だろうから。ということで、誕生日の前日は豪華《ごうか》にしてくれ。最後の晩餐《ばんさん》になるかもしれない」

「検討してやる」

パスカルはぶっきらぼうにフンと鼻を鳴らすが、情に厚い男だということをノクスは知っている。

第一章　成人の儀

アコール王家の成人儀式に使われる迷宮《めいきゅう》は、ガラクシア領の中にある。

館の裏手にある森に入り、常緑樹が生《お》い茂《しげ》る中を馬車で一時間ほど進んだ頃《ころ》、突如《とつじょ》現れる石造りの人工物。それが迷宮の入り口だった。

普段《ふだん》は厳重に入り口が封印《ふういん》されており、ガラクシア公爵《こうしゃく》家はその管理を担《にな》っていた。エドウィンが公爵になる前は何代か前の王弟の子孫が公爵家を継《つ》いでおり、ちょうど子どもが生まれず家系が途切《とぎ》れそうになったところを引き継いだ形になる。


そんな歴史と伝統のある古代の遺跡《いせき》を前にして、

「競争、ねえ……」

手入れの行き届いた軽鎧《けいがい》と剣《けん》、そして背中に弓を携《たずさ》え、ノクスは小さくため息をついた。

少し離《はな》れたところに張られたテントの下にいるラノの周りは、随分《ずいぶん》と賑《にぎ》やかだ。

「ラノ様、頑張《がんば》りましょうね！」

「ラノ様の剣の腕《うで》なら、こんな迷宮なんて一瞬《いっしゅん》ですよ！」

三人まで選んでいいことになっている従者たちが、やんややんやと囃《はや》し立《た》てている。争い事が苦手なラノ本人は、曖昧《あいまい》に笑うばかりだ。

「ていうか、負けなければいいだけですから。余裕《よゆう》ですよ」

こちらを見て囁《ささや》く、ひょろりとした日に焼けた男。普段は庭師をしている奴《やつ》だ。ラノが少し悲しげな顔になったことには誰《だれ》も気付かない。

一方のノクス陣営《じんえい》はというと、

「うーん、清々《すがすが》しいほどの人望のなさ」

思わず笑ってしまった。

元々誰かに声をかけるつもりもなかったが、まるで周囲に見えない壁《かべ》でもあるかのようにノクスの周りは広々としていた。

唯一《ゆいいつ》そばにいるのは、

「ナーナ、あっちに行かなくていいのか？」

ナーナのポニーテールが頭の動きに合わせて揺《ゆ》れるのを、ノクスは無意識に目で追った。

「人手は足りているようですので」

吸《す》い込《こ》まれそうな黒曜石の瞳《ひとみ》は、いつもどおり落ち着いている。

彼女《かのじょ》の言うとおり、ラノの側仕《そばづか》えは常にポジションの奪《うば》い合《あ》いだ。

アコール王国では、基本的に男子にしか家督《かとく》の継承権《けいしょうけん》がない。故《ゆえ》に――女性たちは高位の貴族の側仕えをして主人や息子《むすこ》の手付きとなり、実家とのパイプになることを望まれていた。女性の立場の向上と自由が叫《さけ》ばれるようになり、徐々《じょじょ》にそんな風習もなくなりつつあったが、ガラクシア公爵家の場合は様子が違《ちが》っていた。

「ラノ様！　お茶はいかがですか？」

「ラノ様、襟《えり》が曲がっていますわ！　お直しいたします」

「ラノ様、こちら実家から届いたお菓子《かし》です。道中でお疲《つか》れの時に食べてください」

なにしろラノは、容姿、性格、実力、家柄《いえがら》の全てが揃《そろ》った最上級物件。もし気に入られれば、ゆくゆくは王家に次ぐ権力を持つ公爵家の夫人だ。

故に年頃《としごろ》のメイドたちは、聞いてもいないのにナントカ爵の何番目の娘《むすめ》だとか、実家にはどんな特産品があるから今度プレゼントしたいとか、自己アピールに余念がない。ラノが引いているのにも気付いていないほど熱心だった。

そんな中、冷徹《れいてつ》で出世意欲の低いナーナはいつもその輪から離れ、ノクスの世話を焼きに来る。もはやノクス専属のメイドと言ってもいい。

「もう一回確認《かくにん》するけど、本当に付いてくる気？」

彼女は普段の使用人の制服ではなく、動きやすく頑丈《がんじょう》な布地の装いだった。魔物《まもの》の討伐《とうばつ》や迷宮の攻略《こうりゃく》を生業《なりわい》とする、冒険者《ぼうけんしゃ》と言われる人々の格好に近い。

「ノクス様が危ないことをしないように見張ってほしいと、ラノ様が」

面倒事《めんどうごと》を好まないナーナがどうして従者に立候補したのかと思いきや、過保護な弟の差し金だったとは。ノクスはため息をついた。

「簡単な迷宮って言っても、多少は危険だよ」

「護身術の心得はございます」

ガラクシアの使用人は、有事の際に戦闘員《せんとういん》になるための訓練を受けている。本人の言うとおり、普段はロングスカートに隠《かく》れて見えないナーナの脚《あし》には実用的な筋肉が付いていた。

「想定外のトラブルに見舞《みま》われる可能性もある」

「その時は腹をくくりましょう」

ナーナの頑固さと胆力《たんりょく》の強さは、普段から周りの陰口《かげぐち》を一切気にせずノクスの世話を焼いていることからも周知の事実だ。彼女がそうすると決めたなら覆《くつがえ》すことはできない。

「仕方ない……。くれぐれも気をつけて付いてくるように」

結局、ノクスのほうが折れた。

「ノクス様の足手まといにならないよう、尽力《じんりょく》いたします」

ナーナが頷《うなず》くのを見て、足りない装備があれば今のうちにと思い、ノクスは彼女の装備を再度確認した。

「使えない武器は荷物になるだけだし……。まあ、短剣一本でいいか」

「魔術は威嚇《いかく》程度にしか使えませんが、回復薬と包帯、それから念のために攻撃《こうげき》魔術のスクロールを用意しました」

腰《こし》のポーチを開けて中身を見せるナーナ。ノクスが自身を戦力として数えないことをわかった上で、自分の身を守る道具と怪我《けが》をした時の対策をきちんとしている。

「なら、十分かな」

ノクスは頷きながら、屋敷《やしき》ではまず見ることがないナーナの格好が新鮮《しんせん》で、引き締《し》まった身体《からだ》をつい眺《なが》めてしまった。いつもより存在を主張する胸元《むなもと》に視線が移動したところで、ジトッと見つめられて慌《あわ》てて逸《そ》らした。

ラノの初陣《ういじん》とあって、迷宮前の空き地は祭りの様相すら見せていたが、

「定刻だ」

叫ばずともよく通るエドウィンの声で急速に緊張《きんちょう》が高まる。

「今回は、同時に二人が成人の儀を受けるという特殊《とくしゅ》なケースだ。核《かく》を手に入れられなくても、最深部まで辿《たど》り着《つ》ければ成人の儀の要件を満たしたこととする」

その言葉で、にわかに周囲がざわついた。使用人たちはてっきり、核を取ってこられなかったほう——即《すなわ》ち兄のほうは、これを理由に廃嫡《はいちゃく》されるものだとばかり思っていたのだ。

「両者、全力で取り組むように。それでは、位置に付け」

言われたとおり、ラノとノクスは封印の解かれた迷宮の扉《とびら》の前に立った。

「用意、始め！」

時計を手にした父の号令で、二人はそれぞれ重い足取りで迷宮へと足を踏《ふ》み入《い》れた。

＊＊＊

迷宮の内部は、外からは想像できないほど広い。失われた古代の魔法技術はどんな仕組みなのか、現代の魔術師たちは未《いま》だに解明できていなかった。

「洞窟《どうくつ》みたいな場所を想像してましたけど……。なんだか、神殿《しんでん》みたいですね」

ラノのお供の一人、普段はメイドをしているすばしっこそうな女が言う。

彼女の言うとおり、アコール王家が所有する迷宮は、明らかに人の手によって造られた建物の内

部を模していた。門と同じく白っぽい石造りで、入り組んだ通路は人が三人並んで通れる程度の幅《はば》。壁に等間隔《とうかんかく》に並ぶ光源は、蠟燭《ろうそく》ではなく魔術的な明かりだった。

「ま、歩きやすくていいですが。ラノ様、早く行きましょう」

ノクスを一番ナメている庭師が、またしても嫌《いや》らしい視線をノクスに向けてからラノに言った。

「うん。……それじゃノクス、また後で」

「ああ、気をつけてな」

そんなやりとりを最後に、お供に引っ張られるようにしてラノは先行していった。

声が聞こえなくなると、ノクスはため息をつき、腕組みした。

「さて」

「……ラノ様に、核を譲《ゆず》るのですね」

ナーナがぽつりと言う。

「もちろん。俺《おれ》にはイースベルデは荷が重い」

ノクスは当然のように頷く。誰にも期待されていないし望まれていないのに、人望のある弟を蹴《け》落《お》としてまで成り上がるような気概《きがい》は持ち合わせていない。

「棄権《きけん》は許しませんよ。ラノ様にも怒《おこ》られます」

即座《そくざ》にナーナが先手を打った。

「なるほど、それで付いてきたのか」

危険なことをしないようにというのも本心だが、どちらかというとサボらせないためのお目付役だった。

「わかってるよ。どうせ一階層は魔物も出ない。のんびり行こう」

「魔物が出ない……？　どうして、そんなことがわかるのですか」

散歩するような足取りで歩き出すノクスの後ろを追いながら、ナーナが訊《たず》ねた。

「迷宮なんて、大体そういうもんだろ？　下に行くほど、魔物の強さも密度も上がっていくんだ」

「いえ、そうではなく。……どうしてノクス様は、迷宮の仕様をそんなにご存知《ぞんじ》なのですか」

「……」

言い訳を考えて泳いだ視線を、黒い瞳がジトッと追いかけた。

ラノには小さい頃から文武共に熱心な教育係が付き、春先までは貴族学校にも通っていたが、ノクスにはまともな教育が施《ほどこ》されなかった。というのも、誰もが呪《のろ》われた黒髪《くろかみ》の兄のそばに寄るのを嫌がり、教育係を辞退したせいだ。

しかしさすが双子《ふたご》と言うべきか、ノクスはラノ同様に物覚えが良い。加えて、少し臆病《おくびょう》なラノよりも好奇心《こうきしん》が旺盛《おうせい》な性格だった。

時にはラノが習ったことを教えたり、部屋にノクスを隠して一緒《いっしょ》に授業を聞かせたりもした。文字を覚えてからは書庫に籠《こ》もって本を読んだり、食事中にパスカルを質問攻めにしたりして、勝手に学習していった。

「いつ家を追い出されるかわかったもんじゃないだろ。知識は付けておいて損はない」

結局下手《へた》に言い訳はせず、情報の出所をぼかすに留《とど》めた。

「……時々お屋敷を抜《ぬ》け出《だ》してどこに行っているのかと思っていましたが、まさか」

「ちょっと見物しに行っただけだって。後学のためにさ」

もしかしたら、跡目《あとめ》争いの火種になることを恐《おそ》れた誰かがエドウィンをそそのかし、追放や幽閉《ゆうへい》の憂《う》き目に遭《あ》うかもしれない。そうなったら逃《に》げ出して冒険者にでもなろうと考え、ノクスは不定期に予行演習に繰《く》り出していた。ついでに小遣《こづか》い稼《かせ》ぎにもなって一石二鳥だ。

「ラノ様が『ノクスに強いお供は必要ない』と仰《おっしゃ》っていた意味がわかりました」

「そんなことを言ってたのか。相変わらず買《か》い被《かぶ》られてるな」

勘《かん》の良い弟は、兄が一人で何をしているのか気付いているようだった。口に出すことはないが、止めることもない。

「そういうラノだって、剣術の腕はかなりのものだ。実力で最下層まで行けるさ」

天使のような愛らしい外見に惑《まど》わされて、模擬戦で地面を舐《な》めることになった兵士は少なくない。ラノが市井《しせい》でも人気がある理由の一つだ。

「ま、しばらくは魔物よりも――」

ノクスは不意に、ナーナの腕を引いた。

「人間に気をつけたほうがいいかもな」

抱《だ》き留《と》めた瞬間にキンと小さな音がして、一拍《いっぱく》前までナーナがいた場所に細い光線が走った。

「なっ」

さすがのナーナも驚《おどろ》いて、小さく声をあげる。

「何ですか、今のは」

「庭師がよく使う、害虫駆除《くじょ》用の簡単な罠《わな》」

魔術の心得のある者なら少し見ればわかる、杜撰《ずさん》な工作だった。

「一回発動すれば終わりの、設置魔術ってやつ」

普段から使っているから他の魔術よりも仕掛《しか》けるのが容易というのもあるかもしれないが、よくもまあこんなにたくさん設置したものだと、通路のあちこちに見える痕跡《こんせき》に呆《あき》れた。

「曲がりなりにも王族の俺を、害虫扱《あつか》いとは良い度胸だ」

ノクスはフンと鼻で笑った。

「ラノが俺に追《お》い越《こ》されるとでも思ってるのか。主人の実力を信用してないのも残念だ」

「……出世に貢献《こうけん》したという実績が欲しいのかもしれません」

「不必要な妨害《ぼうがい》はむしろ評価を落とすだけだろ」

「ええ、きっちりと報告いたします」

従者を連れる理由は戦力の増強だけではない。お互《たが》いが不正をしないか監視《かんし》するためでもあった。職務に忠実で信用度の高いナーナの報告はかなり響《ひび》くはずだ。

「威力《いりょく》は大したことないけど数が多い。全部解除するのは面倒だし、なるべく俺が踏んだ場所を同じように踏んでくれ。俺のせいでナーナが怪我をするのは嫌だ」

「承知しました」

抱いていた肩《かた》から手を放し、ノクスは先に進む。その後ろを追いながら、ナーナはじっとノクスの背中を見つめていた。

罠に気をつけながら奥《おく》へと進むノクスは、ぼそりと呟《つぶや》く。

「……罠があるせいで、どっちに進めばいいのか丸わかりだ」

ノクスは、幼少の頃にラノのお下がりで読んだ絵本を思い出した。捨てられた幼い兄妹《きょうだい》が、道に迷わないように目印を置きながら森の中を彷徨《さまよ》い、人食いの魔女に出会うというものだ。

「おとぎ話のようですね」

ナーナも同じことを思っていたことを知って、ノクスは場違いながら少しだけ嬉《うれ》しくなった。

「実は親切心でやっているのでしょうか」

「だったら良かったけどね」

杜撰な工作のおかげで、下層へ続く階段はあっさりと見つかった。第二層、第三層も構造はほとんど変わらず、罠に加えて斬《き》り捨《す》てられている魔物の死骸《しがい》も増えたことで、よりルートがわかりやすくなった。更《さら》に言うと、ラノ一行が先に魔物を屠《ほふ》っているため道中は魔物にも遭遇《そうぐう》せず、ずっと穏《おだ》やかだった。ナーナを危険にさらさなくて良いことにノクスは安堵《あんど》していた。

一刀両断されている魔物の数が徐々に増え、罠の設置数が反比例して減っていく中、ノクスはぽつりと呟く。

「やっぱり、ラノの剣は斬り口が綺麗《きれい》だな」

正直、ナーナはあまり魔物の死骸のほうを見ないようにしていたのだが、時折何の躊躇《ためら》いもなく屈《かが》み込んで観察するノクスを見て、これは『ちょっと見物《けんぶつ》』どころではなく、しっかり冒険に慣れているな、と勘付いていた。

「そろそろあのガラの悪いお供連中も、ラノの実力がわかってきたらしい」

しばらく進んでも質の落ちない魔物の斬り口を見て、ノクスは自分のことのようにフフンと得意げに胸を張った。

「……ラノ様はノクス様に甘《あま》いですが、逆も大概ですね」

ナーナはぼそりと言った。

「片割れの成長を喜んで何が悪い」

ノクスがむっとする。

「片割れ……ですか。確かにラノ様とノクス様は、双子なのに正反対のことが多い気がします。まるで、元は二人で一つだったような」

「実際そうかもしれないな。ラノは俺の居場所を見つけるのが上手《うま》いんだ」

逆に、ノクスもラノが近づいてくるのが直感でわかる。共鳴のようなものではないかと、ノクスは考えていた。

「正反対と言えば、ラノ様は剣がお得意ですが、ノクス様は魔術が得意でいらっしゃいますよね」

「まあ、それなりにね」

アコール王国では剣術と魔術の両方を適度に修練することが推奨《すいしょう》されているが、魔術師になれるほどの魔力を持つ者は少ないので、必然的に剣士のほうが多かった。

「ラノには魔術の才能はないみたいだからなあ」

何でもそつなくこなすラノが、唯一他者よりも劣《おと》っているのが魔力量なのだ。

発動できるのは子どもでも使えるような簡単な生活魔術のみだったので、それ以上の教育は不要ということになった。

「書庫にはたくさん魔導書がありましたが」

「ラノの優秀《ゆうしゅう》さを過信した誰かが、早まって発注したんだよ」

結果的に、彼《かれ》のために揃えられた一般《いっぱん》家庭ではまずお目にかかれない大量で高品質の魔導書の類いは、日の目を見ることなく書庫送りとなった。

「おかげで、俺がそれを読めたんだけど」

ノクスは幸いにも豊富な魔力量を有していたことから、読んで練習してを繰り返しているうちに独学で基本的な魔術を習得した。

「それで、覚えた魔術を使って外で冒険者をしていたと？」

「……はい」

真実を見透《みす》かす黒い瞳にジトッと見つめられ、ノクスはばつが悪そうな顔で認めた。

「ご無事なら何も言いません。ちなみに、ラノ様が『自分の魔力を全部ノクスが持っていったみたいだ』と笑っていた時のお顔は、さっきのノクス様とそっくりでしたよ」

「……」

似てない似てないと比べられる日々の中で、初めて兄弟であることを認められたような気分になり、ノクスは妙《みょう》な照れくささを感じて顔を逸らした。

順調に見えたラノの痕跡に異変があったのは、五階層だった。

「おお、形状が変わった」

神殿風から一変、景色は突如として木々の生い茂る見通しの悪い森に変貌《へんぼう》した。今までのように道らしい道はなく、湿《しめ》った地面を木の根がボコボコと這《は》い、気をつけて歩かないとすぐにでも躓《つまず》いてしまいそうだ。

「迷宮の本領発揮ってわけだ」

ノクスが面白《おもしろ》そうに口《くち》の端《は》を上げながら見上げると、地下空間のはずなのに木々の隙間《すきま》から何故《なぜ》か青空が見えた。

「ナーナ、足元に気をつけてくれ」

「はい」

多少鍛《きた》えていても、屋敷勤めのメイドが森を歩く機会など皆無《かいむ》だ。二人は速度を落として慎重《しんちょう》に進んだ。この頃には魔力が尽《つ》きたのかラノの実力を信用したのか、庭師の罠は全く見当たらなくなっていた。かわりに複数人の足跡や折れた枝など人の立ち入った痕跡が目立つため、相変わらずラノたちが通ったルートを追うのには苦労しない。

と、

「うん？」

ラノに斬り捨てられた魔物の残骸にもいちいち興味を示さなくなったノクスが、不意に立ち止まる。頭を一閃《いっせん》されて横たわる魔物の脇《わき》に、まだ新しい赤黒いシミがあった。

「これは魔物の血じゃない」

「誰かが怪我をしたということですか」

ノクスは頷く。

「そろそろ疲れも出てくる頃だ。油断したんだろう」

言わんこっちゃない、と肩をすくめて通り過ぎようとしたノクスだったが、妙な胸騒《むなさわ》ぎがして、もう一度血痕の傍《かたわ》らに屈んだ。

「……」

半乾《はんがわ》きの血を擦《こす》り、指先に付いた液体を静かに見つめる。

「……ラノの血だ」

「ラノ様の？」

何の証拠《しょうこ》も根拠《こんきょ》もない。ただわかるとしか言い様がない感覚だった。血のついた指を握《にぎ》り込み、ノクスは舌打ちした。

「誰かを庇《かば》ったんだ。そうじゃなきゃ、この程度の迷宮でラノが一撃喰《く》らうわけない」

ラノは魔術こそまともに使えないが、剣の腕前はその辺の冒険者よりも上だ。いずれは王国騎士《きし》団《だん》で剣を教えるエドウィンを超えるだろうと言われている。対人と対魔物では多少勝手が違うとしても、ここまで危なげなく進んできて今更後《おく》れを取るのもおかしい。

「あの役立たずども、引っ張る足は俺のだけにしろ」

原因があるとすれば、あの練度の低い従者たちとラノ本人のお人好《ひとよ》しな性格のせい。ノクスは森の奥を睨《にら》み付《つ》けた。

「だらだら追いかけるのはここまでだ。ナーナ、少しペースを上げてもいいか」

「ご随意に。置いていってくださってても構いません」

「そんなことしたら、ラノに怒られる。でも、ありがとう」

ノクスは優秀なメイドに少し微笑《ほほえ》んで、空を見上げる。

「太陽は……、あっちか」

光が差してくる方角を確認すると、人が通った跡がある道とは別の方角に歩き出した。

「ラノ様を追うのではないのですか」

「血の乾《かわ》き具合から見るに、ラノたちがここを通ったのは一時間近く前だ。気配も感じられないし、この階層にはもういない。だから最短ルートを取る」

もはやノクスは、冒険者として覚えた知識を隠さない。太陽を指さす。

「迷宮内部に出ている太陽は本物じゃない。魔力の発生源だ。近づくほど魔物も増えるし、階下にも近づく」

つまり太陽を真《ま》っ直《す》ぐ追えば、それっぽい道を歩くよりも早く着く。

「たまにそういう常識を逆手にとった意地の悪い迷宮もあるけど、ここは代々王家が腕試《うでだめ》しに使ってきた初級の迷宮だ。そんなトラップはないと見ていい」

そして太陽が出ている方角に向けて、人差し指を向けた。

「ナーナ、少し下がってて」

「はい」

首を傾《かし》げながらも、ナーナは言われたとおりにノクスから少し距離《きょり》を取った。

直後、

「【風斬砲《ふうざんほう》】」

ごく短い詠唱《えいしょう》と共に、ノクスの指先から圧縮された巨大《きょだい》な空気の塊《かたまり》が放たれた。ズドン、という爆音《ばくおん》に木々がめきめきと音を立てながらなぎ倒《たお》され、ついでにいくらか魔物の悲鳴も混ざったような気がした後、二人の目の前に一直線の道ができた。

「行こう」

「……」

ジトッと見つめてくるナーナ。

「折れた枝とか根っこが足元に落ちてるから、気をつけて」

説明を要求する黒い瞳を敢《あ》えて無視して、ノクスは作った道を早足で歩き出した。


ノクスの言うとおり、太陽の出ている方角に階段はあった。無事に六階層に辿り着いたノクスは、ラノの気配をすぐに感じ取った。

「まだこの階層にいるな」

普段は同じ部屋にいれば隠れている場所がわかる程度の感覚だが、少し集中すればガラクシア家の敷地全体にまで捜索範囲《そうさくはんい》を広げられる。

ノクスは地面を観察し、人が踏み入った形跡のある道を進んだ。時折落ちている魔物の残骸は、相変わらず綺麗に一太刀《ひとたち》で沈《しず》められているものもあれば、魔術や他の武器を使った形跡もあった。ただの腰巾着《こしぎんちゃく》だった従者たちが、ラノの負担を減らすために前に出始めているのだろう。最初からそうしろ、とノクスは吐《は》き捨てた。

その後は再び人間の血が落ちているようなことはなく、ナーナと会話することもなく、しばらく真剣に歩き続ける。

「いた」

遠くに動く人影《ひとかげ》を見つけて、ノクスは速《すみ》やかに木の陰に隠れた。ナーナもそれに続く。音を立てないようにしながら、二人は声が聞こえる距離まで近づいた。

ラノは木の根に腰掛け休んでいるところだった。周りでは従者たちがしきりに謝《あやま》っていた。

「本当に申し訳ございません。私を庇って、こんな」

三人の中で一番口数の少ない男性の使用人が、額を地面に擦りつける勢いで土下座している。

「心配しないで。回復薬も飲んだし、少し休めばまた動けるよ」

ラノは相変わらず穏やかに宥《なだ》める。肩口に巻かれた包帯からは血が滲《にじ》んでいた。

「三人もいて誰も治癒《ちゆ》魔術が使えないのかよ」

ノクスは聞こえない音量でぼやいた。

「合流しないのですか？」

弟の怪我の心配をしつつも出て行く様子がないノクスに、ナーナが素朴《そぼく》な疑問を投げかける。

「やだよ。あの使えない奴らを選んだのはラノなんだ。これに懲《こ》りて少しはお人好しが治ればいい」

相手の売り込みが強くて断れなかったのだろうということは、容易に想像がついた。だが時には必要ないものをきちんと断ることも、上に立つ者としては大事なことだ。

「回復薬も飲んだって言ってた。怪我は利き腕じゃないし、まだ剣も振《ふ》れるはずだ。手助けするほどじゃない」

ぶつぶつと言いながら、ノクスは音を立てないようにゆっくりと立ち上がる。

回復薬は使用者の傷や病気の治りを早める薬だ。即効性《そっこうせい》はないものの、怪我をした後すぐに飲んで休めば、ラノが負った傷程度なら小一時間で血は止まる。

「どうなさるのですか」

「先に行こう。魔物を間引いてラノの負担を減らす」

そう言うとノクスは背負っていた弓を構え、静かにその場を離れた。

太陽の出ている方角に向かってしばらく歩き、ラノ一行の姿がすっかり見えなくなった頃、

「ところでノクス様。魔術学院生と宮廷《きゅうてい》魔術師以外で治癒魔術が使えるのは、王都のお医者様くらいですよ」

ナーナがぽつりと呟いた。

「そうなの？　冒険者にもいるだろ、治癒術士が」

ノクスは首を傾げる。数は少ないが、簡単な外傷や毒などを治療《ちりょう》する魔術が使える者は確かに存在している。とはいえ上級魔術を教える魔術学院の卒業生の中でも、きちんとした治癒魔術が使える者はそれだけで優秀なため、ほとんどが宮廷魔術師になってしまう。故に民間の治癒術士の腕はさほど高くない。それでもいないよりはずっとマシだ。

「それは知りませんでした。有事に備えて一人くらい採用するよう、エドウィン様に提案してみましょうか」

世間知らずはお互い様かと呆れたノクスだったが、ふと気になって訊ねる。

「ナーナって普通に父さんと話すよな。……本当は上流貴族の娘だろ？」

ナーナの所作や話し方には妃《きさき》教育レベルの気品がある。髪には艶《つや》があり、自前で用意したと思《おぼ》しき今日の装備もシンプルだが上等なものだ。

「……」

ナーナは否定も肯定《こうてい》もせず、ぐっと押《お》し黙《だま》った。

「家名を頑《かたく》なに言わないってことは、それなりに有名な家ってことだ」

誰もが率先《そっせん》してアピールをする中、ナーナだけは自分の家柄をひた隠していた。名前だって『ナーナとお呼びください』と言われたからそう呼んでいるだけで、本名ではないことはノクスもラノも感づいている。

エドウィンが彼女の自由な行動を容認しているところからも、他のメイドよりも格上の家柄だとノクスは確信していた。

「……それについては、お二人の成人の儀が無事に終わったらお話しします」

「ふーん？　まあ、話したくないなら別にいいよ。ナーナはナーナだ」

話を振ったものの、ノクスはさほど興味がなさそうに進行方向に顔を戻《もど》した。かわりにナーナのほうから訪ねる。

「……ノクス様は、ガラクシアを出ようとは思わないのですか？」

既《すで》に冒険者として活動しているようだが、人より魔術が使えるというだけでも市井に降りればいくらでも働き口はある。

「今はまだ、ラノのことが心配だからな」

素《そ》っ気《け》ない返事。本当はそれだけではない。ナーナが屋敷にいることが帰る理由の一つになっていることに、本人は気付いていなかった。

「おっ、いた」

話題を逸らすように、ノクスはわざと明るい声を発した。遠くに獣《けもの》型の魔物の姿を見つけ、真剣な顔つきで速やかに矢を射《う》った。

「……弓がお上手《じょうず》だったのですね」

木々の間をすり抜け、魔物の額を正確に射貫《いぬ》くのを見て、ナーナが少しだけ目を見開いた。

「魔術で射線に補正をかけただけだ。外すほうが難しい」

ノクスはそう言いながら、速やかに仕留めた魔物に近づいた。

「そんな芸当もできるのですか。……騎士の皆様も、ノクス様に魔術を習うべきでは」

「騎士って、父さんから剣を習ってるんだろ？　土下座されたって教えるもんか。魔物に襲《おそ》われてくたばれ」

ノクスは、へっと王子らしからぬ態度の悪さで吐き捨てた。

「魔物の残骸はどうするのですか。どこかに隠しますか？」

残骸があったら、ノクスたちが先行していることがバレてしまう。

「もっと良い方法がある」

そう言うと、ノクスは魔物の死体に手を翳《かざ》した。すると、その黒い身体がパラパラと灰のように端《はし》から崩《くず》れ、風もないのにいずこかへ消えた。

「今のは……。もしかして浄化《じょうか》ですか？」

塵《ちり》が消えた方向を見やり、ナーナはぽかんと口を丸く開けていた。

浄化魔術には、土地や生物に溜《た》まった魔力の穢《けが》れを祓《はら》う効果がある。下級の魔物は身体そのものが穢れた魔力で構築されているため、浄化すると身体ごと大気に還《かえ》るのだ。

「これが使えるのは、ラノにも言わないでくれ」

ノクスは口元に人差し指を立てた。

治癒魔術は練習すれば使えるようになる者もいくらかいるが、浄化魔術には特別な適性が必要だという。実用に足るほどの威力で使える人材は世界的に見ても珍《めずら》しい。強力な術が使える者を、各地の王族や宗教団体がこぞって探しているという噂《うわさ》があるほどだ。

「使ってみたら意外と使えたけど、政治や宗教の道具に祭り上げられるのはごめんだ」

「……かしこまりました」

「ありがとう。ナーナの口の堅《かた》さは信用できるからな」

ははは、と珍しく声を出して笑うノクスの顔を、ナーナはじっと見る。

「？」

それから、ふいっと顔を逸らした。


それからまた無言の道のりが始まる。多少はナーナに気を遣《つか》いながらも慣れた様子で森の中を進むノクスに、ナーナは付いていくだけで精一杯《せいいっぱい》だった。

「下層に行く階段は、ここだ」

ノクスが何の変哲《へんてつ》もないただの巨木に手を触《ふ》れると、高い位置にあった木のうろがぐいーんと伸《の》びて、人が通れるサイズになった。その奥には人工的な階段。

「……階段も塞《ふさ》ぐ方法があるのですか」

だんだんナーナも証拠隠滅《いんめつ》の仕方がわかってきた。

「うん。こうやって内側……。この場合外側になるのか？　とにかく、階段側から少しだけ魔力を流してやるんだ」

言いながら壁に手を触れるノクス。再びぐいーんと穴が動き、元の大きさに戻った。

次の階層でもノクスは遠距離から魔物を次々と弓で射抜き、ばったばったと浄化していった。下層に向かうほど魔物の数は増えるが、たとえ同じルートを通らなくても、ラノたちの前に現れる数が減ればいいのだ。

「ノクス様は、詠唱しなくても魔術が使えるのですね」

強化魔術をかけられた矢は、魔物を射抜いても折れることがない。リサイクルするために木の幹から矢を引っこ抜くノクスの姿をじっと見ながら、ナーナは訊ねた。

「簡単なやつならね。さっき道を作った時みたいな大きいのは、詠唱したほうが安定するかな」

できないわけではないが、より威力を高めたい時や集中が必要な時には口に出したほうが上手《うま》くいく。気持ちの問題なのかもしれないと、勝手に思っていた。

「それでも、ノクス様の詠唱は極端《きょくたん》に短い気がします」

「不意打ちするのに、長い詠唱なんかしてる場合じゃないだろ？」

普通の魔術師は前衛役の後ろから攻撃するものだが、ノクスを守ってくれる者はいない。独りで魔物を狩《か》ることを前提にした言葉に、ナーナは小さく口を開け、何も言わずに閉じた。

——それからしばらく後、ラノと従者たちは同じ道を歩いていた。会話は少なく、周囲を警戒《けいかい》しながら進む。回復薬のおかげでラノの肩から出血は止まったが、痛みが消えるわけではない。

「ノクスだったら、こんなヘマはしないんだろうなあ」

思わず少しだけ気弱になり、ざわめく木々にかき消されるような音量で、ぽつりと呟いた。

ノクスが強い魔術を使えることや、それを敢えて隠していることを、ラノはもちろん知っている。魔力量が平均より少ないと診断《しんだん》され、一般的な魔術の使用すらおぼつかないラノにとって、兄の持つ力は羨《うらや》ましく誇《ほこ》らしいものだった。

敵意を向けられたり失望されたりすることを怖《こわ》がり、使用人の態度をろくに咎《とが》めることもできない自分は、誰かの上に立つのは向いていない。いくら蔑《さげす》まれようが毅然《きぜん》とした態度が取れる胆力を持ったノクスのほうが、王家の次に権力を持つ公爵家を率いるには適していると、ラノは常々思っていた。しかし、兄がそんな性格にならざるをえなかった環境《かんきょう》の一端を担っている自分が、それを言うことはできない。

「……もっと、話も喧嘩《けんか》も、たくさんしておけばよかった」

妙に魔物の少ない綺麗な道には、ノクスの気配がうっすらと残っていた。

「こっちに行ってみよう」

ラノは、自分の意思で選んだ道のふりをして進む。

同じ時刻の九階層。

「この階段を下りれば迷宮の主に会える」

道を作る荒業《あらわざ》こそしないものの、ノクスたちはほぼ直線のルートを辿り、速やかに地下への階段を擁《よう》する大樹を見つけていた。

「よし、ラノたちが追いつくまで休もう」

少し離れた木陰に向かい、よいしょ、と腰を下ろした。

「ナーナも疲れただろ。足を投げ出すといい」

「……失礼いたします」

ナーナは言われたとおりに足を投げ出し、小さくため息をついてふくらはぎを揉《も》んだ。我慢強《がまんづよ》いメイドだ、とノクスは感心する。ナーナの仕事ぶりは普段から誠実で正確だが、四半日以上歩き通しで仕事をすることはさすがにない。その辺の令嬢《れいじょう》ならとっくに音を上げているところだ。

「ノクス様は、あまりお疲れでないようですね」

軽く背伸びをして身体をほぐし、暢気《のんき》に欠伸《あくび》をするノクスをナーナがじっと見る。

「俺は強化魔術とか治癒魔術とか使えるから」

「……使えるのですね、治癒魔術」

使い手が少ない治癒や解毒《げどく》の魔術は、どこに行っても重宝される。自分に使ってもよし、他人に使って金を取ってもよしの役に立つ魔術なので、ノクスは冒険者として活動するよりも前に率先して覚えていた。

「口止め料がわりに少しかけてやろうか」

ノクスが手を伸ばすと、ナーナはサッと足を引っ込めた。

「治癒魔術は魔力の消耗《しょうもう》が激しいと聞いたことがあります。大丈夫《だいじょうぶ》です」

「足の疲れを取るくらいなら何ともないけど……」

治癒魔術は一般的に、相手に触れて発動する。なるべく患部《かんぶ》に近いところに触れるのが良いとされるので、男に足を触《さわ》られるのが嫌なのかもしれないと思い当たって、ノクスは手を引っ込めた。

「じゃあ、これでも飲むといい」

ノクスはかわりに中空から瓶《びん》を取り出し、ナーナにぽいと投《な》げ渡《わた》した。受け取った黒い瞳にジトッと見つめられた。

「……説明したほうがいい？」

「お願いします」

「今のは魔術収納。それは俺お手製の【おいしい回復薬】。以上」

魔術師は修練を積むと自分だけの空間を作り、あらゆる物質を仕舞えるようになる。もちろんこれにも適性が必要だが、幸いなことにノクスはかなりの適性を示し、少なくともガラクシアの屋敷一つ分くらいの家財道具ならすんなり入る大きさを持っていた。

「……おいしい回復薬」

ナーナはノクスの言葉を復唱しながら、濃《こ》い赤色の液体が入った小瓶をじっと見つめた。何度かノクスと瓶を見比べた後、意を決したように蓋《ふた》を開け、ちび、と一口飲んだ。それから目を見開いて、ごくごくと半分ほど飲む。

「な、美味《おい》しいだろ？」

「はい」

目を丸くして瓶の中身を観察しながら、ナーナは素直《すなお》に頷いた。少しとろみのある液体は、果肉の詰《つ》まった南国の果物を丸のまま潰《つぶ》したジュースのようだった。

「甘酸《あまず》っぱくて、爽《さわ》やかな味です」

回復薬は冒険者が必ず携帯《けいたい》している薬だ。もっと言うなら、冒険者より使用頻度《ひんど》は低いものの一般家庭にも数本は常備してある。それだけ広く普及《ふきゅう》している薬だが、一つ難点があった。

「回復薬は不味《まず》いものだと思っていました」

そう、不味いのだ。薬草のきつい香《かお》りに加えて、渋《しぶ》い木の実を煮詰《につ》めて水で薄《うす》め、砂糖で誤魔化《ごまか》すのに失敗したような味がする。実際にそういう作り方をするからだ。親が風邪《かぜ》を引いた子どもに飲ませるのに苦労するというのが回復薬のあるある話だった。

「ただでさえ弱ってる時に飲むのに、不味いのって嫌だろ？　だから改良した」

「……お店でも売っていただければいいのに」

言いながらナーナはぺろりと唇《くちびる》を舐めた。味が気に入ったようだ。

「材料が手に入りにくいんだよ」

「そんな貴重なものを、ありがとうございます」

丁寧《ていねい》に頭を下げるナーナにノクスは首を振った。

「俺に付いてきてくれた礼だよ」

一人で迷宮を攻略するつもりだったノクスも、道中の話し相手がいるだけで随分気が紛《まぎ》れていた。それが屋敷で一番気を許しているナーナなら尚更《なおさら》だ。

「冒険仲間がいるのは、意外と悪くない」

「……恐縮《きょうしゅく》です」

ふっとノクスが不意に笑った顔を見て、ナーナはすっと瓶に視線を落とし、残った回復薬を一気にあおった。

木陰で雑談することしばし、ラノ一行が巨木の前に現れたのは、ナーナの足の疲れがすっかり取れた頃だった。

「やっと着いたあ……」

あんなに威勢の良かった三人は、疲れて冗談《じょうだん》を言う気力もないようだった。

「あと少しだよ。頑張ろう」

ラノは顔色も良くなり、肩の傷さえなければ一番元気そうだ。さすが、魔法でズルしている自分とは鍛え方が違うな、とノクスは誇らしげに微笑んだ。

「……」

階段を下りる直前、ラノは後ろを振り返った。ノクスを探しているのは間違いなかった。

が、ラノとノクスは十数年かくれんぼをしてきたのだ。こんなこともあろうかと、気配を覚られない方法を編み出している。

ラノ一行が階段を下りていった後、ノクスはそろりと巨木に近づき耳をつけ、足音が完全に消えるのを待った。

「……行ったな」

二人は閉じられていない大きな木のうろの奥を覗《のぞ》き込み、互いに目配せすると、なるべく足音を立てないように階段を下りていった。

最下層は再び神殿を模していた。

「この迷宮が王家の成人の儀に使われてきたのは、難易度がちょうど良いだけじゃなくて、この厳《おごそ》かな感じが合っていたからかもしれないな」

ノクスは小声でそんなことを言いながら、観光気分で周囲を見回す。通路は上層階よりも横幅が広く天井《てんじょう》も高く、大きな光源が煌々《こうこう》と輝《かがや》いていた。

「まあ、魔物はそんなこと、知ったこっちゃないだろうけど」

壁越《ご》しに地響きを感じながら、開け放たれた扉から少しだけ顔を出して中を窺《うかが》うと、想像どおりの大乱闘が繰り広げられていた。


迷宮の主は双頭《そうとう》の蛇《へび》だった。階段を飲み込んでいた大樹ほどの太さがあり、聖堂か謁見《えっけん》の間かといった雰囲気《ふんいき》の大きな広間の真ん中を、長い胴体《どうたい》でのたうち回っている。

「やってるやってる」

ひょろい庭師は罠や飛び道具が得意、すばしっこいメイドは機動力を生かしたトリッキーな動き。口数の少ない青年は攻撃魔法が使えるようだ。

「……意外と健闘していますね」

「ラノが怪我したのが効いたのかもな」

三人に、地上で見たような軽薄《けいはく》な様子はない。きちんとラノを補佐《ほさ》し、自分のやるべきことを理解している動きだった。

「相変わらず、真っ直ぐでぶれない良い剣だ」

ラノが本気で戦う様子をノクスが見る機会は少ない。稽古《けいこ》をこっそり見ることはあっても、彼が父と共に魔物の討伐に行く時にノクスが呼ばれることはないからだ。

「やっぱり、ガラクシアはラノが継ぐべきだと思う」

俺では駄目《だめ》だ、とノクスは呟いた。

ラノの周りには自然と人が集まり、彼を支えようという気持ちにさせる。双子の兄には備わらなかった天性の魅力《みりょく》だ。

「……」

ナーナは黙って隣《となり》に立っていた。

「でもま、次期ガラクシア当主の補佐としては、あの三人じゃ力不足だな」

ここまでの疲れもあってか、徐々に動きが鈍《にぶ》くなってきている。蛇にもそれなりのダメージが蓄積《ちくせき》されているが、この分ではラノたちが立てなくなるほうが早そうだとノクスは判断した。

「後から来た奴が、ちょっと手柄が欲しくて加勢したってことでひとつ」

そして弓を引き絞《しぼ》る。狙《ねら》うは双頭の片方。

「シッ」

魔術補正を受けた矢は、真っ直ぐに金色の目を貫《つらぬ》いた。

「！」

ラノが矢に驚いたのは、ほんの一瞬だった。入り口近くにいるノクスを一瞥《いちべつ》することもなく、悶《もだ》える蛇の隙を突《つ》いて、まだ元気なほうの頭を横薙《よこな》ぎに両断した。

「よし！」

両方の頭を潰された蛇は大きくうねった後、石造りの床《ゆか》に地響きと共に倒れた。

「いやあ、ちょっと遅《おそ》かったなー」

気が抜けた途端に疲れで立ち上がれなくなったラノ一行の前に、ノクスはのこのこと姿を現した。

「やったな、ラノ。お前がイースベルデの領主だ」

ノクスは弟を立ち上がらせようと、手を差し伸べた。彼にはまだ仕事がある。蛇の亡骸《なきがら》から、迷宮の核を取り出さねばならないのだ。

すると、

「……ノクスがあんなに弓が上手いなんて、知らなかったよ」

ラノはにやりと笑った。

「マグレだよ。上手く目に当たって良かった」

ノクスも同じ顔で笑い返す。

「そういうことにしとく」

ラノが手を取った瞬間、ノクスは少しだけ治癒魔法をかけてやった。激しい戦闘で開いた傷も血が止まったはずだ。

「肩、大丈夫か?」

「うん、さっきのでかなり良くなった」

取り巻きのメイドたちが見たら卒倒しそうな、しかし絶対に彼女たちに向けることはない愛らしいウィンク。弟は何でもお見通しだった。

斬り落とした頭をラノが半分に裂《さ》くと、鮮《あざ》やかな青色の石がコロンと出てきた。

「あった。これが核か……」

「綺麗！」

まだ立ち上がれないメイドが、ラノが拾い上げた透き通った宝玉を見て歓声《かんせい》を上げた。

「父様の剣にも、こんなのが嵌《は》まってるよね」

「確かに。ここで手に入れたものだったのか」

迷宮の核は持ち主に多くの恩恵《おんけい》を与える。効果は様々だが悪い効果が付くことはない。故に高値で取り引きされ、貴族も冒険者も欲しがる逸品《いっぴん》だ。

「それじゃ帰ろう。俺は庭師に肩を貸すから、ナーナは彼女を。ラノは魔術師だ」

今この場で冒険者らしい正常な判断ができるのは、ノクスだけだった。この時ばかりは、ラノの従者もノクスの指示に従うしかなかった。

主を倒した迷宮の最下層には、転移魔法の陣が発生する。祭壇《さいだん》のように一段高くなった床を踏めば、瞬時《しゅんじ》に地上へ帰れる仕組みだった。

各々《おのおの》が転移陣へと歩き始める中、ラノはじっと、蛇の亡骸を見ていた。

「どうした？　仕留め損《そこ》ねたか？」

ノクスは縁起《えんぎ》でもない冗談を口にするが、転移陣が現れた以上、主がまだ生きているということはない。

「……ねえ、頭が二つあって、その片方から核が出てきたってことはさ」

嫌な予感がした。いや、ラノにとっては良い予感だ。

「もう片方の頭にも、入ってたりしないかな」

「……まさかあ……」

笑い飛ばそうとするノクスの背中を、いいからいいからと押しやるラノ。

「せっかくだから試《ため》そうよ」

「迷宮の核は一度に一つ、だろ？　そんなことあるわけ……」

ぶつくさ言いながら、ノクスは道中で一度も抜かなかった自分の剣を抜き、ラノを諦《あきら》めさせるために蛇の頭を割った。


コロン、と涼《すず》やかな音がした。


「……あった……」

足元に転がってきたのは、ラノが手に入れたのと同じ大きさの赤い宝玉だった。

「やった！　これで一緒にイースベルデだ！」

ラノは自分の核を手に入れた時よりも喜び、ノクスに抱きついて、

「痛《い》った……！」

肩を押さえて涙目《なみだめ》になった。


各々が転移陣を踏むと、次の瞬間には迷宮前の広場にいた。外は既に日が暮れていて、野営の明かりの中、待っていた人々がぱあっと顔を明るくする。

「おかえりなさい！　よくぞご無事で！」

主にラノの周りに集まる使用人たち。ノクスも庭師に肩を貸している手前、救護班が近寄っても良いのか躊躇う素振りを見せた。

「そろそろ歩けるか」

「あ、ありがとうございました」

礼もそこそこに速やかに離れようとする庭師に、

「おい」

ノクスは声をかける。

「罠のことは忘れてないからな」

なるべく悪そうに笑ってみせると、庭師の顔は蒼白《そうはく》になった。いっそう具合が悪そうに震《ふる》えながら、よたよたと離れていく。

「哀《あわ》れですね。余計な気を回さなければ、昇給《しょうきゅう》もあったでしょうに」

メイドを救護テントに送り届けて戻ってきたナーナは、いつもどおりノクスに茶を差し出した。

＊＊＊

成人の儀を終えた翌日の午前中。

治療を受けて腕を吊《つ》っているラノと無傷のノクスは、再びエドウィンの執務室《しつむしつ》に呼ばれた。

「……」

父の前には、厳かに台座に載《の》せられた、赤と青の宝玉。

「先に最下層に辿り着いたのは僕《ぼく》たちでしたが、あの双頭の蛇はノクスの手助けなしには倒せませんでした」

案の定、ラノは必死にノクスを擁護する。

「僕とノクスで頭を一つずつ潰して、その両方から核が出てきたのです、つまりこの核は、僕とノクスが一つずつ手にしたものです」

だが、ノクスにも言い分がある。

「俺は遅《おく》れて最下層に着いて、ラノの手柄を掠《かす》め取《と》ろうとしただけです。あの蛇にとどめを刺《さ》したのはラノなんだから、両方ともラノのものですよ」

「またノクスはそうやって！」

声を荒らげたラノは、エドウィンが組んだ手を静かに下ろした仕草で一旦《いったん》引き下がった。

「……経緯《けいい》はどうあれ、二人とも核を持ち帰った。何故核が二つ出てきたのかという謎《なぞ》は残るが、決まりどおりに評価せねばなるまい」

ふー、と小さく息を吐く父。

「二人はガラクシア家の成人男子と認められ、王より子爵位《ししゃくい》を授《さず》かることになる」

ラノはそれを聞いてぱあっと顔を輝かせ、ノクスは正反対にすこぶる嫌そうな顔を隠さなかった。

「じゃあ、ノクスもイースベルデに」

「いや」

すぐにでもノクスに抱きつきそうなラノの声を、エドウィンは一言で低く遮《さえぎ》った。

「二人も行く必要はない。ノクスは屋敷に残れ」

「ええっ！　どうしてですか、二人で蛇を倒して、同じように核を取ってきたのに」

「当たり前だろ、条件を忘れたのか？　『先に最深部に辿り着いたほう』がイースベルデを貰《もら》うんだ」

「そんな！　ノクス、まさかわかっててやったんじゃ……！」

慌てすぎていつものフワフワな喋《しゃべ》り方が出始めたラノを、エドウィンは咳払《せきばら》いで再び制止した。

「従者たちから報告が上がっている。ラノの怪我の元になった者と、ノクスに妨害の罠を仕掛けた者は減俸《げんぽう》半年。カバーができなかったもう一人も減俸三ヶ月。そして従者を庇ったラノ、お前もまだ甘い。イースベルデで上に立つ者の心構えを学んでこい」

「はい……」

成人はできたものの、まだまだ未熟という評価を下されて、ラノはしゅんと肩を落とした。

「じゃあ、ノクスはこれから何を？」

「ノクスには――」

「それについてなんですが、父上」

ノクスは何か言いかけたエドウィンの声を遮り、挙手した。

「俺はこの家を出て行きます」

「ノクス!?」

突然の進言に、ラノが思わず大きな声を上げた。

「……続けろ」

エドウィンは青い目で静かにノクスを見据《みす》えた。

「端的に言えば、俺はもうこの屋敷にいる意味がない。それだけだ」

もはや敬語も使わずに、ノクスは静かに言った。

「ノクス……」

「悪いな、ラノ。子爵位を貰ったところで使用人からの態度は変わらないだろうし、庇ってくれるラノがいなくなるなら悪化する可能性すらある。庇われないと生きていけないような場所を家とは言わない。違うか？」

先日執務室に呼ばれた際、核を持ち帰ったほう、即ちラノにイースベルデを任せるとエドウィンが言った時に決めたことだった。

ラノはそれ以上何も言えず、ぐっと言葉を飲み込んだ。

半端《はんぱ》な貴族なら威圧感で顔すら上げられなくなるというエドウィンを前にして、ノクスは背筋を伸ばしたまま淡々《たんたん》と続ける。

「使用人たちが俺にどんなことをしてきたか、アンタだって知らないわけじゃないだろう。もし知らないなら尚のこと悪い。今まで散々放置しておいて、残れって言われて残るとでも思っていたなら、アンタの頭にはパンケーキでも詰まってるんじゃないか」

どうせもう会うこともないと、ノクスは今まで言わずにおいた言葉を思いつくままにぶつけた。

「俺はこのガラクシアって家にも、アンタにも、とっくに愛想《あいそ》が尽きてる。今まで便宜《べんぎ》上父と呼んできたけど、アンタを父親だと思ったことはないし、成人した以上アンタの父親ごっこに付き合ってやる義理もない」

問題が表に出た時と、都合のいい時だけ父親面《づら》をして、普段はどれだけ虐《しいた》げられていようが見向きもしない。そんなものと、血縁だけで家族だなんて言われても知ったことではない。

「それじゃラノ、今までありがとう。元気で。もしかしたら、どこかで会うことがあるかもな」

ノクスは今にも泣きそうなラノの肩を軽く叩《たた》いて、踵《きびす》を返した。

後はパスカルとナーナに挨拶《あいさつ》したら、今日中にこの屋敷を出て行こう。執務室への興味をなくしたノクスの背中に向かって、エドウィンは訊ねた。

「……家を出て何をするつもりだ」

ノクスはあまりにも無邪気《むじゃき》な問いを、ハッと鼻で笑った。

「俺が今まで何をしてたのかも知らないのかよ？　そこにいるたった一人の可愛《かわい》い息子に聞いてみればいい。そんで早めに家督を譲って、さっさとくたばれ、クソジジイ」

そしてノクスは今度こそ執務室を後にした。


ノクスが出て行った執務室は、重苦しい空気に包まれていた。

「……父様」

父上と呼べと何度訂正《ていせい》されても直らないラノが、震える声で恐る恐る口を開く。

「……はあ」

エドウィンはため息をつくと、椅子《いす》の背もたれに身体を預けた。それまで纏《まと》っていた威厳《いげん》はどこかへ消え去り、そこにはただ、寂《さび》しそうな顔をした四十そこそこの男がいるだけだった。

「良く思われていないことは知っていたが、『さっさとくたばれ』か」

初めてノクスが向けてきた激情に一言も言い返せず、思っているよりもショックを受けている自分に気付き、フンと自嘲《じちょう》気味に鼻を鳴らすエドウィン。子どもは無条件に親を慕《した》ってくれるものだと思い込んでいたのかもしれない。

「父様……。どうして、僕とノクスを同じように扱ってくれなかったのですか」

ラノは度々《たびたび》エドウィンに進言していた。子どもの拙《つたな》い言葉ではあったが、ノクスを自分と同じように扱い、一緒に貴族学校に通わせてくれとも。

「人前に出せば、もっと批難の目にさらされて傷つくと思っていたんだ」

呪いの噂が社交界中に広まっている中で、ラノと並べれば尚のことその異質さが浮《う》き出《で》て見える。何か凶事《きょうじ》があるごとにノクスのせいにされるのはわかりきっていた。

「じゃあ、どうしてノクスの話を聞こうとしなかったんですか。……僕の話だって」

兄は確かに助けを求めていた。その手を先に振り払《はら》ったのは父だった。

縋《すが》るような目はやがて無関心に変わり、ここ数年は騎士が卑《いや》しい罪人に向けるような嫌悪《けんお》と侮蔑《ぶべつ》の感情すら混ざっていた。

「時間が足りなかったんだ」

エドウィンは忙《いそが》しすぎた。王国随一の剣の使い手として騎士たちに剣を教え、強力な魔物が出たと聞けば指揮を執《と》るために国中を飛び回る。年の半分以上を首都で過ごす有様だった。

王族という立場は盤石《ばんじゃく》に見えて危《あや》うい。綺麗事ばかりではなく、人に言えないようなこともたくさんしてきた。

その度にノクスの赤い目が、まるで今までの罪を全て見透かしてくるようで恐ろしかった。

「……今となっては、全て言い訳だが」

忙しさを口実に、息子たちから逃げていたと言ってもいい。

「思えば、教育係もいないのに貴族の立ち居振る舞いや言葉遣いを知っているとか、妙なことは多かった」

王弟と対峙《たいじ》しても一切怯《ひる》まず、堂々と背筋を伸ばして意見を述べる姿は、まさに高貴と呼ぶに相応《ふさわ》しい風格があった。

ラノのような周囲の者が思わず支えたくなる魅力も重要だが、ノクスが先ほど見せた、有無を言わさず従わせる力こそ天性のものだ。身につけようと思って身につけられるものではない。――王の器とでも言うべきか。

だが、それを発現させたのはエドウィンではない。

どれだけ息子に興味を持っていなかったのだと、エドウィンの心に自責の念が積もっていく。亡《な》き妻に託《たく》された大事な家族だったはずなのに。

「教えたのは誰だ？」

「僕も詳《くわ》しくは……。文字なんかは僕が教えたり、授業を盗《ぬす》み聞《ぎ》きしていたりしたことはありましたが、マナーの授業は嫌《きら》いだったみたいなので……」

それから、ちらりと上目遣いで父の顔を見るラノ。

「さっきの粗暴《そぼう》な喋り方と、罵倒《ばとう》の語彙《ごい》力のほうには、たくさん心当たりがあります」

ラノの精一杯の嫌味だった。

「……」

使用人たちが隠れてノクスにどんな仕打ちをしていたのかはこれから問い質《ただ》すとして、ならば彼にあの高貴な振る舞いを教えたのは誰なのだろうか。

「屋敷の中でノクスと仲が良かったのは、ナーナと料理長のパスカルくらいです。たぶん今、二人に最後の挨拶をしてるんじゃないでしょうか」

さすがのエドウィンも、辛《かろ》うじてパスカルとナーナがノクスを気にかけていることは知っていた。しかし、本当にその二人としか交流がなかったとは。——それ以外の使用人たちは、ノクスの虐待《ぎゃくたい》に加担、もしくは見て見ぬふりをしていたことになる。だが、それはエドウィンも同じだった。

息子たちのことを何も知らなかった、ということをまざまざと思い知らされ、エドウィンは再び静かに息を吐いた。

「ラノ。ノクスは私の知らないところで、何をしていたんだ」

寂しげな目で訊ねる。

「お前に聞けばわかると言っていたが」

『たった一人の息子』とノクスに言われて、ようやく自分が彼にどんな扱いをしてきたかを自覚した。外敵から守っていたつもりでも、双子の片方だけを外に出して教育の機会を与え、自分の仕事を教えるなど、もう片方を家族として認めていないも同然だ。

外に出してやれないなりに、せめて成人の儀くらいはと平等に機会を与えたつもりだったが、ノクスにとってはそれすらも、ラノとの扱いに決定的な差をつけるための理由付けにしか見えなかったことだろう。

「それは……」

ラノは躊躇った。兄が使用人たちからどんな仕打ちを受けていて、どれだけ思い詰めていたかを知っていながら、何の力にもなれなかったくせに、今更それを話すことに。

「話してくれ。知りたいんだ」

エドウィンはふらふらと立ち上がり、応接セットのソファに座《すわ》り直した。ラノに、お前も座れと目で促《うなが》す。

ラノは意を決して対面に腰掛けた。

「……ノクスは魔術の勉強をしていました。書庫の本で」

「魔術の？　……素質があったのか」

頷くラノ。

「僕が学校に通っていた間のことはよく知りませんが、迷宮での動きを見た限り——おそらく既に、魔術師として冒険者の経験を積んでいると思います」

自分たちが四人がかりでも苦戦していた、のたうち回る大蛇《だいじゃ》にたった一本の矢で致命傷《ちめいしょう》を与える兄。それは誇らしくもあったが、生まれた時からずっとそばにいたはずなのに、とても遠い存在のようにも思えた。

「あの矢にもノクスの魔力が籠もっていました。でなければ、いくら目とはいえ普通の矢が突き刺さることはないかと」

それから、ラノはふっと微笑んだ。

「あれは狙い澄《す》ました一撃でした。味方だというだけで安心できるほどの」

まるで背中を押してくれているような、力強さ。

「そんなにか……」

エドウィンは魔術が得意ではなかった。そしてラノもそうだとわかると、勝手にノクスもそうだろうと決めつけていた。

ただでさえ呪われているなどと陰口を叩かれているのに、剣も魔術の才もないのなら、跡継ぎは自分を凌《しの》ぐほどの剣の才能を持つラノで決まりだと。

「やはり、イリスの息子か……」

「母様がどうしたんです？」

「ああ、そんな話もしたことがなかったな」

エドウィンは、本当に自分の不甲斐《ふがい》なさを痛感していた。妻のイリスを亡くして辛《つら》かったのは、母親を亡くした息子たちだって同じだろうに。

「お前たちの母親――イリスは、当時王宮で一番と言われた魔術師だったんだ」

「そうだったんですか！　じゃあ、ノクスは母様に似たんですね」

フワフワと嬉しそうに笑うラノ。そんなふうに笑う顔を見るのも久しぶりだった。

「ノクスが魔術を使っているところは何度かしか見たことがありませんが、とても綺麗でした。火の球と水の球を交互《こうご》に出してお手玉をしていたり、東の丘《おか》で雲の形を変えていたり。暑い日は穴を掘《ほ》って、地下で涼んでいたこともありました」

「何？」

ラノは在りし日の思い出を話しただけだったが、エドウィンは急に真剣な顔になった。

「あの穴、その後はこっそり街で買ってきたものを隠す秘密基地にしていたんですけど、さっきの様子じゃもう片付けてしまっているかも――父様？」

ちょっとした兄自慢のつもりで早口でまくし立てたところ、ラノは父の表情がおかしいことに気付いた。

「火の球と水の球を同時に出して……。雲の形を変えるということは風魔術と、地形を変える土魔術……？」

ぶつぶつと呟くエドウィン。

「それは何歳《なんさい》の時だ？　他には？」

「えっと……。ナーナが来るよりも前だから、十歳くらいでしょうか。他には……。そうだ、こっそり外出する時には姿を隠していたと思います。僕はなんとなくノクスの気配がわかるので、すれ違った時には『今通ったな』って思っていました」

兄の脱走《だっそう》を見逃《みのが》すのは、何もしてやれない弟のせめてもの罪滅《つみほろ》ぼしだと思っていた。

「あと、秘密基地にいつの間にか、一人では到底《とうてい》運べないような大きなベッドが置いてあったので、魔術収納を持っているかも。羨ましいなあ」

生活魔術までの知識しかないラノには、それがどれだけすごいことか全くわかっていなかった。

しかし、エドウィンにはわかる。王家としての教養、騎士団をまとめる者としての知識に加え、国一番の魔術師を妻にするために健気《けなげ》に学んだ日々の全てが、とんでもない逸材《いつざい》を逃したことを知らせていた。

「ラノ、ノクスの気配がわかると言ったな！　今すぐ連《つ》れ戻すんだ！　使用人の入れ替《か》えでも処刑《しょけい》でも、全てノクスの言うとおりにする！　私の引退が望みなら明日にでも爵位を譲ると！」

「と、父様？」

魔術師はどんなに修練しても、基本四属性の中で極《きわ》められるのは二種類までと言われている。

それも、幼少の頃から数十年修行《しゅぎょう》してようやくだ。

「十歳で四属性をその威力と精密さで操《あやつ》り、高位の無属性魔術と空間魔術まで使いこなしていただと!? くそっ、私は本当に馬鹿《ばか》だ！」

丁寧に整えた白髪《しらが》交じりの髪をぐしゃぐしゃと掻《か》くエドウィン。

「ええ、大馬鹿者です。そして連れ戻させません。ノクス様は、私がいただきます」

不意に涼やかな声が響き、取り乱すエドウィンの前に繊細《せんさい》な模様のカップが静かに置かれた。

「ナーナ！」

「いけ好かない他人の、取り返しのつかない後悔《こうかい》ほど、面白いものはありませんね」

ラノの前にも、琥珀《こはく》色《いろ》の液体が注がれたティーカップが置かれた。

「……知っていたのか。――ナーナリカ姫《ひめ》」

「もちろん。迷宮で現在の威力も確認しました」

そしてナーナは、すっかり覇気《はき》をなくしたエドウィンを見据える。

「エドウィン様。『ガラクシアを継がなかったほう』を私と婚約《こんやく》させるという約束。守っていただきますよ」

＊＊＊

ノクスはラノの予想どおり、厨房《ちゅうぼう》にいた。

「そうか、とうとう出て行くのか」

「うん。俺にとってはパスカルが父親みたいなもんだよ。今までありがとう」

腕を組んで眉《まゆ》をひそめているパスカルの横で、ノクスは壁に寄りかかり、おやつに貰ったパンの耳に砂糖をまぶしたまかないラスクを美味しそうにカリカリしていた。

パスカルはノクスの恩人だ。雑談がてら一般教養や常識を教えてくれたのもパスカルだった。

「冒険者になるつもりだから、何か困ったことがあったら言って。冒険者組合で【魔術師のアストラ】って言えば、俺のところに連絡《れんらく》が来ると思う」

「ふーん、わかった。一応覚えておいてやろう」

「ガラクシア公爵には絶対に教えないでくれ。ラノにも」

「……わかった」

実の父を『父さん』とすら呼ばなくなったノクスに複雑な顔をしながらも、パスカルは承諾《しょうだく》した。

「あとはナーナに挨拶したいんだけど、どこに行ったか知らない？」

食事時でもないのに厨房にやってきて、妙にすっきりした顔をしているノクスを、他の使用人たちが怪訝《けげん》そうに見ていた。

「さっき、ティーセットを持ってどこかに行ったぞ。てっきりお前のところに行ったんだと思ってたのに」

「……ティーセット？」

暢気に首を傾げるノクス。

「もしかして、執務室に行ったか？」

ラノの気配もまだ執務室にあった。とうとうガラクシアを継ぐことが内定したのだ。今後についてエドウィンと話すことは山ほどあるだろう。

ノクスは一応他の可能性を信じてしばらくナーナを探した後、魔力の形を知っている特定のものを探すという探知魔術を使うことを思いついた。

ナーナの魔力に集中するために立ち止まった途端、

「あらあら、ごめんなさい！」

背後から耳障《みみざわ》りな白々しい声が聞こえた。

「【氷槍《ひょうそう》】」

勢いよくぶちまけられた水は空中で一旦停止したかと思うと鋭利《えいり》に尖《とが》り、ノクスが軽く振った指に合わせて、中年メイドに牙《きば》を剝《む》いた。

「ひっ！　ぎゃあ!?」

汚《きたな》い悲鳴と共にふんだんな布は壁に縫《ぬ》い止《と》められ、中年メイドは身動きが取れなくなった。氷の破片《はへん》のいくつかは頰《ほお》を掠め脇腹を裂き、本人が磨《みが》いたばかりの床が血で汚《よご》れた。

もう大人しくしている必要もなければ、屋敷の汚れや傷を気にする必要もない。

「大丈夫、殺さないよ。これから死んだほうがマシな目に遭うのに、もったいないだろ」

ここまで大きな騒ぎにしておけば、後のことはきっと、ラノがどうにかする。

ノクスはにこりともせず、床の血だまりよりも赤い目で、今まで散々自分を虐げてきたメイドを冷ややかに見る。

しかしすぐに興味をなくして視線を外し、

「やっぱりナーナは執務室か」

ポケットに手を突っ込むと、踵を返してすたすたと歩いていった。

恐怖《きょうふ》と痛みで気を失った中年メイドが次に目を覚ました時に地下牢《ちかろう》にいたことは、誰にも語られない話だ。

ノクスはナーナの仕事が終わるまで、東の丘にこっそり作っていた秘密基地で一眠《ひとねむ》りすることにした。

一度は撤収《てっしゅう》した大きなベッドを再び魔術収納から引っ張り出し、ドンと据える。一度背伸びをして倒れ込み、そのまま安らかな寝息《ねいき》をたてはじめた。

＊＊＊

夢を見ていた。ノクスは心地よい風が吹《ふ》く豊かな農地の真ん中に立っていた。地面が近く、その手は小さい。まだ自分の身を守る術《すべ》を覚える前の姿に、本能的に恐怖を覚える。

どこかに隠れなくては、と辺りを見回すと、遠くに人影が見えた。

美しい金髪《きんぱつ》を風になびかせる女性だった。

「――母さん」

自分とラノを産んだ後すぐに命を落とした、写真の中の微笑みしか知らない母。

家を出ると決めた後、滅多《めった》に近寄らないリビングに飾《かざ》られた母の写真を一枚だけくすねた。だからこんな夢を見たのだろう。

そう思いながらも、駆《か》け寄《よ》って話しかけずにはいられなかった。

「……母さん、ごめんね。俺、ガラクシアを出て行くよ。もう墓参りにも行けないや」

そっと細い手を摑《つか》んだ。イリスの墓は東の丘の上にある。

「ラノがいるから寂しがらなくていい。あ、ラノもしばらくイースベルデに行くから、墓参りには来られないかもしれないけど……」

おどおどと言葉を選んでいると、イリスは屈んでノクスと目線を合わせた。

「——あなたは？」

「え？」

「あなたは寂しくない？」

覚えてすらいないはずの、母の声だった。

「私こそごめんね。そばであなたを守れなかった」

「そんなことない！　……大丈夫。もう俺も大人だから」

一人には慣れている。今更ラノと離れることなど——。

「そうね。きっと大丈夫ね」

イリスはノクスの背後を見ていた。

振り返ると、赤い髪の少女が立っていた。

＊＊＊

「――ノクス様」

「はっ！」

少しだけ休むつもりがうっかり寝入ってしまったと、ノクスは飛び起きた。エドウィンとの対決で滅多に起こさない怒りの感情をぶつけて、思ったより疲れていたらしい。目頭《めがしら》を揉む。

「お待たせしました。私を待っていてくださったのでしょう」

「ナーナ……」

この秘密基地の場所を教えたことはなかったが、目ざといメイドのことだ。何かの拍子《ひょうし》に見つけていたのだろう。それかラノに聞いたのかもしれない。

「うん、まあ、執務室にいたみたいだから、事の顚末《てんまつ》は知ってると思うけど」

「ええ、あのエドウィン様が取り乱しているのは、大変愉快《ゆかい》でした」

「取り乱す？　何だそれ」

あの傍観《ぼうかん》クソジジイが？　と首を傾げるノクスだったが、ようやくナーナの格好に気付く。

「……ナーナ、どうしたんだその荷物。それに、その服」

ナーナは大きな鞄《かばん》を重そうに両手で持ち、迷宮で見たのと同じ冒険者装備だった。

「約束したでしょう。お二人の成人の儀が終わったら、私の家について話すと」

そういえば迷宮の中でそんな話もしたなと、ノクスは髪を手櫛《てぐし》で整えながらぼんやりと思い出す。

「それとその格好に何の関わりが？」

「私の本名は、ナーナリカ・ゼーピア＝サースロッソと言います」

ノクスの質問には答えずに、ナーナは言った。

「ゼーピア＝サースロッソ？」

姓《せい》を聞いてすぐに反応したノクスを見て、ナーナはどこか満足げだ。

「……なるほど。道理であのクソジジイが、ナーナの挙動に口出しできないわけだ。サースロッソ公爵は、ゼーピア公国の王女様を奥方に迎《むか》えたって聞いたことがある」

「ええ、私の両親です」

アコールの南の海を越えた先にあるゼーピア公国は、性別に関係なく年齢《ねんれい》順に王位継承権を持つことで知られている。そして、サースロッソ公爵の妻は現大公の妹。つまりサースロッソ公爵夫人は、アコール貴族でありながらゼーピアで二番目に高い地位を持っており、立場はエドウィンと同等だった。

ノクスが理解している間に、ナーナは続ける。

「あのクソジジイは四年前、ゼーピアとのパイプ欲しさに私と『双子の息子のどちらか』との婚姻《こんいん》を持ちかけてきました」

ゼーピアは大きな国ではないが、魔術と機械技術を組み合わせて国民に広く行き渡らせ、豊かな暮らしをしていると聞く。写真などもゼーピアから持ち込まれた技術だ。

「どちらかって……」

「その利益しか見ていない、息子や私の気持ちなどどうでもよさそうなノリが癪《しゃく》に障《さわ》ったので、我々一家は条件を付けました。『ガラクシアを継がなかったほうと婚約します』と」

それはそうだ。男女を問わず嫡子とするゼーピアの文化を持つ領地の一人《ひとり》娘と婚約するのだから、その相手にはサースロッソに来てもらう必要がある。

「……つまり、俺？」

「はい。ご理解が早くて助かります。ということで、改めてご提案させていただきます」

ナーナはよいしょと鞄を地面に下ろすと、いつもどおりに姿勢を正して臍《へそ》の前で手を組み、堂々と告げた。

「ノクス様。私と結婚して、私の実家に来ませんか」

「けっ……こん？」

急展開に頭が付いていかないノクスは、目を見開いていた。数秒思考が停止した後、慌てて首を振る。

「いやいや、待って。親同士が決めた話だろ？　ナーナ、そういうの一番嫌いなタイプじゃない？」

「いいえ。話し合いの場には私も同席し、同意しました。先ほどエドウィン様にもその旨《むね》を伝えて参りました。私が決めた話です」

「……」

ナーナの性格は、この四年間でノクスもよくわかっていた。『ガラクシアを継がないほう』は誰の目にも明らかにノクスなのだから、こいつと結婚なんて嫌だと思ったら、さっさと実家に帰っていただろう。つまり。

「私はちゃんと、ノクス様のことをお慕い申し上げておりますよ」

顔を赤らめることもなく、ナーナははっきりと言い切った。

「そっ！」

生まれてこの方、年頃の女子はおろか言葉の通じる相手にまともな好意を表されたことがないノクスは、すぐに耳まで赤くなった。

「……ノクス様は、妻が私では不服ですか」

「えっ!?　いやそんなことは絶対にない!!」

正直に言って、ノクスはこの四年でナーナに惚《ほ》れ込んでいた。人間としてはもちろん恋愛《れんあい》対象としても。

差別をせずノクスに接し、甲斐甲斐しく世話をしてくれることはもちろん、分《わ》け隔《へだ》てなく丁寧に仕事をする勤勉さ、決めたことを曲げない芯《しん》の強さ、静かに話す声、美味しいものを食べた時や驚いた時に一瞬だけ覗く年相応の表情。愛らしい顔立ち、普段は布の多い使用人の服で目立たないが抜群《ばつぐん》のプロポーション。好きなところを挙げればキリがない。

「けど……。俺にはもったいなすぎるっていうか……」

サースロッソはガラクシアから遠く、隣国《りんごく》ゼーピアの文化が濃い地域だ。しかし変わり種とはいえアコール貴族である以上、ノクスが婿《むこ》入りなんかしたら、『ガラクシアの呪われているほう』というレッテルに振り回される可能性があった。

するとナーナは、その情けない猫背《ねこぜ》をジトッと見つめた後、静かに頷いて口を開いた。

「今すぐに婿入りしてほしいとは言いません。冒険者として生計を立てるにしても、拠点は必要でしょう。私と一緒に来てくだされば、サースロッソに住所を用意できます」

ナーナはノクスが申し出を断ることを予測して、説得する言葉を先に考えていた。

ノクスはしょっちゅう屋敷を抜け出している。もともと簡単に抜け出せるのだから、わざわざ酷《ひど》い扱いを受ける場所に戻ってくる必要はない。もちろんそうなればナーナもノクスに会えなくなってしまうので、ノクスがきちんと帰ってくる度に少しだけホッとしていた。同時に、彼は外に拠点を持っていないようだと推測した。

そしてこうも考えた。ならば、自分のもとに帰ってきてほしいと。

「それは、助かるけど……」

強《したた》かな思惑《おもわく》を知る由《よし》もなく、ノクスは唸《うな》った。冒険者は世界中を旅するため家を持たない者も多いが、いざという時に拠点があるのは便利だ。そして不安定な仕事柄、新しい拠点を持つのは割と難しかったりする。渡りに船というやつだ。しかし。

「ナーナの実家の近くに俺なんかが居着いたら、悪い評判が立つだろ？」

彼女に迷惑が掛かることだけは避《さ》けたいと、ノクスは肩を落とした。ナーナはその返事を聞いて、少しムスッとした顔で言い放った。

「……サースロッソに着くまでの間に、その自己肯定感の低さを叩き直します」

「はい？？？」

「とりあえず、この荷物を預かっていただけませんか。すぐに出発しましょう」

「えっと、はい……」

言われるがままにベッドから立ち上がり、ノクスはナーナの荷物をひょいと拾い上げ、自分の魔術収納に仕舞った。ついでに今まで寝ていたベッドも仕舞う。

「あの重い荷物を軽々と持ち上げるうえ、そんなに大きな魔術収納が使えるなんて、すごいです」

「えっ」

「母が言っていました。魔術収納は、熟練の魔術師でも容量はせいぜい一部屋分くらいだと。ノクス様は十六歳にして、熟練以上の域にいるわけですよね」

「あの」

「私はあまり力も強くありませんし、戦いにも慣れていません。同行していただけてとても助かります」

「待って」

「実力をやたらとひけらかさないところも、私は好ましく思いますよ」

「もう勘弁してください……」

全て淡々とした無表情から繰り出されるいつもどおりのテンションの言葉だが、内容が慣れなすぎて、そろそろノクスの脳内キャパシティが限界だった。

「……そうですね。今日中に外で宿を探さねばなりませんし、そろそろ行きましょうか」

「絶対面白がってる……」

ナーナは屋敷に来た四年前の時点で十四歳だった。つまり今は十八歳。ノクスよりも二歳年上だ。

尻《しり》に敷《し》かれる未来が、この時既に見えていた。

第二章　ガラクシアと旅の始まり

公爵《こうしゃく》家の屋敷《やしき》から西にしばらく歩くと大きな街がある。名前はそのままガラクシアと言い、代々王家の血筋の者が受《う》け継《つ》いできた土地だけあって、首都の次に賑《にぎ》わう街だ。首都からもイースベルデからも様々な商品と人が集まるため、条例で決められた道幅《みちはば》のギリギリまで建物が立ち並び、いずれも三階建て以上ある。空を見上げると建物が覆《おお》い被《かぶ》さってくるようで、ノクスにはなんとなく圧迫《あっぱく》感があった。

「ナーナは、ガラクシアの街を歩いたことはある？」

首都にもガラクシアにも黒髪《くろかみ》の人間はほとんどいないので、ノクスの容姿は目立つ。ちらちらとすれ違《ちが》いざまに送られる視線を気にするノクスに、隠《かく》す必要はないとナーナは説得した。一緒《いっしょ》に街中を歩けば、ナーナの赤い髪のほうが人々の目に入る。海向こうの隣国《りんごく》ゼーピアには多い髪色だが、内陸部のガラクシアではゼーピア人を見かけることがほとんどないため余計に目立った。ナーナも目立つのは好きではないが、それでノクスの印象が薄《うす》れるなら構わないと思った。

「あまり多くはありません。日用品は週に一度、外商の方が来ていましたし……」

若いメイドたちは休暇《きゅうか》の度《たび》に街に出向き、服やらアクセサリーやら流行《はや》りの菓子《かし》やら華《はな》やかなものを買ってくるのが常だった。しかし、そういったものに興味がないナーナの私物は必要最低限だ。

「じゃあ、休みの日は何をしてたんだ？」

「両親に手紙を書いたり、軽い運動がてらお屋敷の周りを散歩したり……。あとは、普段《ふだん》の業務ではできないノクス様の身の回りのことを」

「俺《おれ》の？」

急に名前を出されてノクスが驚《おどろ》く。

「はい。シャツのシミ抜《ぬ》きとか、お布団《ふとん》を干したりとか」

見張っていないと妙《みょう》な虫が齧《かじ》りにくるので、とナーナは事もなげに言う。要は、洗濯物《せんたくもの》から目を離《はな》すと破損させにくる奴《やつ》がいたということだ。それもノクスを虐《しいた》げるためではなく、ナーナへの嫌《いや》がらせとして。

「改めてだけど、なんだか申し訳ないな。休みの日まで迷惑《めいわく》をかけて」

「私が勝手にやっていたことですから」

見張っている間は書庫から持ってきた本を読んでいた。ノクスがよく書庫に出入りしているのを知っていたので、どんな本を読んでいるのか気になったのだ。

「ノクス様のせいではありませんし、これからはもう、関係のないことです」

そろそろ廊下《ろうか》の血だまりは片付いただろうかと、もう戻《もど》ることはない屋敷のことを一瞬《いっしゅん》だけ思い出すナーナだった。

「そんなことより、今日はどこに泊《と》まるのですか？」

もはやガラクシアに用はないが、今から街を出ても野宿することになる。ノクスはどこででも寝《ね》られるものの、旅に慣れていないナーナのことを考えて今日は一旦《いったん》街に留《とど》まり、明日の朝出発する算段を立てていた。

「冒険者《ぼうけんしゃ》向けの宿だよ。屋敷のベッドよりちょっと硬《かた》いけど、いい？」

「ノクス様と一緒なら、どこでも」

ナーナは即答《そくとう》し、ノクスは赤くなる顔を背《そむ》けて手で覆った。

深呼吸して気を取り直し、宿を探すことにする。

「他の冒険者から、良い宿の見分け方を教えてもらったことがあるんだ」

建物が古くても、出入り口と看板が綺麗《きれい》なところを選べば一夜を明かすに支障はない。人の往来が多い通り沿いにあればなお良い。

条件に当てはまる宿を適当に選んだノクスは、宿に入る前に小さなカードを取り出した。

「ノクス様、それは？」

「冒険者組合が発行してる冒険者証。組合と提携《ていけい》してる宿なら、割引が利《き》くんだ」

厚手で金属製のカードの表面には、名前が刻まれていた。

「名義が違うようですが」

そこには名字も何もなく、ただ【アストラ】とだけ記されていた。

「偽名《ぎめい》だよ。本名で登録するわけにもいかないだろ。冒険者として何かしてる時は、こっちの名前で呼んでくれ」

「アストラですね、わかりました」

ナーナの口から発音されるアストラという名前が新鮮《しんせん》で、ノクスは微笑《ほほえ》む。

「……私は、アストラのそういう顔も好きです」

「……ありがとう」

褒《ほ》める度に耳まで赤くなる初心《うぶ》な未来の夫を見て、ナーナは静かに満足した。

宿のエントランスは小ぢんまりとしてはいるが清潔で温かい雰囲気《ふんいき》があり、当たりだな、とノクスは思った。

「部屋はどうしますか？」

受付係の女性は『男女二人組のパーティー』と判断し、マニュアルどおりに訊《たず》ねる。

ノクスは慣れた様子で二本指を立て、

「一人部屋を二――」

「二人部屋を一つでお願いします」

「ナっ」

ナーナに邪魔《じゃま》された。

受付係の女性はくすくすと笑いながら鍵《かぎ》を一本取り出して、赤い髪の少女のほうに渡《わた》した。

「二階の一番奥《おく》のお部屋です」

「ありがとうございます」

ナーナは無表情に少しだけ感謝を滲《にじ》ませながら、丁寧《ていねい》に両手で受け取った。

「ナーナ、腕《うで》を組まないで。歩きにくい」

「だって今放したら、アストラは受付に戻ってもう一部屋借りようとしますよね？」

賑やかに二階に上がっていく話し声を聞きながら、

「ただのパーティーじゃなくて、初々《ういうい》しいカップルだったか……」

まだまだ観察力が甘《あま》いぜと、受付係の女性は夕刊を広げた。

「ナーナ。どうして一部屋なんて言ったんだ」

ノクスは二つ並んだベッドの片方に腰掛《こしか》け、神妙な面持《おもも》ちで訊ねる。

「問題ありません。婚約《こんやく》しているのですから」

もう片方のベッドに座《すわ》って向かい合ったナーナは、相変わらずの姿勢の良さで答えた。

「……そうだった」

クソジジイことエドウィン・ガラクシアは、勝手にサースロッソ公爵家と書面を交《か》わしていた。

つまり、契約《けいやく》上は正しく婚約関係が成立しているのだ。

「私はノクス様を精一杯《せいいっぱい》心を尽《つ》くして甘やかすと決めましたので。その材料となりそうなものを見《み》逃《のが》すわけには参りません」

「……いや、あの……。万が一の間違いとかさあ……」

もちろん、よその御令嬢《ごれいじょう》に手を出すつもりはないが、年頃《としごろ》の男女が同じ部屋で寝るのはまずいのではないかと、慎重《しんちょう》に訊ねた。が、

「婚前交渉《こうしょう》も駆《か》け引《ひ》きのうちだと母が言っていました」

「サースロッソ夫人!?」

隣国の大らかな文化に驚いてばかりのノクスだった。

「『間違い』が起きても、私は構いません。ノクス様はどうですか？」

「……っ！」

ナーナはノクスの隣《となり》に座り、滑《なめ》らかな手でノクスの膝《ひざ》を撫《な》でた。孤独《こどく》の中で心の支えとなり、ずっと想《おも》いを寄せていた少女が全面的に好意を示してくれていることに、少しだけ揺《ゆ》らぐ。しかし。

「……ダメなんだ。俺はナーナにそういうことはできない」

膝の上の手をどかし、反対を向いて、ナーナの顔を必死に見ないようにするノクス。

「……ダメ、とは？」

「……」

悲しげに俯《うつむ》くノクスをそれ以上追及することは憚《はばか》られ、ナーナは仕方なく自分のベッドに戻った。

「……サースロッソまでは二ヶ月ほどかかります。もし良ければ、理由を教えていただけませんか」

誘惑《ゆうわく》モードではなくなった空気に、ノクスは小さく息を吐《つ》いた。

「調べたんだよ、双子《ふたご》の言い伝えについて。この髪と目の色は、どう考えてもおかしいから」

暇《ひま》にものを言わせて、屋敷の書庫、ガラクシアの街の図書館、果ては王都まで足を延《の》ばし、古い言い伝えから順に手繰《たぐ》っていった結果、最終的に辿《たど》り着《つ》いたのは最新の論文だった。

「結論から言えば、呪《のろ》いは存在する。受けた本人だけでなく、親しい相手にも影響《えいきょう》を及《およ》ぼす呪いだ。だから……そういうことは、できない」

「……」

おそらくはノクスの母、イリスの死にも関わっているはずだ。できる限り触《ふ》れ合《あ》うことは避《さ》けるべきだった。

「……では、どこまでなら大丈夫《だいじょうぶ》ですか？」

「はぇ？」

納得《なっとく》してくれたかと思ったら思わぬ方向からの質問がきて、ノクスは変な声を出してしまった。

「私は年中ノクス様のおそばにいましたから近くにいるのは大丈夫。それから、腕を組むのも大丈夫そうでしたね。キスはダメですか？」

「……」

ナーナの表情は真剣《しんけん》そのものだ。うっかり形の良い小さな口に目が行き、慌《あわ》てて逸《そ》らした。

「……キスは、やめといたほうがいい気がする……」

患部《かんぶ》に触れたほうが治癒《ちゆ》魔術の効果が高くなることや、おとぎ話でよくある『愛する者のキスで呪いが解《と》ける』という現象に代表されるように、魔術の素養がある者が思いを込《こ》めて肌《はだ》に触れる行為《こうい》というのは、呪文《じゅもん》と同じくらい様々な現象を引き起こすのだ。

もしも呪いを受けたのがナーナだったなら、もしくはノクスよりもナーナの魔術の素質が高かったなら、呪いが解けることもあるかもしれない。

しかし逆はむしろ、ノクスの呪いがナーナにも影響してしまう可能性のほうが高かった。

「口ではなく、頰《ほお》ならどうですか。貴族なら手に口づけをすることもあるはずです。それは？」

「……」

何が何でも、ノクスと触れ合いたいらしい。

「腕を組むのが大丈夫なら、軽く肌に触れる程度のことは良いということですよね」

「いや、あの」

ナーナがずずいっと寄ってくる。

「ちょっ、えっ、何」

頭を摑《つか》まれたと思ったら、そのままノクスの眼前にナーナの豊かな胸が近づいてきた。抵抗《ていこう》する間もなく、もふっとした柔《やわ》らかい感触《かんしょく》に包まれ、馴染《なじ》みのない良い匂《にお》いが鼻をくすぐった。

「遅《おそ》くなりましたが、お誕生日おめでとうございます。それと、今までお疲《つか》れ様《さま》でした。大変だったでしょう」

ノクスは驚いて目を見開いた。

ナーナはガラクシアの屋敷に来てから、毎年必ずノクスの誕生日にお祝いを言いに来ていた。今年は成人の儀《ぎ》の準備であやふやになっていたが、ナーナはずっと、一段落したら言おうとタイミングを窺《うかが》っていたのだ。

「ありがとう……」

ノクスがどうにかそれだけ言うと、ナーナは抱《だ》きしめていた腕を放し、満足そうな雰囲気を滲ませて頷《うなず》いた。

「改めて、これからよろしくお願いいたします」

「こちらこそ……」

それからしばし、お互《たが》いに何も言わない気まずい時間が流れた。

「……先にシャワーを使っても？」

「どうぞ」

この場から一時退避《たいひ》する口実をひねり出し、ノクスは部屋に備え付けられた狭《せま》いシャワールームへそそくさと逃《に》げた。

頭から水を被り、顔の火照《ほて》りを冷ます。

「……柔らかかったなあ」

誰《だれ》かに抱きしめられた経験などほとんどなく、ましてや同年代の女子は初めてだ。ノクスには十分に刺激《しげき》が強かった。冒険者装備の分厚い布地の上からであれなら、直《じか》に触れたらどれだけ柔らかいのだろう。

「……」

ノクスはこの十六年間、あらゆることを我慢《がまん》してきた。忍耐力《にんたいりょく》は他人よりもある。だが、我慢ができるからといって欲がなくなるわけではない。何より相手も乗り気なのに、誰がかけたかもわからない呪いのせいで我慢しなければならないのが歯痒《はがゆ》かった。

「……まずは、呪いを解く方法を探そう。それで」

それで呪いが解けたら、ナーナにきちんと想いを伝えるのだ。

今まで『家を出る』という目標しかなく、これからどうしようかと思っていたノクスに、新たな目標ができた瞬間だった。


ノクスと入《い》れ替《か》わりにナーナもシャワーを浴びる。戻った時には、ノクスは既《すで》にベッドで横になっていた。ナーナのベッドと反対のほうを向き、身体を丸めて寝息を立てている。地下の秘密基地でも同じ姿勢で眠《ねむ》っていた。

ナーナはそろりと近寄り、その背中に触れようとする。が、

「！」

見えない壁《かべ》に阻《はば》まれた。ノクスが自分の身を守るために編み出した、本人が気を失うと半自動的に発動する防御障壁《ぼうぎょしょうへき》だった。

「こんなものを使わないといけないくらい、屋敷では安心して寝られなかったのですね」

反対側に回り、半分ベッドに埋《う》まった寝顔を覗《のぞ》き込む。

四年前にナーナがガラクシアに来た時、ノクスから最初に向けられたのは静かな敵意だった。今思えばあれは、父親が自分より丁寧に扱《あつか》う得体の知れないメイドへの、威嚇《いかく》と嫉妬《しっと》だった。

ノクスに与《あた》えられていたのは、弟の部屋の半分ほどの広さしかない、日当たりの悪い部屋。私物は極端《きょくたん》に少なく、同じく少ない衣服は数着の礼服を除いて皺《しわ》や汚《よご》れが目立った。

ノクスは声を荒《あら》らげたり、暴力を振《ふ》るったりということは一切しないものの、ナーナの用意した茶には手を付けず、着替《きが》えの手伝いをしようとしても断られる。王子なのに、まるで懐《なつ》かない野良《のら》猫《ねこ》のようだと思った。

ラノはナーナにも初めから懐いたが、周りの待遇《たいぐう》を見るに彼《かれ》が跡継《あとつ》ぎとなることは明らかだった。

これはどちらがガラクシアを継ぐかを見届けるまでもなく契約解消かと呆《あき》れていたが、パスカルやラノと話す時にふと和《やわ》らぐノクスの表情を見て、考えが変わった。

「あんな顔もするのですか」

歳《とし》相応の少年の顔だった。正面から見てみたい、せっかく彼らが成人するまでそばに仕えるのなら、一度くらい自分も向けられてみたいと思った。

それからは、素っ気なくされようがウザがられようが、隙《すき》あらばノクスのそばにいるようにした。

転機が訪れたのはひと月ほど経《た》った頃《ころ》。ノクスとパスカルが一緒に食事をしているのを見て、ナーナはふと思い立った。

いつもどおりティーセットを持って、ノクスの部屋へ行く。あまりにもナーナが付き纏《まと》うので、この頃にはノクスは前日の予定をナーナに先に告げるようになっていた。

時々突然《とつぜん》外出して、たまに数日帰ってこないこともあるが、今日は部屋にいるはずだ。

お茶を淹《い》れて甲斐甲斐《かいがい》しく準備しても、相変わらずノクスは日当たりの悪い窓際《まどぎわ》から外を眺《なが》めるばかりだった。

「ノクス様が召《め》し上《あ》がらないのでしたら、私がいただきます」

予想どおりの行動をしばし観察した後、ナーナは部屋のテーブルを勝手に使い、自分で淹れた紅茶を自分で飲み始めた。

「こんなに美味《おい》しいのに食べないなんて、もったいない」

そしてパスカルの作った菓子を目の前でサクサクと食べ始めると、ノクスは驚いてしばらく目を丸くした後、ため息をついて反対側に座った。

「変わってるなあ、アンタ」

「よく言われます」

はじめからカップは二つ用意していた。ノクスもナーナがしようとしていることに気付いていたのだろう。自分の茶を勝手に注いで菓子をつまんだ。それから、

「うん、美味しい」

はは、と少しぎこちなく笑った瞬間、滅多《めった》なことでは動じないナーナの心臓が、ギュンと音を立

てて波打った気がした。

そして、結婚するなら絶対にこっちだと、ナーナは心に決めた。

そのためには、ノクスにガラクシアを継いでもらっては困る。しかし彼が正当に評価されないのは悔《くや》しい。彼が隠している有能さを発見する度にやきもきした四年間だった。

「貴方《あなた》は自分で思っているよりも、魅力的《みりょくてき》な人ですよ」

どれだけ酷《ひど》い仕打ちを受けても根は優《やさ》しく、気を許した者には特に甘い。我慢強さと、いざという時の頭の回転の早さは目を見張るものがある。魔術の素養についてエドウィンは才能だと言っていたが、それをこんなに早く開花させたのは、本人の努力の賜物《たまもの》だ。

愛想《あいそ》がないと言われるナーナに対しても『ナーナはナーナだから』と淑女《しゅくじょ》らしさを強要することもなく、気楽にそばにいられる。少し誘惑するとすぐに顔を逸らす紳士《しんし》的すぎるところは焦《じ》れったいが、照れる仕草が可愛《かわい》らしいのでまあ良い。

一つ難があるとすれば、

「弟の容姿が良いことは知っているのに、双子の自分もそうだと思っていないのは何故《なぜ》です？」

宿を探すまでに街を少し歩いただけでも、ちらちらと視線を送る女性の姿が目に付いた。若い平民は、アコールにおける黒髪の意味を知らない者も多く、彼らにとっては見目の良い小綺麗な冒険者にしか見えない。まだノクスは十六歳《さい》。成長期だ。これから更《さら》に背が伸びれば、そういった輩《やから》がいっそう増えることは容易に予想できた。

「自覚して女遊びをされるのも困りますが……。やはり早めに決着を……？」

ぶつぶつと不穏《ふおん》なことを呟《つぶや》いていると、ノクスがごろんと寝返りを打った。ナーナは聞かれていたかと少し焦《あせ》ったが、起きる気配はなく、ほっと息をついた。

「……それは、追い追いですね」

ナーナは半球状の壁を撫でると、明かりを消して自分のベッドに入った。カーテンの隙間から月明かりが差し込むだけの暗闇《くらやみ》の中、規則正しく上下するシルエットをじっと見た後、目を閉じた。

＊＊＊

翌朝ノクスが目を覚ますと、ナーナは既に支度《したく》を終えていた。

「おはようございます、ノクス様」

「……おはよう」

一瞬何が起きているのか把握《はあく》できずぽかんとした後、徐々《じょじょ》に昨日のことを思い出し、

「寝ている間も魔術を発動し続けられるなんてすごいです」

寝起きの一褒めで完全に覚醒《かくせい》した。

屋敷と同じように甲斐甲斐しく世話を焼こうとするナーナの手伝いを辞退して、ノクスは一人で身嗜《みだしな》みを整える。

「今日はどうなさるのですか」

触れ合いチャンスを断られ、ナーナは少し不満そうだった。ノクスは意図的に無視する。

「とりあえず、午前のうちにガラクシアを出たい」

「では、早速《さっそく》出発するのですね」

ノクスが気付いていない後頭部の寝癖《ねぐせ》をすかさず直しながらナーナは訊ねる。

「少し買い物してからな」

いい思い出がないとはいえ、首都のセントアコールに着くまでにガラクシア以上の物資が揃《そろ》う大きな街は他にない。道中で野宿になる可能性もあることを考えて、食材や備品を買い足しておこうと立ち寄る店を思案した。

「お買い物ですか」

ノクスの言葉を反復したナーナの顔が、少しだけ明るくなった気がして、ノクスは首を傾《かし》げた。


街は早朝から賑わっていた。役場をはじめとした公的機関が集まる広場には、昨日の昼間にはなかった簡易的な屋台が並び、野菜や果物を中心に様々な食材が売られている。朝市というやつだ。自分の店を目立たせるための色とりどりの天幕や日除《ひよ》けの間を、市井《しせい》の人々と同じように慣れた様子で歩くノクス。ナーナは一歩後ろを付いていこうとしたが、祭りのような人混みで、思うように歩けない。そんな彼女《かのじょ》の腰を、ノクスは何の下心もない仕草でひょいと引き寄せた。

「ナーナ、何か買いたいものがあるんだろ？　割引が利くかもしれないから、買う前に言ってくれ」

「え？　ええと……。せっかくなので両親に何かお土産《みやげ》をと思ったのですが」

エスコートのやり方なぞ誰に習ったのだろうかと、ナーナは怪訝《けげん》に思ったが、はぐれるよりは良いので、恐《おそ》る恐る腕に手を掛ける。

「よくわかりましたね。私が何か買うつもりだと」

ナーナの表情がわかりにくいのは幼少の頃からだった。愛想良くと言われても、表情筋を自分でコントロールできないのだから仕方がない。

「わかるよ、ナーナの顔見れば」

さらりと言われて、ナーナはまた、初めて笑いかけられた時と同じ『ギュン』に襲《おそ》われた。何なら、彼がナーナに向けて微笑む度に襲われている。

「でも、土産物は俺も詳《くわ》しくないな……」

顔に出ないのも善し悪しで、ノクスはナーナの肝心《かんじん》な気持ちには気付かず唸《うな》った。

「大したものでなくていいのです。何かガラクシアらしい面白《おもしろ》いものがあれば」

「規模が大きいだけで、売ってるもの自体はそんなに目新しくないからなあ」

ノクスは困ったように笑う。大きいだけの、保守的で品行方正な品揃《しなぞろ》えの街。まるで領主の性質を表しているようだ。

ナーナは少し考え、

「……本当はイースベルデ産の新鮮な食材が良いのですが、何しろ長旅ですから」

ぽつりと漏《も》らした。

ガラクシアでは領民の生活の一部として安価で市場に並んでいるイースベルデの食材だが、その味と品質はアコール中で評判だ。特にサースロッソはアコール王国の南の端《はし》にあり、寄り道せずに向かっても二ヶ月ほどかかる。現地で口に入れられる機会はまずない高級食材だった。

すると、ノクスは簡単に言う。

「それなら魔術収納に入れておけばいいよ。中に入っているものは、術者が死なない限り状態が変わらないから」

魔術収納は、魔術が苦手でも誰もが習得したがる——特に商人にとっては、憧《あこが》れの魔術だ。習得できたとしても鞄《かばん》一つ分くらいにしかならないことが多いが、重い荷物を背負わなくて良くなるし、追《お》い剝《は》ぎに遭《あ》っても盗《と》られない。暗器や回復道具を隠し持っておくこともできる。

「本当ですか。ではそうします」

そう言うと、ナーナは朝市に並ぶ果物や野菜をせっせと選んでいった。袋《ふくろ》一杯になった食材の代金をナーナが値切りもせずに支払《しはら》い、受け取ったノクスが何でもないように丸ごと収納するのを、店主はぽかんと見ていた。

「ありがとうございます。ノクス様のおかげでいいお土産ができました」

やはりノクスは逸材《いつざい》だとナーナが再確認《かくにん》したことは知らず、本人はまた耳を赤くして照れた。

それから、今度はノクスが普通の食材を買い足す。こちらも、せっかくイースベルデ産の食材が買えるのだからと新鮮なものを多めに買い込んだ。

買い出しが終わったら、市場の中で朝から開いている大衆食堂に立ち寄り朝食を取る。

「パスカルの料理とはさすがに違うけど、これはこれで美味しいんだ」

ノクスはそう言って、荒っぽい野菜炒《いた》めを気楽に口に入れる。ナーナはそれを見てから、そっと食べ始めた。キャベツの芯《しん》が硬いと思った。

「ノクス様は、外で食べる料理は警戒《けいかい》しないのですね」

ナーナの見ていた限り、屋敷ではパスカルが目の前で器《うつわ》に盛った料理、ラノが自分も食べたと言って分けにきた菓子、そしてナーナが持ってきた茶くらいにしか手を付けなかった。

「こんなに賑わってて、席まで運ぶのも自分たちでやるような店で、俺だけを狙《ねら》って毒を入れるタイミングなんてないだろ？」

「……入れられたことがあるのですか」

「ナーナが来る前にね」


その頃は料理長の研究室ではなく、厨房《ちゅうぼう》の片隅《かたすみ》に皿を並べて食べていた。――パスカルが目を離した隙に起きた出来事だった。

それはイノシシやクマなど大型の害獣《がいじゅう》退治に使う麻痺《まひ》毒で、臭《にお》いや味に敏感《びんかん》な獣《けもの》が不審《ふしん》に思わないよう改良された凶悪《きょうあく》なものだった。

――ノクスが既に治癒魔術を覚えていなかったら、確実に死んでいた。

「その時の犯人は？」

「入れた奴をパスカルと二人で突《つ》き止《と》めて、同じ毒を仕込んでやった。死なない程度に」

犯人は三日三晩苦しんだ後、パスカルに尋問《じんもん》されたという。

「でも、俺が厨房に入るのが気に食わなかった程度で、死ぬような毒は盛らないだろ？　結局、王宮にいる第二王子派の権力者が首謀者《しゅぼうしゃ》だったって話じゃなかったかな」

ノクスの次はラノだったかもしれない。王宮内の問題として結構な騒《さわ》ぎになったらしいと、ノクスは後で聞いた。

「クソジジイは家の管理を他人に任せっぱなしだから。ガバガバだよ、あの家。ラノが少し心配だ」

それでも弟の心配をする辺り、どこまでお人好《ひとよ》しなのだろうかと、ナーナはノクスのことが少し心配になった。

朝食を食べ終わり、店を出る頃には雑貨屋なども開いている。適宜《てきぎ》買い物をして必要なものを揃えると、再び広場に戻ってきた。

「他には、どこか寄る場所はありますか？」

「冒険者組合で適当な依頼《いらい》を受けたら、ガラクシアでの用事は終わりかな……」

ちょうどいい依頼があればいいが、とノクスは広場の片隅にある古い堅実《けんじつ》そうな建物にちらりと顔を向けた。

「依頼を受けるのですか？　旅費なら十分にありますが」

ガラクシアの嫡男《ちゃくなん》が真っ黒な髪をしているという噂《うわさ》は屋敷を離れるほど薄れる。できる限り早急《さっきゅう》に離れたいはずなのに、どうして寄り道をするのか、とナーナは不思議に思った。

ノクスはそれよりも『旅費が十分にある』という言葉で、あることを察した。

「……もしかして、あの鞄の中身って」

声を低くしてひそひそと訊ねる。すると、

「主に四年分のお給料が現金で入っています。使い道がありませんでしたので、ほとんど手つかずのままです」

ナーナは何でもないことのように頷いた。

それから、

「もちろん着替えや日用品も入っていますよ」

と付け加えた。

「道理で重いと思った……」

ナーナは特別待遇のメイドだ。二束三文でこき使うわけにはいかない。それなりの金額が支給されているはずだった。

「ナーナ、町ではあんまりお金がある素振《そぶ》りを見せない方がいい。人が多いところには、変な奴も多いから」

再びひそひそと言う。ナーナが旅に慣れていないお姫様だと知られたら、どんな奴が寄ってくるかわからない。

「値切れそうなものは値切る、必要以上に高級なものを買わない。……まあ、ナーナの装備が上等なのも真新しいのも、見る奴が見ればわかるから、既に目を付けられてるかもしれないけど」

「……わかりました」

警戒しろということだ。ナーナは神妙に頷いた。ノクスは元の声量に戻して話を続けた。

「依頼を受けるのは、お金だけが目的じゃないよ」

「と言いますと？」

「冒険者組合は家無しでも身分を保証してくれるけど、何の実績もない奴のことをいつまでも保証してくれるわけじゃない。定期的に働かないと登録が抹消《まっしょう》されて、冒険者証が身分証として使えなくなるんだ」

宿で見せたカードを魔術収納から再び取り出し、ひらひらと振ってみせるノクス。

「意外ときっちりしているのですね。誰でもなれるのかと」

冒険者は貴族とは正反対と言ってもいい不安定な仕事だ。ガラの悪い輩も多く、依頼をする以外ではあまり関わり合いになりたくないというのが、貴族からの冒険者に対するイメージだった。

「名乗れば誰でもなれるし、組合の登録を抹消されても冒険者でなくなることはない」

冒険者は魔物の害から人々が身を守るために、民間から自然発生した職業だ。しかし冒険者を名乗る人間の増加に伴《ともな》い、様々なトラブルが発生するようになる。

一つは、身の丈《たけ》に合わない依頼を受けて命を落とす者や前金だけ貰《もら》って行方《ゆくえ》をくらます者など、冒険者の質の低下。

もう一つは、難癖《なんくせ》を付けて契約報酬《ほうしゅう》を払わない者や不当に安い金額を提示する者など、依頼者の横暴。

個人で活動するには安定した依頼の受注や依頼人との交渉に限界がある。依頼人としても、個人の評判を一つ一つ調べるのは手間だし、粗悪《そあく》な冒険者には依頼したくない。

双方《そうほう》のニーズが噛《か》み合った結果設立されたのが、その仲介《ちゅうかい》をする冒険者組合という団体だった。

「何かと便利だから入らない理由もないし、今じゃ組合員は世界中に数十万人、どうかすると百万人以上いるって噂」

「所属する組織の成り立ちまでご存知《ぞんじ》なんて、素晴《すば》らしいです」

ナーナはすかさず褒めた。

「興味本位で調べただけだって……」

毎回固まっていてはナーナの思うつぼだと、ノクスは気を取り直して言い返す。しかしナーナは、それすらもどこか嬉《うれ》しそうだった。

「まあ、そういうことだから。特に事情がなければ、三十日に一回は何らかの依頼をこなさないといけない決まりになってるんだ」

つまりサースロッソに着くまでに、最低でも一、二回は依頼を受ける必要があった。

「道中どんなトラブルがあるかわからないだろ。依頼を受けられる時には受けて、更新《こうしん》しておいたほうがいい」

そう言うと、ノクスは収納から細かい装飾《そうしょく》の施《ほどこ》されたフード付きのローブを取り出した。慣れた様子で羽織り、フードを目深《まぶか》に被る。

「ノクス様？」

「ここからは、アストラだ」

見えづらくなった表情の下で、ノクスは口元に人差し指を立てた。

「それは、変装ですか」

「うん。このローブには、顔の認識を阻害《そがい》する魔術がかけてある」

黒髪赤目という珍《めずら》しい色合いと、市井でも人気の王子であるラノそっくりな顔を隠すために始めた、簡単な変装だった。仮面でも付けようかと思ったこともあったが、視界が狭くなって邪魔なので諦《あきら》めた過去がある。

「……わかりました、アストラ」

「まあ、ナーナもいることだし。簡単な依頼にしておくよ」

言いながら、冒険者組合ガラクシア支部の重厚《じゅうこう》な扉《とびら》を押《お》し——。

——十数分後には、何故かナーナ共々、組合の応接室に通されていた。

「なんでこんなことに」

ノクスは一般《いっぱん》任務が貼《は》り出されている掲示板《けいじばん》から適当な依頼を見つけて受付に持っていっただけだ。道中で任務をこなし次の宿場町にある支部で報告する、簡単な手続きのはずだった。

ところが冒険者証を見た受付係が慌ててどこかに連絡《れんらく》し、奥から明らかに上司と思われる男性が出てきて、丁重に奥に案内されたのだ。

「何をしたのです？」

「何もしてないって……」

ひそひそと小声で会話していると、静かに応接室の扉が開いた。

「お待たせしました」

現れたのは、貴族のようなきっちりとした身なりをした、初老の男性だった。

「魔術師のアストラ様ですね。わたくしはガラクシア支部の支部長、ドルクと言います」

「……何かしたっけ……」

物腰《ものごし》は柔らかくとも腕の立つ冒険者であることが窺える鋭《するど》い眼光に、ノクスは更に疑問符《ぎもんふ》を増やした。

「お連れ様共々、お時間を頂き大変申し訳ございません」

紳士的な支部長ドルクは、ナーナにも深々と頭を下げる。

「この度はどうしてもアストラ様にお願いしたいことがあり、お呼びしました」

「俺に？　指名依頼ってこと？」

冒険者は以前依頼を受けた相手がリピーターになったり、口コミで名前が広まったりして、名指しで依頼されることがある。

「いえ、指名ではないのですが……。赤五つの魔術師の腕を見込んでぜひと」

「赤五つ？」

首を傾げたのは、ナーナだった。

【功績】って言って、実績に応じて冒険者証に付く宝石の数のこと」

ノクスは小声で説明しながら、ナーナにカードを渡した。

「確かに赤い石が五つ付いていています」

「これが何か？」

二人して疑問符を浮《う》かべている若者を見て、ドルクは逆に訊ねた。

「もしかして、石の意味をご存知ないのですか」

「石の数が増えるほど報酬が良い依頼を回してもらいやすくなるってことと、この石が貴重で、冒険者証を返上する時に換金《かんきん》できるってことは知ってるけど」

特に赤い石はレッドバケーションと呼ばれ、カードに付いた小粒《こつぶ》一個でも平民がひと月暮らせるほどの価値がある。それを聞いたノクスは難易度が高い依頼ばかりを狙って受注し、せっせと石の数を増やしていた。

「……」

するとドルクは何か言いたげな顔をした後、咳払《せきばら》いをして続けた。

「功績の数と色は、その冒険者自身の力を示す指数となります。……五つ持ちは、冒険者組合発足《ほっそく》から数百年の歴史の中でも片手で数えるほどしかいません」

「えっ」

「まあ」

ノクスは単純にそうだったのかと驚き、ナーナは内心でとても喜んだ。登録している名前は違えど、ノクスが逸材であることが、数値として証明されたわけだ。

「赤、青、緑とある三種類の功績の中でも赤は魔物退治のエキスパートで、昔は勇者などと言われた方もいましたが……。魔術師での赤五つは、アコールの初代国王以来です」

「初代国王って、冒険者だったのか」

「ええ。この周辺を根城にしていた魔物の王を倒《たお》し、人間の国を築いたと言われています」

アコールの歴史についての教育を受けているナーナもそんな話は聞いたことがなかったが、言われてみれば、アコール王国は周辺諸国の中では冒険者の地位が高いほうだ。貴族の中には根無し草の冒険者を良く思わない者も多いので、王家が神格化されていくうちになかったことにされたのだろうと推測した。実際そのとおりだった。

「それで、俺に受けてほしい依頼って何なんだ」

ノクスも国の成り立ちには興味がない。先を促《うなが》した。

名誉《めいよ》や名声のために活動している冒険者も少なくないので、初代国王と同格と言われたら少しくらいはいい気分になるものだが、あまりにも興味がなさそうな様子にドルクはまたしてもペースを崩《くず》されていた。

「……こちらです」

やりづらいなという気持ちを表には出さず、懐から依頼内容が記された書類を取り出して渡す。

ノクスが確認し、ナーナも横から覗き込む。

「魔物の巣の駆除《くじょ》ですか？」

内容は、ガラクシアと首都を繋《つな》ぐ街道《かいどう》の近くに形成された魔物の巣を除去してほしいという依頼だった。

「ドットスパイダーか……。確かにちょっと面倒《めんどう》だな」

「ええ……。それもかなり大型で繁殖《はんしょく》スピードが速く、最近は街道沿いに現れる幼体を駆除するだけで手一杯になっていて。根本的な解決ができる冒険者を首都本部に要請《ようせい》するところでした」

それから、ドルクはちらりとナーナを見る。

「そちらのお嬢様の護衛任務中のようですので、ご無理は言えないのですが」

いくらナーナが冒険者と同じ格好をしていても、熟練の冒険者が見れば身のこなしや振《ふ》る舞《ま》いから冒険者でないことはすぐにわかる。

「アストラが引き受けるというのでしたら、少し遅《おく》れるくらいは構いません」

何ならノクスがアストラとして仕事をしているところを見てみたいと、ナーナはフードの奥をちらりと見た。

「場所は？」

「次の宿場までの道を西に逸れた渓谷《けいこく》です」

「あそこか。なら、ついでに行けるな……」

ノクスは大体の場所を思い浮かべ、顎《あご》に指を添《そ》えて唸る。ついでという言葉にドルクは複雑な顔をした。

「またここに完了《かんりょう》報告に来るのは面倒だから、組合の人間に見届けてもらって、後処理も任せたい。それから、報酬は次の宿場で受け取るようにできるか？」

「引き受けていただけるのでしたらなんなりと！」

とにかく気が変わらないうちに引き受けてもらわねばと、ドルクは二つ返事で頷いた。

「じゃあそれで。今から出発する」

「い、今からですか？」

良かった、と胸を撫で下ろしたのも束《つか》の間、笑顔が引き攣《つ》った。


ガラクシアから首都に向かう道は、多少の高低差はあれど基本的にはなだらかな地形で、整備された広い一本道だ。しかも馬車での移動を考え石畳《いしだたみ》が敷《し》いてあるため、徒歩で移動するにしても迷うことはなく、とても歩きやすい。更に定期的に魔物除けの結界装置が置かれた宿場町があるので、計画的に行程を組めば毎晩安全な屋根付きのベッドにありつける。

首都から東西南北の都市に延びる街道はアコールの初代国王が発案し、数十年かけて舗装《ほそう》されたという話だ。思えば冒険者だったからこその発想なのだろうと、ノクスは改めて納得した。

ただし夜までに宿場町に辿り着けるかどうかは、魔物が出なければの話だ。

「既に数が多いな」

幌《ほろ》馬車の覆いを少しだけ内側からめくり、ノクスは呆れた様子で呟く。

あまり乗り心地《ごこち》の良くない車内には、急な要請に応じることができた後処理担当の冒険者数人に加え、何故かドルクまで乗っていた。

「本当に、駆除が全然追いついてないんだな。ドットスパイダーだったからまだマシだったたってところか」

巣を片付けたところで街道に戻るまでもう一仕事しなければいけないのではと、ノクスは面倒くさそうにドルクを見た。なにしろ、最初に引き受けようとしていた依頼も街道沿いのドットスパイダーの駆除だ。

「ええ……。巣を確認したのはひと月ほど前なのですが、日に日に増えていく有様でして」

ドルクの顔色は悪い。

「強い冒険者に討伐《とうばつ》依頼が出されるほどの魔物なのかと思っていたら、そういうわけではないのですね」

そんなに繁殖しているのに馬車が問題なく進んでいることに、ナーナは不思議そうに首を傾げ、視線でノクスに説明を求めた。

「ドットスパイダーは、人間や普通の動物を捕食《ほしょく》する魔物じゃないんだよ。気性《きしょう》は穏《おだ》やかだし、こちらから攻撃《こうげき》しない限り攻撃してくることもない。本来なら積極的に討伐対象になるような魔物ですらないんだ」

それでもうっかり馬車が撥《は》ね飛《と》ばした小石が当たったとか、些細《ささい》な理由で攻撃的になることもあるため、人里のそばに出現した時には駆除される。単体から数匹《すうひき》程度なら、どこにでもある何でもない依頼だった。

しかし。

「ナーナ、窮屈《きゅうくつ》だろうけど外を見ないほうがいいよ」

なにしろ見た目がでかい蜘蛛《くも》だ。しかも黒地に白い斑点《はんてん》模様。それがわさわさいるのは、多少見慣れているノクスでも気味が悪かった。駆除しながら進むことも考えたが、この数を下手《へた》に刺激して手間取ったら、夜までに次の宿場に辿り着けない。

「？　わかりました」

石畳の街道を外れた馬車はよく揺れるが、狭い車内でノクスと密着できるのでナーナはまんざらでもない。

ドルクや他の冒険者たちも、はじめこそ少女は護衛対象かと思っていたが、二人の距離《きょり》の近さを見て『どうやらそういう関係らしい』と感づき、居心地が悪そうにしていた。

「それにしても、どうしてアンタが付いてきたんだ？　支部長が組合を離れていいの？」

そんな空気はつゆ知らず、ノクスはドルクに話しかける。確かにその場で任務完了を確認できる人材を寄越《よこ》せとは言ったが、まさか支部長自ら来るとは。

「ある意味では、支部の中でわたくしが一番暇なんですよ」

ドルクは苦笑《くしょう》する。まさか噂に聞く【赤五つの魔術師】の仕事を見届けて報告しろと、首都本部から要請されたとは言えなかった。自身もアストラが使う魔術に興味があったということもある。

「ふーん？　まあ、手続きが滞《とどこお》りなく済むなら何でもいいけど」

いくら温和なドットスパイダーとはいえ、多くの冒険者が匙《さじ》を投げたこの異常発生の大元に向かうというのに、目の前の若い冒険者は全く動じていない。それどころか、ちょっと散歩にでも行くような軽いノリだ。

「ナーナ、少し早いけど今のうちに昼を食べておこう」

「はい」

朝市で買ったサンドイッチを取り出しのんびり食べる二人を、他の冒険者たちも怪訝そうに見ていた。


渓谷から少し離れた位置で馬車を止める。

「ナーナはここにいてくれ」

「え？　ですが……」

褒めポイントを探すチャンスだ。ぜひ近くで見届けたいところだった。しかし、

「本当に。来ないほうがいい」

「……わかりました……」

真剣に言われ、ナーナは渋々《しぶしぶ》頷く。

「大丈夫、馬車に防御魔術を張っていくから」

ローブのフードで見えづらい口元が、ふっと微笑んだのを見て、軽めの『ギュン』に襲われた。

ノクスは続けて、後処理担当の冒険者たちに指示を出す。

「アンタたちは馬車の外で見張り。もし馬車に近づいてくる個体がいたら駆除。彼女に何か下心を見せたら殺す」

最後に物騒《ぶっそう》な言葉を添えて、ノクスは軽《かろ》やかに馬車を降りていった。ドルクがその後を追い、冒険者たちも渋々といった様子で続く。

「ひっ」

ちらりと見えた布の隙間から、人が乗れそうな大きさの蜘蛛がわさわさと闊歩《かっぽ》しているのが見えてしまい、ナーナは本当に久しぶりに小さな悲鳴を上げた。

ノクスが再三にわたり外を見ないほうがいい、一緒に来ないほうがいいと言った意味も察し、

「……どうして私が、蜘蛛が苦手なのを知っているんです？」

一人になった薄暗い車内でぽつりと呟いた。


太古の昔は水が流れていたという渓谷をノクスは覗き込んだ。崖《がけ》を挟《はさ》んだ向かいには青く豊かな森が広がり、望遠鏡を使えば野生動物の姿が見えることもある。もう少し上流の幅の狭いところには吊り橋《ばし》が架《か》かっており、平常時ならガラクシア周辺の絶景観光スポットとして、それなりに有名な場所だった。ただし今は、一般人は立ち入らないよう規制線が敷かれている。

『冒険者になるには、まず汚《きたな》いものと高い場所、そして虫や爬虫類《はちゅうるい》への忌避《きひ》感を克服《こくふく》することから始めなければならない』ってか」

ぼそりと呟く。屋敷の書庫にあった古い冒険譚《たん》に書かれていた言葉だ。目の前は絶壁《ぜっぺき》、背後に蜘蛛の集団という状況《じょうきょう》で、急にそんなことを思い出していた。

「何か言いましたか？」

渓谷に吹《ふ》く風の音にかき消されて、ドルクの耳には届いていなかった。

「さすがにあれはぞっとするなって言ったんだ」

「ええ……」

こちら側とあちら側、数百メートル離れた崖の間に件《くだん》の巣はあった。

白い糸が岩場に細く放射状に張《は》り巡《めぐ》らされ、虫型の魔物を中心に様々な獲物《えもの》が引っかかっている。そしてその中心に、大きすぎて規模感がわからなくなりそうなサイズの蜘蛛がいた。更に渓谷のあちこちに、こんもりと白いドームのようなものが張り付いている。

「ナーナが見なくて本当に良かった」

迷宮の森では、難なく付いてきた気丈《きじょう》な彼女だが、蜘蛛が苦手なことにノクスは気付いていた。

ナーナが屋敷に来たばかりの頃、誰も掃除《そうじ》に来ないノクスの部屋には小さな蜘蛛が巣を張っていた。どうせ払ったところでまた張るのだからと、ノクスは半ば共存するつもりでいたのだが、ナーナは巣の主がいないことを確認してから恐る恐るといった様子で取り除いていた。それを見てから、蜘蛛の巣だけはナーナが気付かないうちにノクスが率先《そっせん》して払うようになった。

――何故自分で部屋全体を掃除しなかったかというと、ナーナが自分の仕事を取られたと言わんばかりにジトッと見つめてくるからだ。

「……さっさと終わらせよう」

ノクスも、慣れたと言っても得意なわけではない。ぞわぞわと首筋や頬に不快感を覚えながら、人差し指を巨大《きょだい》蜘蛛に向け、ぶれないようにもう片手を添えた。

「【炎錬砲《えんれんほう》】」

「え」

大した予備動作もなく、ゴッ！　という音と共に熱風が生まれ、真っ赤な球体が一直線に巣の中心をえぐった。直後、形容しがたい耳をつんざくような音を出して巨大蜘蛛だった塊《かたまり》が燃えながら渓谷の底へ落ちていく。

「うわっ！　この音……こいつ【変異】しかけだった！」

ノクスは不快な音で何かを察し、谷を背にして振り向く。

「おいアンタ、一応冒険者なんだろ。自分の身は自分で守れるよな」

「えっ、ええ!?」

一瞬の出来事に呆気《あっけ》に取られているドルクに声をかけている間に、周辺をのんびりと蠢《うごめ》いていた蜘蛛たちが一斉《いっせい》にノクスのほうを見た。

「馬車に戻る前に殲滅《せんめつ》！」

「馬車に戻らないのですか!?」

ドルクは一緒に来た冒険者たちに応援《おうえん》要請を、と思ったのだが、

「そんなことしたらナーナが失神する！」

こんな大群を引き連れてナーナのもとに戻るわけにはいかない。ノクスは襲ってくる蜘蛛たちを片《かた》っ端《ぱし》から焼いていき、ドルクも魔術収納から自分の剣を取り出し捌《さば》いていくが、キリがない。

「ああもう、面倒くさい！　ちょっとアンタ、もういいから俺のローブの端掴んでてくれ!?」

「は、はい!?」

ノクスはドルクに雑に指示すると、両手を開いて前に向けた。

「【竜巻《たつまき》】！」

短い呪文を唱えた瞬間、先ほどの熱風とは比べものにならないほどの突風《とっぷう》が発生し、周辺の蜘蛛たちが吸い込まれ巻き上げられていく。

ついているので精一杯だった。

「うわぁぁぁあ!?」

ドルクは髪や衣服がぐしゃぐしゃになりながら、自身も巻き上げられないようにノクスにしがみ
更に、

「【爆炎《ばくえん》】!」

大量の蜘蛛で黒ずんだ竜巻が炎を纏い、赤く染まった。ノクスは手を谷に向かって振る。と、竜巻は振った方向に移動し、意思を持っているかのように谷底に降りて、周辺の白いドーム——ドットスパイダーの卵嚢群《らんのうぐん》を焼き切ると、静かに消えた。

一拍《いっぱく》置いてから燃え残りの死骸《しがい》がボトボトと谷底に落ち、ようやく辺りは静かになった。

「……」

「……」

地面に広範囲《こうはんい》の焦《こ》げ跡を残し、蜘蛛が寄ってこなくなったのを確認して、

「戻ろう」

はあ、と大きくため息をつき、ノクスはさっさと歩き出した。

取り残されたドルクは、

「はは……。なるほど、化け物だ」

腰が抜けたまま、引き攣った声で呟いた。


その少し前、馬車の周りでは冒険者たちが暇そうに四方を守っていた。

大蜘蛛は気持ち悪いが、刺激しなければ害はない。それよりもあの、支部長がやたら丁寧に扱っているフードを被った妙な冒険者のほうがよっぽど怖《こわ》い。だが、

「見た感じ、俺らより年下っぽくなかった？」

二十代前半ほどの男がぽつりと言った。

「うん。顔はイマイチ見えなかったけど、中にいるお嬢ちゃんと同じくらいの年頃だったし」

同じパーティーに所属する仲間が、鞘《さや》から抜いてもいない剣に寄りかかって顎を乗せ、眠そうに答えた。

「なんで俺ら、アイツの言うこと聞いてんだっけ？」

先に喋《しゃべ》った男が訊ねる。

「……なんでだっけ？」

ただ従わねばならないという気持ちになったから従った。そうとしか言いようがなかった。

外の会話を幌越《ご》しに聞いて、ナーナは一人自慢げだった。

直後、谷のほうから悲鳴のような音が聞こえてきた。

「おい、なんか蜘蛛の様子おかしくないか？」

「警戒！　……あれ？」

見張っていた冒険者たちは、突然一斉に動き出した周りの蜘蛛たちに慌てて武器を構えるが、蜘蛛は馬車には目もくれず、ぞろぞろと同じ方向を目指して移動していく。

「あっちって、支部長たちが向かった方角じゃ……」

「えっ！」

蜘蛛はもう見たくないが、ナーナも外の様子が気に掛かった。逡巡《しゅんじゅん》した後、意を決して幌の布をめくる。すると蜘蛛はどこにもおらず、よく見ると遠くのほうで黒い何かが蠢いていた。

「なんだあれ……！」

冒険者の一人が指を差す先に、おぞましい黒い筋が空に昇《のぼ》っているのが見えた。竜巻のように見えるそれは周辺の黒ずみを吸い込み、次の瞬間には赤く染まる。

「……ノクス様」

ナーナは、ノクスの魔術だと直感的に察した。

「ヤバいんじゃないの、あれ」

「どうする？　今のうちに逃げるか？」

「でも、別に俺たち被害《ひがい》受けてなくね」

わいわいと揉《も》める声を遠くに聞きながら、

「……綺麗」

ノクスの目の色に似た赤色に、場違いな感想を呟いた。

馬車に戻ったノクスは、真っ先にナーナの無事を確認する。

「お帰りなさい。ご無事で何よりです」

「ナーナこそ、大丈夫だった？」

「おかげさまで」

二人が和《なご》やかな再会を果たしている後ろで、

「……支部長、なんかちょっと見ない間に老《ふ》け込《こ》んだっすね」

「そうですか？　……はあ」

丁寧に撫でつけた自慢の髪と服がぐしゃぐしゃに乱れ、疲れ果《は》てた様子のドルクは大きくため息をついた。

「契約どおり、後の処理は任せた」

「ええ。本当にありがとうございました」

何はともあれ一番の懸念事項《けねんじこう》は消え去り、ついでに街道を闊歩していた大量のドットスパイダーもいなくなった。これで少し減っていた首都からの人と物資の流れも元に戻るだろう。

「あの親蜘蛛《ぐも》、変異しかけだった。報酬は増えるか？」

「前向きに検討いたします。今日駆除できていなかったら、どうなっていたことか」

馬車の前で取り引きする二人の会話を聞いて、

「え、変異って？」

冒険者の一人が声を引き攣らせながら訊ねる。

「悲鳴みたいな音、聞こえただろ。あれは群れの頭が配下に敵襲《てきしゅう》を知らせる音だ」

「親蜘蛛が子蜘蛛に、自分を攻撃した人間を排除《はいじょ》するよう命令したということですか？」

ちらりと見たおぞましい大蜘蛛を思い出して、あれの親玉が鳴いたのかと鳥肌の立つ気持ちになりながらナーナが訊ねる。

「うん。でも、普通のドットスパイダーにはそんな知能はないんだ。何十年も生きて力を付けた個体が、稀《まれ》にそうなるって聞いたことがある」

「すごいです、そんな魔物をお一人で倒したのですね」

人が見ていようがお構いなしのナーナだった。冒険者たちから『本当に？』という視線を向けられた支部長は、無言で頷いた。

「……知能があるって言っても、ドットスパイダーだし。あの大群は本当に気色悪かったから、ナーナはやっぱり付いてこなくて正解だったよ」

馬車に残すことも少し不安だったが、誠実に働いてくれた冒険者たちに内心で感謝した。

「私のことまで気遣《きづか》ってくださって、ありがとうございます」

「今はそういうのいいから……」

突然イチャつく様子を見せつけられ、ある者は舌打ちし、ある者は居心地が悪そうに目を逸らし、ある者は羨《うらや》ましそうに口《くち》の端《はし》を歪《ゆが》めた。


「それでは、アストラ様。改めてお礼を申し上げます」

舗装された街道まで引き返してきた馬車の前で、ドルクは再び深々と頭を下げた。

「ちゃんと報酬さえ支払ってくれれば、それでいい」

「ええ、街道のドットスパイダーを一掃した件についても間違いなく報告して、報酬を上乗せします」

冒険者たちは、蜘蛛の残党がいないか確認するために渓谷に残った。今頃は謎《なぞ》の焦げ跡と蜘蛛の残骸に首を傾げている頃だ。ドルクは崖の崩落《ほうらく》なども含《ふく》めた安全確認を行う調査隊を派遣《はけん》するために、一度ガラクシアの支部に戻るという。

「助かる。それじゃ」

それ以上は興味がないといった様子で、ノクスはひらりと手を振り踵《きびす》を返した。ナーナも一度美しく礼をして、速《すみ》やかに後を追う。

再び馬車に乗り込む前にドルクが振り返ると、随分《ずいぶん》遠くなった規格外の魔術師がちょうどフードを外し、同行する赤い髪の少女に微笑みかけたところだった。

現れた黒髪を見て領主の息子《むすこ》の噂を思い出し、ぽかんと口を開ける。が、

「いや、まさかな」

公爵家の呪われ王子が冒険者なぞしているわけがないと、ドルクはすぐに馬鹿《ばか》な考えを打ち消し、馬車に乗り込んだ。


「ノクス様、もしかして先に昼食を提案してくださったのは、蜘蛛を見た後では食欲が湧《わ》かないかもとのお考えからですか？」

フードを外し、顔がよく見えるようになったノクスに満足しながら、ナーナは訊ねた。

「うん。俺は大丈夫だけど、もしナーナが見たらそうなるかもしれないと思ってさ」

「私が蜘蛛が苦手なこと、ご存知だったのですね。……嬉しいです」

「えっ」

ちらりと上目遣い。少し慣れてきたところで仕掛けられた別パターンの攻撃に、またノクスは固まった。

「……それは、まあ、うん……」

「フードを被らないでください」

のちに【サースロッソの魔術王】と呼ばれる男が、少女の細い腕に簡単に行動を阻まれるなど、誰が思うだろうか。

第三章 ◆ 東街道でのできごと

ガラクシアと首都を繋《つな》ぐ街道、通称《つうしょう》【東街道】は、大雑把《おおざっぱ》に分ければガラクシア領とセントアコール領に跨《また》がった道だ。王の権威《けんい》を示すためという意味もあり、四方街道の中でも一番道が整っている。しかし、

「道は立派ですが、相変わらず本当に何もありませんね」

閑散《かんさん》とした草地の中に敷《し》かれた石畳《いしだたみ》の上を歩きながら、ナーナが言った。ガラクシアの街は既《すで》に遠くに霞《かす》んで見える程度まで遠ざかっている。サースロッソからガラクシアに来た時にも馬車で通った道だが、四年経《た》っても本当に何も変わっていないことに少し呆《あき》れた。

「ある程度管理はされてるって言っても、こんなところに店を構えたら毎日魔物《まもの》に怯《おび》えて暮らさないといけないからな」

すれ違《ちが》うのは商人か冒険者《ぼうけんしゃ》ばかりで、いずれも物々しい武装をしていた。中には軽装の若い二人組を不思議そうに見ていく者もいる。

「街道沿いに宿泊施設《しゅくはくしせつ》や食事処《どころ》が散らばっていれば、もう少し気を張らずに旅ができるのでしょうけど」

当時の移動の苦労を思い出しながら、ナーナはぽつりと言う。

「定期的に仕入れられる環境《かんきょう》があって、魔物退治の腕《うで》に自信があったとしても、いつ現れるかもわ

からない魔物を四六時中警戒《けいかい》しながら商売をするのは現実的じゃない」

昼夜を問わず魔物が出る場所には、建物を建てるだけでも一苦労だ。どうにか建てたとしても、維持費《いじひ》だけで売り上げなど消し飛ぶだろう。

「それで、街と宿場の周り以外は閑散としているのですね」

「せめて結界装置がもう少し簡単に手に入れば、街道沿いも賑《にぎ》わうかもしれないけどね」

結界装置は、一般《いっぱん》市民どころか貴族ですら個人で買えるような価格ではない。各地に置かれているものは、全て歴代の王命によるものだ。

「領主だって、今でこそ偉《えら》い地位にいるけど、元々は結界装置の管理人だったって本で読んだよ」

広大な領地を王族だけで管理するのは無理があるため、結界装置を置いてその地を管理する役職を作った。やがて結界の庇護《ひご》を求めて人が集まり、人々を匿《かくま》い魔物の害から守るかわりに税を納めるシステムが生まれ、街になった。

「結界装置がなくても、ノクス様ならお店が開けるのでは？」

「うん。少し考えたこともあった」

ノクスの防御《ぼうぎょ》魔術で建物一つを包んでしまえば、夜もゆっくり眠《ねむ》れる。危険を冒《おか》して魔物と戦うよりも、安定した収入が得られることは確かだった。

「でも店を作ったら、今度はこの何もないところから俺《おれ》自身が動けなくなるからなあ」

要は自分が結界装置のかわりになるのだ。ただ穏《おだ》やかに商売がしたいだけならそれで十分だが、せっかく家を出たのにまた早々に一ヶ所に縛《しば》られるのはごめんだと、ノクスは首を振《ふ》った。

「確かに……。ノクス様には、サースロッソに来ていただかないといけませんし」

ナーナの中でノクスの婿入《むこい》りは確定事項《じこう》だった。

「……」

ノクス自身はまだ正式に返事をしていないので、どう返せばいいかわからず、とりあえず目を逸《そ》らした。そして遠くに人工物を見つけると、誤魔化《ごまか》すようにわざと明るい声で言った。

「ナーナ、あの建物が見える？　少し休もう」


それは小村の集会所くらいの広さがある石作りの頑丈《がんじょう》な建物だった。外側にはいくらか魔物の爪《つめ》痕《あと》が見られるものの、内部には破損などは見られない。中は無人で、四方の壁《かべ》にはただ穴を空けただけの小さな窓が等間隔《とうかんかく》にあり、壁の高い位置には明かり取りと換気《かんき》のための穴が空いている。地面は土がむき出しだが、明らかに人が何かを行うために作られた建物だった。

「ここは？」

何の看板も注意書きもなければ家具の一つすらないシンプルな造りの建物を見渡《みわた》し、ナーナが首を傾《かし》げた。

「冒険者とか商人のための休憩所《きゅうけいじょ》。壁と天井《てんじょう》があるだけでも全然違うだろ」

結界装置こそないが、日差しや雨を一時的に凌《しの》ぐには十分だ。

「宿場まではまだしばらく歩くから、一旦《いったん》休もう」

ノクスは魔術収納から小さな時計を取り出し、時間を確認《かくにん》した。太陽の位置から予測したとおり、午後三時を回ったところだった。

「お茶の時間ですね」

「そういうこと」

冒険者になってまで貴族の風習を再現する必要もないが、ナーナの体調を考えて休める時には休んだほうがいいと判断した。

「机と、椅子《いす》と……。ナーナ、本当にお茶飲む？」

「はい」

必要なものを魔術収納から取り出し並べると、殺風景な休憩所の中が急に和《なご》やかになった。

「お茶は私が淹《い》れます」

火を使うために外に出ようとしたノクスから、ナーナはポットと茶葉をサッと奪《うば》い取《と》った。

「でも……」

「ノクス様のお茶を用意するのは、私の仕事です」

メイドではなくなっても、未来の夫に施《ほどこ》されてばかりなのはナーナのプライドが許さなかった。

「大丈夫《だいじょうぶ》です。火の魔術は少しだけ使えますから」

「じゃあ、任せようかな……」

妙《みょう》な気迫《きはく》に圧《お》され、ノクスは頷《うなず》いた。

休憩所の外には炊事《すいじ》をした跡《あと》が残っていた。ノクスは火が燃え移らないように風の魔術で周辺の草を広めに刈《か》り、土の魔術で平らにする。魔術収納から薪《まき》を取り出すと、ナーナはそれも奪い取り、火が大きくなりやすいように丁寧《ていねい》に組んだ。焚《た》き付《つ》け用の一本に火を付け組んだ薪の下に差《さ》し込《こ》むと、横からノクスの手が伸《の》びてきた。

「少しは手伝わせて」

指先がわずかに光り、薪に風が送られる。

「……ありがとうございます」

ほどなくして、湯を沸《わ》かすのに十分な火力になった。ノクスは魔術でポットに水を溜《た》め、ナーナに渡す。

「本当に、どんな種類の魔術でも使えるのですね。素晴《すば》らしいです」

風、土、水、ついでに空間魔術と次々に使うノクスを、ナーナは素直に褒《ほ》めた。

「魔術だけは、ちゃんと練習したからね」

一般的な教育は受けていないものの、四属性全てが当たり前に使えるのが珍《めずら》しいということは、ノクスも知っていた。だからこそ、どの属性も安定して使えるようにきちんと訓練を積んだ。

「おかげで、旅の途中《とちゅう》でもこうして温かいお茶が飲めます」

「……そっか。じゃあ、地道な練習にも意味があったかな」

照れくさそうな笑顔を見て、ナーナの心は温まるどころではなくゴッと燃《も》え盛《さか》った。


屋敷《やしき》にいた頃《ころ》と変わらない手順で丁寧に茶を淹れるナーナをノクスが眺《なが》めていると、休憩所の入り口に人の気配があった。

「こんにちは、邪魔《じゃま》するよ。驚《おどろ》いたなあ、外に真新しい火の跡があったから誰《だれ》かいるとは思っていたけど。いつの間にテーブルセットなんか設置されたんだい」

入ってきたのは、恰幅《かっぷく》の良い中年男性だった。続けて、彼《かれ》よりも若い数人の男女。いずれも日に焼けており、それぞれが大きな荷物を背負っている。旅の商隊だった。

「こんにちは。設備じゃなくて私物なんです」

荷物を置く面々を順に見て敵意がないことを確認すると、ノクスは愛想《あいそ》良く挨拶《あいさつ》を返した。

「私物？　魔術収納持ちか。優雅《ゆうが》な旅もあったもんだ」

わっはっはと笑う声が広い室内に反響《はんきょう》した。すぐに思い当たるところが熟練の旅商人だ。

「皆《みな》さんは首都からガラクシアに行くところですか？」

訊ねている間にナーナは温めたティーカップにお茶を注ぎ、ノクスの前に置いた。

「そのとおり。定期的に東街道を往復してるのさ」

「どんな物を売りに行くのですか？」

旅で役に立つものがあればと、ナーナが興味を示す。

「日用品ですよ。お嬢様《じょうさま》は高貴な方と見受けられますし、お眼鏡《めがね》に適《かな》うようなものは……」

と商隊長が言いかけた時、女性の部下が口を挟《はさ》んだ。

「あれはどうでしょう。お屋敷のメイドさんたちに見せる予定だった新作の」

「ああ、あれか！」

頷き合って荷物の中から取り出したのは小瓶《こびん》だった。

「これは？」

「ハンドクリームです。試《ため》してみませんか？」

ナーナは少し躊躇《ためら》い、ノクスの顔を見た。ノクスが頷くと、

「では、少しだけ」

手を差し出した。女性の商人は嬉《うれ》しそうにその手を取り、ナーナの手の甲《こう》に少量塗《ぬ》る。

「旅の中では手を使う作業が多いですから、必需品《ひつじゅひん》かと思います。従来品よりもベタベタしないんですよ」

実演付きのセールストークを聞きながらナーナはクリームの塗られた手をしげしげと眺め、あることに気付いた。

「香料《こうりょう》が入っていますか？」

「はい。お好みではありませんか？」

それを聞いて、ノクスはテーブルの上に置かれたクリームの小瓶を手に取り匂《にお》いを嗅《か》いでみる。

「良い匂いだ。俺は好きだな」

素直な感想を述べた途端《とたん》、

「買います」

「えっ」

突然即決《とつぜんそっけつ》したナーナにノクスは驚いてビクッと肩《かた》を震《ふる》わせた。商人たちは二人の関係を推測して、なるほどと目配せし合う。

「同じ香料を使った、シャンプーもございますが」

「ではそれも」

代金を支払《しはら》うナーナと、受け取ったクリームとシャンプーを魔術収納に仕舞《しま》うノクスを見て、商隊長は話題を逸らした。

「旅の荷物と、テーブルと椅子とティーセットを入れても、まだ余裕がある魔術収納とは。商人としては羨《うらや》ましい限りだ。どうだい、うちの商隊に入らないか。イースベルデの食材を首都まで運ぶだけでぼろ儲《もう》けだ」

指で円を作り冗談《じょうだん》めかしてウィンクする商隊長に、ノクスは愛想良く微笑《ほほえ》んで首を振った。

「ありがたい申し出ですが、それなら一人でやったほうが儲かります」

すると商隊長は一瞬《いっしゅん》目を丸くしてから、再びわっはっはと大きな声で笑った。

「それもそうだ！　大きな収納が持てるような魔術師なら、腕も立つだろうからな！」

ドカッと地面に座《すわ》る。仲間も各々《おのおの》慣れた様子でその周りに座った。

「そんなに腕が立つのに、冒険者をやってる魔術師というのも珍しいな。名前は？」

「……アストラです」

ノクスは少し迷ってから答えた。すると仲間のうちの一人、湯気の立つ紅茶を少し羨ましそうに見ていた二十代ほどの男性が名前に反応した。

「アストラ？」

「知ってるのか？」

「登録から五年足らずで赤五つになった化け物がいるって、組合で働いてる知り合いに聞いたことがあって。そいつの名前がアストラだったような……」

「私も聞いたことがあります。赤の依頼《いらい》しか受けない魔物討伐《とうばつ》専門の魔術師だって」

ハンドクリームを勧めてきた女性も、自分の水筒《すいとう》から水を飲みながら頷いた。

「そうそう。凄腕《すごうで》の魔術師なのに、宮廷《きゅうてい》魔術師のスカウトを蹴《け》ったとか」

さすが商人というべきか、各自が情報網《じょうほうもう》を持っている。しかし、商隊長の男性は怪訝《けげん》な顔をした。

「それにしては随分《ずいぶん》若く見えるが？　五年前なんてまだ子どもだろう。魔術学院にも通えないんじゃないか？」

ノクスはすかさずそれに乗っかった。

「ええ、人違いです。同じ名前で魔術師なので、よく間違われるんです」

ギュンと来ないよそ行きの笑顔でしれっと嘘《うそ》をつくノクスを、ナーナはじっと見ていた。すると今度は、女性のほうがじっとノクスの顔を見て眉根《まゆね》を寄せた。

「きみの顔、どこかで見たことがあるような……」

「気のせいですよ」

それはノクスではなく、ことあるごとに新聞で報じられるラノの顔だ。やはりフードを被《かぶ》っておくべきだったかと思いながら、貼《は》り付《つ》けた笑顔で飄々《ひょうひょう》と返す。

「まあ、黒髪《くろかみ》なんてそう見ないから、会ったことがあるなら覚えてるだろうし」

「貴族じゃなくて良かったなあ。お偉いさんたちは黒髪ってだけで忌避《きひ》するからな」

中年の商人はアコール貴族の言い伝えも知っているようだった。これ以上この話題を続けていたら、身元がバレかねない。ノクスは話を戻《もど》した。

「皆さんが言うアストラは、赤の依頼しか受けないんでしょう？　俺は彼女《かのじょ》をサースロッソまで送るところなんです」

嘘は言っていない。逃避行《とうひこう》ではないのかとは、思っても口には出さない商人たちだった。若い二人だけの旅を詮索《せんさく》するほど野暮《やぼ》ではない。

「確かに例のアストラは、わがままで横暴で協調性がなくて、他人と一緒《いっしょ》に行動しないって噂《うわさ》も聞いたことがあります」

あまりにも忌憚《きたん》のない悪口にノクスは苦笑《くしょう》した。身分を知られると面倒《めんどう》なので、一人で依頼をこなせるようになってからは、できる限り他の冒険者と距離《きょり》を置いていただけだ。

「本当に人違いらしい」

最終的には全員が噂のアストラとは別人らしいと納得《なっとく》し、なんだ、という雰囲気《ふんいき》になったところでナーナは首を傾げた。

「……もし彼が赤五つのほうだったら、何かご用でもあったのですか？」

すると、商人たちはそれぞれに頷いた。

「この先の宿場の周りにレッドホーンが出るんだ。まだ人間に被害《ひがい》は出てないが、結界が薄《うす》い地域の柵《さく》が壊《こわ》されて家畜《かちく》が逃《に》げたり、食料庫が荒《あ》らされたりして困ってるそうだ」

レッドホーンは、耳の上に大きな二本の赤いツノを持つ牛型の魔物だ。草食なので人間や動物を襲うことはないが気性《きしょう》が荒《あら》く、特に空腹時には周辺に当たり散らす。更《さら》に数体から十数体ほどの群れで行動するため、討伐に人手が必要になるのも厄介《やっかい》なところだった。

「結界の内側には魔物は入ってこないのでは？」

ノクスまで深刻そうな顔をしているのを見て、ナーナは首を傾げた。

「レッドホーンはちょっと例外なんだよ」

「例外？」

「興奮すると痛みを感じなくなるらしい。結界を無視して街の中に入ってくることがあるんだ」

魔物除《よ》けの結界は、魔物特有の魔力に反応して弾《はじ》く性質がある。弱い魔物は近寄ることもできないが、弾く力よりも強い力で押《お》し入れば侵入《しんにゅう》できてしまうのだ。

「用心に越《こ》したことはないと思ってな。奴《やつ》らが活発になる時間を避《さ》けて、慌《あわ》てて宿場を離《はな》れたってわけさ」

「噂の魔術師だったら、簡単に倒《たお》してくれるんじゃないかと思ったんですけどね」

今からガラクシアに向かうと着くのは夜遅《よるおそ》くになる。それでも公爵《こうしゃく》直下の街の周りなら魔物は少ないので、騒《さわ》ぎに巻《ま》き込まれるよりはマシだという判断になったのだった。

「じゃあもしかすると、俺たちはレッドホーンと鉢合《はちあ》わせるかもしれませんね……」

レッドホーンは昼行性だが、人里の周りでは習性が変わって夜行性になることがある。

「ああ、気をつけて行きな」

「教えてくださってありがとうございます」

話が終わった頃にノクスはちょうど紅茶を飲み終わり、ナーナが飲み終わるのを待ってから立ち上がる。凶暴《きょうぼう》な暴れ牛がいると聞いても全く怖《お》じ気《け》づかず、予定を変更《へんこう》することなく次の宿場町に行くつもりの姿を、中年の商人は静かに見ていた。

「それじゃ、皆さんもお気をつけて」

「毎度あり。縁《えん》があればまた」

ノクスは椅子とテーブルを仕舞うと会釈《えしゃく》して出て行く。ナーナも美しく一礼して後を追った。

若い魔術師が立ち去った後の休憩所で、商人はぽつりと呟《つぶや》いた。

「……実は本物なんじゃないか？」

同じ名前で、腕の立つ魔術師の冒険者が二人もいるものだろうか。その勘《かん》が当たっていたことがわかるのは数日後のことだ。

二人がレッドホーンが出るという宿場町に着いたのは、ちょうど日が落ちた頃だった。

噂どおり住民たちは警戒しているようで、既に閉まっている店も多い。

「まずいな、これじゃ宿も閉められるかもしれない」

危険を避けたい旅人は、昼間の商人たちのように、宿場を離れている。客が少なければ、飲食店も宿も魔物対策をするために店を閉めてしまう。悠長《ゆうちょう》に良い宿を探している場合ではない。

「どうするのですか？」

「組合に行こう。これだけ警戒してるってことは、まだ開いてるはずだ」

ノクスはそう言うと、暗がりに溶《と》け込むような黒いローブを羽織り、町の中心に早足で向かった。

宿場町のつくりは規模の差はあれど、どの町もよく似ている。冒険者組合は概《おおむ》ね町の中央付近、結界装置のそばにある。

案の定、物々しい雰囲気の集団が入り口付近で険しい顔をしており、近寄ってきた黒いローブ姿を見て眉をひそめた。

「アンタ、外から来た冒険者か？　生憎《あいにく》今は――」

「レッドホーンの話は聞いてる。討伐してやるから、現在地を教えてくれ」

「何？」

訊《たず》ねられた男は、背格好と声から目の前のフードの男がまだ若いと判断した。

「二十頭近い群れだぞ？　一人でどうにかできるわけないだろう。協力してくれるのはありがたいが、支部長の指示を待ってから……」

「じゃあ、支部長はどこにいる？」

言い終わらないうちに、ノクスは冒険者証を取り出して見せた。男は五つの赤い石を見て、ぽかんと口を開ける。

「どこにいる？」

「……中に」

明かりに照らされて一瞬見えたフードの奥《おく》で、石とよく似た色の目が光った気がした。


「ガラクシア支部から連絡《れんらく》を受けて、あわよくばとは思っておりましたが、アストラ様にお力添《ちからぞ》えをいただけるとは！　ありがとうございます」

「礼はいいから報酬《ほうしゅう》の計算でもしててくれ」

後ろを手もみしながら付いてくる男性に、ノクスは冷たく言った。ナーナは黙《だま》ってノクスの一歩後ろを歩く。歩き通しで足は痛いが、ドットスパイダーの時に見逃《みのが》したアストラの仕事を今度こそ間近で見るチャンスだと思えば、まだ歩ける。更にその後ろを、この宿場町を拠点《きょてん》にしている冒険者たちが訝《いぶか》しげな顔でぞろぞろと付いてくる。

「昨日壊された柵がそこです。味を占《し》めて、今日は更に奥まで侵入してくるのではないかと」

同じ支部長でもガラクシアの支部長ほどの威厳は感じられない宿場町の支部長が、本当に応急修理しただけの放牧地の柵をランプで照らした。牧草地よりも内側には、町全体に野菜を供給する畑がある。よりによって、レッドホーンの好物であるキャベツが旬《しゅん》の季節だ。

「前回やられた時間は？」

「もう間もなくです」

支部長は、懐《ふところ》から取り出した時計で時間を確認する。ノクスは蹄《ひづめ》で踏《ふ》み荒らされた地面を確認し、その足跡が続く先を見た。そして、

「来た」

「え？」

強化魔術で夜目が利《き》くようになったノクスの赤い目が、遠くに黒い塊《かたまり》が蠢《うごめ》いているのを視認した。

「明かりを消したほうがいい。的になるぞ」

「ひっ」

暗い牧草地帯に光る明かりの群れなど、こちらの居場所を知らせているようなものだ。付いてきていた男たちも、慌ててそれぞれの手元の明かりを消した。しかしレッドホーンの群れは既に人間たちに気付いており、徐々《じょじょ》に大きくなる地響《じひび》きと共に土埃《つちぼこり》を上げて突進《とっしん》してくる。更に角が赤く光る。彼らが使う強化魔術だった。

「巻き込まれたくなかったら、俺より前に出るな」

「はいっ」

支部長はサッと一歩下がり、ノクスは向かってくる群れに向かって、人差し指を向けた。

「【飛礫《つぶて》】」

指先から眩《まばゆ》い白い光が放たれたかと思うと、空中で細かく分裂《ぶんれつ》し、あと十メートルほどのところまで迫《せま》ったレッドホーンたちの額を、ドドドッと音を立てて的確に貫《つらぬ》いた。

月明かりの下に牛とよく似た悲鳴だけがいくつも重なり、

「何が起きてるんだ？」

逃げる姿勢を取っていた冒険者たちが呆気《あっけ》に取られている間に、静かな夜が戻ってきた。

ざっと十八頭のレッドホーンの死骸《しがい》は、放置すると他の魔物が寄ってきかねないのでとりあえずノクスが全て回収し、日が昇《のぼ》ってから処理に回すことになった。

「本当にありがとうございます。どうお礼を言ったらいいか」

「これで宿も開くだろ？　良いところはあるか」

それを聞いた支部長は『まさか宿が閉まると困るからというだけで討伐に？』と顔を引き攣《つ》らせたが、口には出さなかった。


支部長おすすめの宿は、小さな町にあるにしては立派な建物だった。聞けば、宿場として開かれた当時からある老舗《しにせ》だという。入る直前、それまで黙っていたナーナがぼそりと言った。

「ノクス様、二人部屋を一つですよ」

「ええ……」

ノクスは少しだけ抵抗《ていこう》を試みた。が、

「……わかった」

ジトッと見つめられ、早々に折れた。

「じゃあかわりに、治癒《ちゆ》魔術をかけさせてくれない？」

「え？」

「この前はかけさせてくれなかったから」

歩きやすい街道とはいえ、ここまで歩き通しだった。きっとナーナは疲《つか》れていることだろう。

「……」

しばし考え込むナーナを見て、何をそんなに渋《しぶ》る必要があるのかとノクスは不思議に思いながら、宿の入り口をくぐった。


「昼間にも蜘蛛《くも》とやりあって埃《ほこり》まみれだから、シャワー室が汚《きたな》くなると思う」

とナーナを説得してシャワーを譲《ゆず》り、入れ替《か》わりにノクスが使って部屋に戻る。すると、

「……お願いします」

「だからなんでそんなに緊張《きんちょう》してるの」

ナーナは白い足をベッドに投げ出し、苦い薬でも我慢《がまん》するように目を瞑《つぶ》った。目を閉じたらどこを触《さわ》られるかわからなくて、余計嫌《いや》なのではと思いつつも、

「触るよ。足の甲の辺り」

一応声をかけてから触《ふ》れる。が、軽く触れただけなのにナーナはびくっと身体《からだ》を震わせた。何事にも動じない彼女にしてはかなり珍しい反応だ。

「……もしかしてナーナ、くすぐったがり？」

「そんなことはありません」

「ふーん？」

そういうことにしておこうと、ノクスは治癒魔術に専念する。じんわりと労《いたわ》る気持ちを込めると、

徐々にナーナの足から緊張が解けていくのがわかった。

「……普通《ふつう》の魔術をかける時には、呪《のろ》いは関係ないのですか？」

ナーナはぽつりと訊ねた。足のくすぐったさから気を逸らすために振った雑談だったのだが、気付かずノクスは真剣《しんけん》に答える。

「特定の魔術を使おうとする時は大丈夫」

ノクスの感覚では、自分の体内には二種類の魔力が存在していた。片方は、身体の大半を占める白い魔力。これはノクスの意思に応じて性質を変え、どの属性の魔術にも適応する。

そしてその間をごくわずかに、ノクスにも操作できない黒い魔力がもやのように漂《ただよ》っていた。

「昔は黒いのがもっと濃《こ》かったんだけど、魔術を使うようになってから随分薄くなったんだ。治癒とか浄化《じょうか》とか、聖属性の魔術を使うと余計に薄れる気がする」

おそらく呪いに関わる何かだろうと見当をつけていた。

話している間に、ナーナの脚《あし》にまとわりついていた吐《は》きそうな痛みは消えていた。むくみも取れたようで心なしかほっそりとした気がして、ナーナは静かに感動した。

「ありがとうございます。……ノクス様の役に立てるのでしたら、くすぐったいのを我慢している場合ではありませんね」

「やっぱりくすぐったいんじゃないか」

しまったと口を押さえるナーナにノクスが笑い、その笑顔でナーナの疲れは更に吹《ふ》っ飛《と》んだ。

＊＊＊

赤の依頼の報告窓口は、どの町の組合でも正面の受付カウンターではなく建物の裏手にある。素材になる魔物は現物を提出することがあるので、確認や解体のために広い空き地になっていた。滅多《めった》にいっぱいになることはない小さな町の空き地に、何もない空間から吐き出されるように積み上がった牛型の魔物の死骸《しがい》を見上げ、処理係として集められた男たちは少し引いていた。

「それじゃ、あとは任せた」

ガラクシア支部と約束したドットスパイダーの報酬も合わせて、それなりの金額を受け取ると、ノクスはすぐにその場を離れようとする。と、

「お待ちください！　良かったら、レッドホーンを食べていきませんか」

支部長が呼び止めた。

「……食べる？」

ノクスの後ろを付いていこうとしたナーナが、首を傾げた。

「ええ、美味《おい》しいのですよ」

「魔物って食べられるのですね……」

魔物を忌避する貴族は、美味しいと言われても絶対に食べない。ナーナももちろん抵抗がある。

しかし、

「レッドホーンは初めてだけど、魔獣《まじゅう》を食べる地域は意外とあるよ」

ノクスに教えられ、一般市民はたくましいものだとナーナは感心した。

「魔術だと、こんなに綺麗に仕留められるもんなのか？」

柵を壊された牧場の主《あるじ》だという男性が、手際《てぎわ》よく捌《さば》きながら訊ねる。

「まさか。十八頭全ての額を一発で撃《う》ち抜《ぬ》くなんて芸当、宮廷魔術師でもできないと思うぞ」

昨晩の光景を目の当たりにした地元の冒険者が、解体を手伝いながら首を振る。

「これなら角も皮も使えるな。支部長、ちゃんと上乗せしたか？」

「もちろん。いやあ、噂と違ってちゃんと話が通じる方で良かった」

自らも解体に参加している支部長がひそひそと言い、

「聞こえてるよ」

「はっ」

慌てて口を噤《つぐ》んだ。

依頼やスカウトを断った相手が吹聴《ふいちょう》して回っているのだろうが、この分では相当酷《ひど》い噂が流れているなと思いながら、ノクスは解体作業を興味深く見守る。ナーナはフードから少しだけ見えるノクスの横顔をじっと見ていた。


解体が終わる頃には、住民たちがあちこちから椅子やテーブルを持ってきたり、料理の準備を始めたりして、広場は小さな祭り会場のようになっていた。

「さあ、アストラ様。どうぞ」

表面を炭火で焼いたステーキ串《ぐし》を渡され、ノクスは少し躊躇ってから受け取った。

「お連れ様もいかがですか」

「……ありがとうございます」

それから二人で顔を見合わせ、先にノクスが囓《かじ》り付いた。歯で串から外し、ゆっくり咀嚼《そしゃく》する。

「……美味《うま》いな」

塩を振っただけのシンプルな肉の塊だったが、赤身に適度にサシが入っており、質の良い牛肉によく似た味わいだった。何より本体のごつい見た目とは裏腹に柔《やわ》らかい。それを聞いて、ナーナも小さな口で囓った。

「本当に。脂《あぶら》に少し甘《あま》みがあって」

「でしょう！　脂肪《しぼう》を蓄《たくわ》える秋頃《あきごろ》が一番美味しいと言う者が多いですが、私は今頃の引き締《し》まった身もさっぱりしていてなかなかだと――」

早口の支部長が、ノクスとナーナがぽかんとした顔で見ていることに気付いて喋《しゃべ》りを止めた。

「すみません。滅多に口に入らないもので、つい興奮してしまって」

「いや、気にするな。……アンタ、冒険者っていうよりも、ただの町の人って感じだな」

「恥《は》ずかしながら、私は結界守《けっかいもり》を兼任《けんにん》しておりまして、町の外に出ることはほとんどないのです」

結界守は、宿場に置かれた結界装置を管理するための役職だ。領主の配下だが、普段は税の徴《ちょう》収《しゅう》を行うくらいで、大きな権限は持たされていない。いざという時のために多少は魔物と戦える人材である必要があるため、冒険者組合の支部長を兼任していることは小さな町ならよくあることだった。

「道理で町に詳《くわ》しいわけだ。おかげで面白《おもしろ》いものが食べられた。ありがとう」

「こちらこそ、本当に助かりました」

深々と頭を下げる支部長を見ながら、ノクスはしばし考え、口を開いた。

「せっかくだから少し肉を分けてくれないか。それから、野外でもできる料理を教えてほしい」

「もちろんです！　少しと言わず、一頭分丸ごとでもお包みしますよ！」

「おすすめの部位だけでいい」

結局どの部位もおすすめだと言って、部位ごとに小分けして包まれた大量の肉を貰《もら》った。支部長直伝の調理法をナーナがしっかりと書き留め、宿場を後にする頃には昼が近くなっていた。

「面白い町でした」

「うん。宿場は素通りすることが多かったけど、寄り道するのも悪くないな」

おかげで次の宿場に着くのは夜遅くになりそうだけど、と言いながらも、まんざらでもなさそうなノクスを見てナーナも満足した。


それからいくつか宿場町を経由し、時に野宿もした。

野宿と言っても、土魔術で作られたドームの中に魔術収納から取り出したベッドを置いて寝《ね》るので快適なものだ。ノクスが取り出したのが例のキングサイズのベッド一つではなく、ちゃんと小さいベッドを二つ出してきたのがナーナには若干《じゃっかん》不満だったが。

そして不満はもう一つ。

「……」

相変わらず、眠った後に展開される防御壁《へき》を破ることができない。ナーナは半球体に手を添《そ》え、すやすやと寝息を立てる未来の夫をジトッと見つめた。

「もう少しのような気がするのですが……」

窮屈《きゅうくつ》そうに丸まって眠っていたのが、身体を伸ばして寝るようになった。安心しはじめている証《しょう》拠《こ》だ。

「私も魔術を勉強するべきでしょうか」

一度くらいはこっそりと添い寝して驚かせたい。そしてノクスならいい反応をしてくれると信じてやまないナーナだった。

幕間　ラノの旅支度

エドウィンとの話の後、ノクスは本当にガラクシアの屋敷《やしき》から消えた。ナーナも一緒《いっしょ》に消えた。

残ったのは、一番ノクスを邪険《じゃけん》に扱《あつか》っていた中年メイドの磔《はりつけ》と、険しい顔のエドウィン、そして悲しげに俯《うつむ》くラノ。

中年メイドが運ばれていくのを見送った後、ラノはまず厨房《ちゅうぼう》を訪ねた。その後ろからエドウィンも入ってきて調理場が騒然《そうぜん》となったが、ラノは気にせずに真《ま》っ直《す》ぐ奥《おく》へ向かう。

「パスカル。ノクスとナーナの行き先を知らない？」

するとパスカルは、驚《おどろ》くこともなく、小さくため息をついただけだった。

「さあ。出て行くと挨拶《あいさつ》には来ましたが」

「……本当か？」

エドウィンが再度訊《たず》ねると、パスカルは頷《うなず》いた。

「……引き留めなかったの？」

「引き留めたところで考え直すような奴《やつ》じゃないのは、ラノ様もよくご存知《ぞんじ》では？」

「……そうだね」

ナーナよりも長い間、ノクスを見守ってきた男だ。下手《へた》をするとラノよりもノクスのことを知っている。

「父上。パスカルが知らないのなら、この屋敷にはもう、ノクスの行き先を知っている者はいませんよ。行きましょう。……邪魔《じゃま》してごめんね、パスカル」

「お気遣《きづか》いなく」

主人であるエドウィンに嘘《うそ》をついてでもノクスを優先するのは、屋敷の使用人としては失格かもしれないが、ラノはその義理堅《ぎりがた》さに感謝した。

厨房を後にして、険しい顔のままのエドウィンは顎《あご》に手を添《そ》えてぼそりと言う。

「街を探させるか……」

しかし、ラノは背の高いエドウィンを見上げて意見した。

「あの二人は多少変装をしても目立ちますから、目撃《もくげき》情報を追わせれば見つかるでしょう。でも……たとえ話せたとしても、もう戻《もど》っては来ないと思います。無理矢理《むりやり》連れ戻そうとすれば、返《かえ》り討《う》ちに遭《あ》いますよ。……きっと父上の部下を殺すことは躊躇《ためら》いません」

それくらいのことはしてきた。自覚しても尚《なお》連れ戻そうとする父にも、それを正せなかった自分にも腹が立つ。

「それよりも先に、すべきことがあります。父上も本来の仕事があるのでは」

エドウィンを仕事に向かわせ、一人になったラノはぽつりと呟《つぶや》く。

「きっと、ノクスにとってはこれが一番良い選択《せんたく》だったんだ」

まるで身体《からだ》の一部がなくなったような喪失《そうしつ》感を覚えながらも、自分に言い聞かせた。

使用人たちは早速《さっそく》、ノクスとナーナが駆《か》け落《お》ちしたのではという噂《うわさ》を立てた。

「呪《のろ》われてるほうと駆け落ちする気が知れないけど、ナーナも変な子だったものね」

「愛想《あいそ》もないのに、どうやってエドウィン様に取り入ったのかしら。恩知らずもいいところだわ」

「あのおばさんも大概《たいがい》だったとはいえ、使用人を礫にするなんて。本当にあの王子、魔物だったんじゃない？」

「実家に書く手紙の、いい話題ができたわ」

「首都の新聞社が情報を買いに来るかもよ。王族の醜聞《しゅうぶん》だし」

サロンの清掃《せいそう》をしながらぐだぐだと話しているメイドたちに、

「他人のゴシップよりも、自分たちの心配をしたほうがいいんじゃない？」

不意に穏《おだ》やかな声が話しかけた。エドウィンと同じ冷ややかな青い目が、二人のメイドを静かに見ていた。気配を消せるのは、ノクスだけではない。対人の戦闘《せんとう》に長《た》けたラノも、油断したメイドに音もなく近づくくらい容易なことだった。

結果的に、ガラクシア家で起きた一連の騒動が屋敷の外に広まることはなかった。


ラノは普段《ふだん》と変わらない柔《やわ》らかい笑顔《えがお》で、使用人を一人ずつ個室に呼んだ。

「他の使用人がノクスにしていたことを教えてくれないかな」

使用人たちはエドウィンが命じたのだと勝手に勘違《かんちが》いし、慈悲深《じひぶか》いラノなら正直に話せば温情をくれるかもしれないと、面白《おもしろ》いように口を滑《すべ》らせた。

「何を聞かれて何を話したかは、他の人には言わないほうがいいよ。次はあなたがいじめられるかもしれない」

聞き取りが終わった後、ラノは必ずそう言い添えた。

数日にわたって聞き取りを続ける、少し雰囲気《ふんいき》の変わったラノを、エドウィンは黙《だま》って見ていた。

「これで全員です。詳《くわ》しく知らなかった者、積極的に加担はしていないものの見て見ぬ振りをした者、実際に加害した者に分け、三つ目については何をしたかもまとめました」

ついでに二つ目についても、悪《あ》し様《ざま》に言っていたことがある者に印を付けた。

「僕《ぼく》には屋敷の人事権がありませんので、後のことは父上にお任せします」

後者になるほど名前が増えるリストと、想定を遥《はる》かに超《こ》えた、目を覆《おお》いたくなるような内容を見て、エドウィンは眉間《みけん》の皺《しわ》を一層深める。

同時に、ラノのことも侮《あなど》っていたのだと気付いた。自分が使用人たちから、甘《あま》くて優《やさ》しい虫も殺さないようなイメージを持たれていることを自覚しており、それを利用して情報を引き出した。しかも最終的な処分を言い渡《わた》すのはエドウィンなので、残った使用人たちも、『やはりエドウィンから命じられて動いていたのだ』と思うだけで、本人の印象が変わることはない。

「……疲《つか》れたので、今日は早めに休もうと思います。おやすみなさい、父上」

本当に疲れた様子でふにゃりと笑った顔は、どこまで計算しているのかエドウィンには判断がつかなかった。

「……末恐《すえおそ》ろしいな」

『さっさとラノに家督《かとく》を譲《ゆず》ってくたばれ』というノクスの声が、耳から離《はな》れないエドウィンだった。

数日しない間に屋敷の人員はごっそりと減り、ラノの取り巻きもいくらか減った。自分には甘ったるい笑顔で愛嬌《あいきょう》を振りまいていた若いメイドたちも、ノクスには辛辣《しんらつ》に当たっていたことや、保身のためにあっさりと同僚《どうりょう》を売る姿を見て、ラノの人間不信度と女性不信度が少し上がった。

「自分でやる荷造りって、大変だなあ」

急な人手不足で手が回らない執事《しつじ》に、荷造りに必要なものをリストアップしてもらい、鞄《かばん》や箱に詰《つ》めながら、ラノはため息をつく。ノクスの部屋もナーナの部屋も、気付いた時にはもぬけの殻《から》になっていたが、二人の部屋にはもともと物が少なかった。

「必要ないものはそばに置かないって大事なんだね、ノクス」

もらい物を捨てるのは忍《しの》びないからと、部屋のあちこちに置いたり飾《かざ》ったり仕舞《しま》ったりしていた自分の趣味《しゅみ》ではない雑貨類を見渡し、ラノはもう一度大きくため息をついた。

第四章　セントアコールの情報通

ガラクシアを離《はな》れて約ひと月。ノクスとナーナはとうとうアコール王国の首都、セントアコールに辿《たど》り着《つ》いた。城下に立ち並ぶ建物は、総じて傾斜《けいしゃ》の緩《ゆる》い赤茶色の屋根に白っぽい石造りの壁《かべ》をしている。反対側を歩く人間の顔がよくわからないほど幅《はば》の広い大通りは美しく整備されていて、中心を馬車が行《い》き交《か》っている。人間は一段高くなった歩道を歩くことで、人が馬車に轢《ひ》かれる事故を防いでいた。

「久しぶりに来ました。相変わらず賑《にぎ》やかですね」

がやがやと忙《せわ》しない人の往来を眺《なが》めるナーナ。

「そうか、ガラクシアに来てからは出かける機会なんてほとんどなかったもんな」

車道側を歩き、等間隔《とうかんかく》に並ぶ洒落《しゃれ》たデザインの外灯を避《さ》けながら、ノクスはしみじみと言った。

「元々出不精《でぶしょう》なので、あまり気にしていませんでした」

ノクスが申し訳なさそうにする前に、きっぱりとフォローを入れるナーナだった。

「そういえば、どうして首都へ？　サースロッソに向かうだけなら、もっと近い道があったかと思いますが」

「呪《のろ》いについて、何か新しい情報がないかと思ってさ」

そう言ってノクスは、目的地がある様子で歩みを進める。ナーナも後を付いていこうとして、

「あっ」

ぞろぞろと同じ方向に向かう、同じ制服を着た団体――首都の学生だ――の流れに阻《はば》まれた。

「ノクス様」

人垣《ひとがき》でノクスの姿が見えなくなる。途端《とたん》に心細くなった。

ノクスはよく『ナーナがいてくれて良かった』と言うが、いつの間にか自分のほうがノクスを頼《たよ》るようになっていたのだと気付く。

「ナーナ」

迷宮《めいきゅう》で罠《わな》の位置を教えられた時のように、不意に腕《うで》を引っ張られ、抱《だ》き留《と》められた。

「申し訳ございません。……お邪魔《じゃま》になるでしょう。私は宿にいます」

なるべくノクスのそばにいることがナーナの目的ではあるが、自分が足手まといになって彼《かれ》の行動を制限するのは本意ではない。

しかし、

「謝《あやま》るより、いつもみたいに褒《ほ》めてほしいかな」

ノクスは困ったような顔で照れながら笑った。ナーナの『ギュン』が過去最大の振《ふ》れ幅を記録し、一時思考が停止した。

「……」

「ナーナ？」

もちろんノクスは冗談《じょうだん》のつもりだったが、自分から催促《さいそく》するのはさすがにおこがましかっただろうかと反省して、ご機嫌《きげん》を伺《うかが》った。

「ありがとうございます。ノクス様はエスコートもお上手《じょうず》なのですね」

「ナーナをエスコートすることになるなら、もう少し勉強しておくべきだった」

いつもの調子に戻《もど》ったナーナにノクスはほっと安堵《あんど》の息を吐《は》いて、はぐれないように彼女の手を摑《つか》んだまま歩き出す。

ナーナは、自分が今どんな顔をしているのかわからなかった。


大通りを遠くに王城の尖塔《せんとう》が見える方角に向かって歩くことしばし。ノクスが向かっていたのは、街の中央部にある古い建物だった。

「図書館、ですか?」

入り口の脇《わき》に立つ古い石碑《せきひ》には、【アコール王立大図書館】と刻印してあった。

「うん。見た目は古いけど、新しい情報を調べるならここなんだ」

ノクスは勝手知ったる様子で中に入る。受付で冒険者証《ぼうけんしゃ》を提示し、ナーナは同行者だと告げると、それ以上の詮索《せんさく》はなかった。

王立大図書館の中は、窓は最低限で、吹《ふ》き抜《ぬ》けになった壁の高い位置までぎっしりと本が詰《つ》まっていた。地上階から見える回廊《かいろう》には、脚立《きゃたつ》の上に座《すわ》り込《こ》んで、分厚い本を真剣《しんけん》に読んでいる青年がいた。誰《だれ》も他の人間に興味を示さない空間に、ナーナは少し居心地《いごこち》のよさを覚えた。

何か探している本があるのかと思いきや、ノクスは大量の本棚《ほんだな》の間を縫《ぬ》って中庭に出た。天井《てんじょう》はガラス張りで、日差しの差し込む温室のような空間になっていた。中心で交わるよう十字に石畳《いしだたみ》の歩道が作られ、その脇にはまだ花の咲《さ》いていない花壇《かだん》と常緑樹。

そして、

「ジェニー」

木陰《こかげ》のベンチで本を読んでいる女性を見つけると、嬉《うれ》しそうに話しかけた。

「ん？　おお、その真っ黒な髪《かみ》は我《わ》が愛《いと》しのノクスじゃないか！」

冬空のような淡い青の髪を編《あ》み込みにした快活な女性は、仰々《ぎょうぎょう》しい仕草でバッと両手を広げ、ノクスに抱きついた。

ナーナが呆気《あっけ》に取られている間にぺたぺたと背中や髪を触《さわ》り、

「ちょっと見ない間にまた背が伸《の》びたな？　次に会う時は追《お》い越《こ》されてるかもしれない、ヒールで歩く練習をしておこう」

わはは！　と図書館らしからぬ大声で笑い、ノクスの背中をバシバシと叩《たた》いた。

それからようやくナーナに気付く。

「おっ、噂《うわさ》のガールフレンド」

「ええと、彼女《かのじょ》は――」

「初めまして。ナーナリカ・ゼーピア＝サースロッソと申します。ノクス様の婚約者《こんやくしゃ》です」

ノクスが紹介《しょうかい》する前に優雅《ゆうが》にお辞儀《じぎ》をし、本名と肩書《かたが》きで威嚇《いかく》した。しかし、

「あの『ガラクシアを継《つ》がなかったほうと婚約する』っていう愉快《ゆかい》な契約《けいやく》をしたお嬢《じょう》さんだろう？　可愛《かわい》らしいのに肝《きも》が据《す》わってるねえ」

女性は何の警戒心《けいかいしん》もなくナーナに歩み寄り、しげしげと顔から足元まで眺めた。

「お似合いなんじゃないか？　うんうん、とっても良いと思う」

やたらノクスと親しげで、どう立ち回ってもペースを崩《くず》せない謎《なぞ》の女に、ナーナは頭上の疑問符《ぎもんふ》を増やすばかりだった。

「ジェニー、ナーナが困ってるよ……」

ノクスがようやくフォローを入れた。冬空色の髪の女性は、大げさに口に手を当てて黙《だま》る。

かわりにノクスが口を開いた。

「ナーナ、この人はジェニー。アコールで一番の【情報通】で、俺《おれ》に魔術を教えてくれた人だよ」

「よろしく、ナーナリカ姫《ひめ》。その顔は、どうしてガラクシアとサースロッソが交わした契約の話を知ってるのかって顔だ。それは私が情報通だからとしか言えないんだけどね！」

どうやら本当に何でも知っているらしいジェニーについて、ナーナがわかったことは、とんでもないお喋《しゃべ》りだ、ということだけだった。

「それにしてもノクス。私は魔術どころか、きみの人生の師匠《ししょう》と言ってもいいと思うんだけどな」

【情報通】ジェニーのお喋りは止まらない。

「ジェニーを人生の師匠にするには、もう少し勇気が必要だな」

ノクスは彼女の扱《あつか》い方《かた》がわかっているようで、テンポ良く会話を挟《はさ》む。

「何だよ、貴族の立ち居振る舞《ま》いも私が教えてやったのに。役に立っただろう？」

基本的にはスマートに礼儀正しく、少しだけ嫌味《いやみ》を交えて振る舞い、ここぞという時に傲慢《ごうまん》なくらいの気高さで威圧しろ、きみならやれる、というアドバイスだった。

「うん、あれはちょっとスッとした」

ははは、と気を許した相手にしか見せないノクスの笑顔《えがお》がジェニーに向いたのを見て、ナーナは明確な嫉妬《しっと》を覚えた。

　すると当のジェニーはすかさず寄ってきて、ナーナの手を取りくるくると踊《おど》る。

「安心してくれたまえ、可愛いお姫様！　嫉妬する必要はないよ。私はどちらかというと、彼の第二の母のようなものだから」

「ナーナはジェニーに嫉妬なんかしないよ……」

「激ニブか！　こんなに可愛いお嬢さんがこんなにわかりやすく嫉妬しているというのに！」

　そう言って、ジェニーはダンスの終わりにナーナを抱きしめた。ノクスと親しげなのは気に食わないが、敵ではないらしい。ナーナは考えることを諦《あきら》めた。

「しかし、随分《ずいぶん》時間がかかったね。きみがガラクシアを出たと聞いたのは、一ヶ月も前のことだけど」

「ナーナと一緒《いっしょ》だから、普通《ふつう》の方法で来たんだよ」

「ああ、そういうことか。失念していた」

　ジェニーはナーナの肩を抱いたまま、ノクスとお喋りを続ける。

「おかげで、私もきみのために新しい情報を仕入れる時間があった」

「本当？」

　ぱっと顔を明るくするノクス。ジェニーはまあ座れとベンチを示し、ノクスの隣《となり》にナーナを丁寧《ていねい》に座らせた。エスコートする動作は完璧《かんぺき》で、貴族の振る舞いをノクスに教えたというのは本当らしいと、ナーナは少しだけ彼女を見直した。

　ナーナを挟んでベンチに座ったジェニーは、急に真剣な顔つきになった。

「きみが受けている呪いについての続報だ。――どうやら根源は、魔王の残滓《ざんし》らしい」

「魔王？」

おとぎ話に出てくるような単語に、ノクスは首を傾《かし》げた。

「ああ。正確には、アコールの初代国王が倒《たお》した強大な魔物。その昔この地には、種を問わず全ての個体を従える魔物の王がいたんだ」

「最強の変異個体ってこと？　……そういえば、ガラクシアの冒険者組合で聞いたような」

初代国王が冒険者だったという話の時に、ドルクが言っていたことを思い出す。

「へえ、今でもその話を知ってる奴《やつ》がガラクシアに？　まあその話は置いておこう。初代国王は確かに魔王の討伐《とうばつ》に成功したけど、魔王もただでは死なない。自分の命と引《ひ》き換《か》えに、国王に呪いをかけた」

劇でも演じるように、大げさな身振《みぶ》りを交えて話すジェニー。

「それが、俺の呪いの正体？」

「うん、そう考えて間違《まちが》いない。魔王の決死の呪いは、魔術に長《た》けていた国王にも解呪できなかったようだ。国王は仕方なく魔術でその身を二つに分け、呪いを片方に引き受けさせることでどうにか身を守った。片割れは程《ほど》なくして死んでしまい、呪いもそこで消えたかに見えたが、それから時々王の血を引く者の中に、黒い髪を持つ子どもが生まれるようになったそうだ」

つまり双子《ふたご》でなくとも発現するが、初代が身体《からだ》を分けたという話と混ざった結果『双子の片方は呪われている』という話になったわけだ。

そして当時から現代まで続いている貴族の家柄《いえがら》は、濃淡《のうたん》の差はあれどほとんどが王家の血を引いている。貴族の間にだけ迷信が広まっている理由だった。

「……今までに呪われた人間はどうなったんだ？」

「いずれも身体が弱く、成人するまで生きていた者はいなかったそうだよ」

突然《とつぜん》産まれた黒髪赤目の子どもは、どの家でもあまり外には出されなかっただろう。身体が弱いなら尚更《なおさら》だ。

「総じて身体が弱かったということは、呪いは対象の精気を奪《うば》う呪いということだ。魔王は初代国王の血を絶やそうとしたのだろうね」

今までに呪いが発現した子どもたちは、人知れず生涯《しょうがい》を終えていったに違いない。普通に調べても情報が出てこないわけだ、とノクスは納得《なっとく》した。

しかしジェニーはそんなことはどうでも良さそうに、ずいっと身を乗り出した。

「つまりきみは、史上初の成人まで生き延びた個体ってわけだ！　よくぞ生き延びた！　遅《おそ》くなったけれど、お誕生日おめでとうと言わせてもらうよ！」

そんな言葉と共に、魔術収納から小ぶりなホールケーキが出てきた。包丁を取り出して器用に三等分に切ると、ノクスとナーナに皿とフォークを配り、包丁の腹で取り分ける。

「ありがとう」

「……ありがとうございます」

早速《さっそく》嬉しそうにケーキを頬張《ほおば》るノクス。ナーナはその顔をじっと見つめてから、自分もイチゴをつついた。そして、首を傾げる。

「ノクス様は今まで至って健康ですよね」

「うん。風邪《かぜ》はラノのほうが引いてたくらいだ」

栄養失調になったり毒を盛られたりしたことはあっても、風邪を引いた覚えはない。その分ラノが少しでも風邪を引くと、呪われた兄のせいだと理不尽《りふじん》な敵意を向けられたが。

「呪いが弱まっているのでは？」

早期決着の四文字がナーナの脳裏《のうり》をよぎった。

「その件は前例がないから私にもわからないな。根拠《こんきょ》のない仮説を話すのは私の本分じゃない」

ジェニーは肩をすくめるとケーキを手掴《てづか》みし、大きな口を開けて頬張った。そして、

「館長!?　また館内に食べ物を持ち込んで!!」

「いはっは、いふはっは」

しまった、見つかった、と行儀《ぎょうぎ》悪くもごもごと言った。

「館長がそんなことをしたら、利用者に示しがつかないじゃないですか！」

「今日は特別なんだよ。綺麗《きれい》に片付けるから見逃《みのが》してくれ」

「……もう、次はありませんからね」

ジェニーが可愛がっている少年の姿を見つけて、職員はようやく怒《いか》りの矛《ほこ》を収めた。

「……館長、ですか？」

「うん」

フォークで行儀よく一口大にケーキをカットして食べながら、ノクスはナーナの疑問に頷《うなず》く。

【情報通】のジェニー。本名、ジェニー・ビブリア。初代国王の時代から脈々と続く、王立大図書館を管理する家系の長女だった。

ケーキを食べ終わると、ジェニーは立ち上がった。

「手を洗ってくるよ」

手掴みでケーキを食べたせいで、その手はベトベトだった。

「ジェニー様、食器を洗える場所はありますか？　ご馳走《ちそう》になったのでお手伝いしたいのですが」

「助かるなあ、それじゃスタッフルームに行こう」

「じゃあ俺も」

一緒に立ち上がるノクスに、ジェニーはひらひらと手を振った。

「いいの、ゲストはそこにいなさい。ナーナ姫、こっちだよ」

「はい」

ナーナは素直《すなお》に頷くとノクスの皿をさっと引き取り、ジェニーの後を付いていった。

「……まあいいか、仲良くなったみたいだし」

残されたノクスは、暇《ひま》つぶしにジェニーがベンチに置いていった本を読み始めた。

『関係者以外立入禁止』の文字が書かれたドアを開け、職員用通路に入ったところで、ジェニーはにこにこと微笑《ほほえ》みながら訊《たず》ねた。

「それで、ナーナ姫。私に訊《き》きたいことがあるんだろう？」

「本当になんでもご存知《ぞんじ》なのですね」

ナーナは確かに、ジェニーと二人きりになる機会を窺《うかが》っていた。でなければ率先《そっせん》してノクスから離れるようなことはしない。

「ノクスの魔術に関することだね。あの子のそばにいてくれたお礼だ。私の知ってることなら何でも答えてあげよう」

「ありがとうございます」

少し躊躇《ためら》った後、ナーナはストレートに言った。

「ノクス様が寝《ね》ている時に発動する壁をくぐり抜けたいのですが」

「……」

ジェニーが絶句した。もしノクスが見ていたら、何の魔術を使ったのかと訊いているところだ。

「何かおかしなことを言いましたか？」

「いや、思ったより大胆《だいたん》なことを言う子だなと思っただけだよ。どうしてそんなことを？」

「添《そ》い寝したら、朝どんな風に驚《おどろ》いてくれるだろうかと」

「……」

再び絶句。それから声を上げて笑い始めた。

「あっはっは！　よかった、そんなにあの子を愛してくれてるんだね。ああ、水場はここだよ。職員の休憩室《きゅうけいしつ》だ」

ジェニーはひいひいと引き笑いをしながら部屋に入っていく。

「確かに私はノクスに魔術を教えたけど、あの子の魔術は私なんかよりよっぽど強力だからなあ」

休憩室に併設《へいせつ》された、昼食を温めたりする程度の設備がある簡単な調理場で、ジェニーは袖《そで》に水が飛ぶのも構わずじゃぶじゃぶと手を洗う。ナーナも隣でクリームの付いた皿を洗う。

「あの壁を正攻法《せいこうほう》で突破《とっぱ》するのは、世界中の魔術師を集めても無理だと思うよ」

「……正攻法でなければできると？」

「方法はある」

ハンカチで手を拭《ふ》きながら、ジェニーはウィンクした。

その日の夜、シャワーを浴びたナーナは、

「ノクス様、こちらにどうぞ」

ベッドの中心に足を投げ出して座り、さあ、と横に来るよう促した。

「え、何？」

ジェニーに何か吹き込まれたことを勘付《かんづ》き、警戒するノクス。

「試《ため》してみたいことがあるのです。どうぞ」

「うん……」

恐《おそ》る恐る、ノクスは隣に座った。すると、

「こうです」

「うわっ!?」

ナーナはノクスの首に腕を回し、抱き着くようにしてぐいっと横に倒した。

「なん、え、何？」

冒険者装備ではない薄手《うすで》の寝間着から一瞬《いっしゅん》ダイレクトに柔《やわ》らかさが伝わってきて、ノクスは思いきり動揺《どうよう》した。

「膝枕《ひざまくら》です。ジェニー様が、ノクス様はきっとこういうのが好きだと」

気がつけば、頭がナーナの膝の上にあった。

「やっぱりジェニーか……」

ナーナに変なことを吹き込まないでほしいと言いたいところだったが、下にはふにふにした腿《もも》の感触《かんしょく》、上には視界を遮《さえぎ》る柔らかそうな膨《ふく》らみ。抗《あらが》い難《がた》い誘惑《ゆうわく》だった。

ノクスが抵抗《ていこう》しないのを確認《かくにん》し、ゆっくりと黒髪を撫《な》で始めるナーナ。

「……ジェニー様とお会いした時、ノクス様が首都にお知り合いがいたことに驚いて、私の知らないノクス様を知っていることにも、確かに少し嫉妬しました」

本当は少しどころではない。

「でもそれから、ノクス様にいろんな魔術を教えてくださったことに感謝しました」

きっと彼女と出会わなければ、今ここにノクスはいなかっただろう。

「……ジェニーは、偶然《ぐうぜん》ガラクシアの図書館に視察に来てたんだ」

情報通を自称《じしょう》する彼女は、もちろん呪われた王子のことも知っていた。そして聞いていたとおりの外見をした少年が、一人で真剣に魔術書を読んでいるのを見て『噂の種に直接取材してやろう』と声をかけたのが、二人の出会いだった。

「ガラクシアは暇だろうって、長距離《ちょうきょり》を短時間で移動する魔術を教えてくれて」

「そんな魔術があるのですか？」

「うん、俺一人で移動する時にしか使えないけどね」

なにしろ、身体能力を極限まで高めてひたすら走るという力業《ちからわざ》だ。普通は強力な魔物と対峙《たいじ》した時の緊急脱出《きんきゅうだっしゅつ》に使うのがせいぜいで、日に何度も使えるような魔術ではない。

しかしノクスは無尽蔵の魔力と治癒《ちゆ》魔術にものを言わせ、一日でガラクシアと首都間を踏破《とうは》し、毎週のようにジェニーのもとを訪《おとず》れて教えを乞《こ》うた。ジェニーも、貴族連中から変わり者扱いされる自分を慕《した》ってくる少年に親近感と愛着が湧《わ》き、姉のように母のように成長を見守った。

「……だから、ナーナとジェニーが仲良くなってくれて、嬉しい……」

徐々《じょじょ》にノクスの声から力が抜けていき、静かになった。同時に、

「！」

透明《とうめい》な壁がノクスだけでなくナーナも一緒に包《つつ》み込んだ。

「……本当に成功しました」

ジェニーによる入《い》れ知恵《ぢえ》、もとい無意識防御壁《ぼうぎょへき》突破講座は、

「ノクスが意識を失う前から彼にくっついて、壁の内側にいればいいのさ」

という口で言うだけなら簡単なものだった。しかし警戒心の強いノクスが、密着するような距離に誰かいる状況《じょうきょう》で簡単に眠《ねむ》るわけがない。一服盛るしか、と物騒《ぶっそう》なことを考えていたナーナに対し、

「大丈夫《だいじょうぶ》！　ナーナ姫ならいける！」

と謎のお墨《すみ》付きと共にジェニーに提案されたのが、膝枕作戦だった。

「あの子は一旦《いったん》寝たらしばらく起きないからね！　やりたい放題だ！」

ぐっと親指を立てる姿はどう見ても由緒《ゆいしょ》正しき首都貴族の長女ではなかったが、ナーナは静かに感謝の念を送っておいた。

「ではノクス様、失礼します」

そろりと頭を持ち上げ、足を抜く。本当に起きない。

布団《ふとん》をかけ、計画どおり隣に横になり、あとは朝、いつもどおりノクスよりも早く起きるだけ、と達成感に包まれていた時だった。

「んん……」

ノクスが寝返りを打った。そして、

「！」

ナーナに触《ふ》れた腕が、そのまま彼女を引き寄せ抱きしめた。

「……!!」

声を出して万が一ノクスが起きてしまったら、膝枕寝かしつけ作戦は二度と通用しないだろう。

想定外の反撃《はんげき》に必死に堪《た》えながら、悪戯《いたずら》はほどほどにしようと反省するナーナだった。

＊＊＊

なんだか布団がいつもより暖かい。しかも、柔らかくて良い匂《にお》いがする。

思わず抱きしめて擦《す》り寄《よ》るように顔を埋《うず》めたノクスの鼻先を、繊維質《せんいしつ》の感触がくすぐった。

「ん？」

うっすらと目を開けると、目の前には白い滑《なめ》らかな肌色《はだいろ》。

そして少し顔を上げると、髪がぐしゃぐしゃに乱れたナーナの顔がすぐ近くにあった。

「……おはようございます、ノクス様」

「うわあっ!? 痛っ」

顔を埋めていたのがナーナの胸元《むなもと》だったことに気付いて、ノクスは跳《は》ね起《お》きた拍子にシングルサイズのベッドから落ちた。

「ノクス様、大丈夫ですか」

そろりとベッドの上から覗《のぞ》き込むナーナの顔は、いつになくボンヤリとしていて眠そうだ。上着の前のボタンは辛《かろ》うじて胸の下辺りで留まっているだけで、滅多《めった》に拝めない深い谷間にどうしても視線が吸《す》い込まれてしまう。

「もしかして俺、一晩中ナーナを抱き枕にしてた……?」

「はい……」

首筋にノクスの髪が当たり、腰《こし》やら腋《わき》やらに手を回されると、くすぐったがりのナーナは寝るどころではない。ひたすら声を出さないように必死だった。

何度か脱出を試みたものの、その度《たび》に寝間着は乱れるわ更にがっちりホールドされるわで、最終的に眠気と疲《つか》れで悟《さと》りを開いた。

「そうだ、昨日話の途中《とちゅう》で寝ちゃったんだ! ごめん……!」

ノクスは徐々に昨夜《ゆうべ》の記憶《きおく》を取り戻す。スローテンポで頭を撫でられる感覚とナーナの静かな話し声が心地よすぎて、いつの間にか眠ってしまった。

「俺、寝ぼけて変なことしなかった? 呪いのせいで身体の調子が悪くなったりしてない?」

あわあわと気遣《きづか》うノクスの姿に、罪悪感がこみ上げてくるナーナだった。

「大丈夫です。ただ抱き枕になっていただけなので」

実は少々きわどいところを触られたり揉《も》まれたりしたが、全ては悪戯を仕掛けたナーナの自業自得だ。どうなるか予測が付いていたジェニーに一割くらい過失を負担してほしい程度で、ノクスに罪はない。

「そう？　でも、眠れなかったんだろ？　今日は買い出しに行くだけだから、ゆっくり寝てていいよ」

「でも……」

「たまには休みも必要だって」

「……わかりました」

この眠気には抗えそうにない。せっかくまた一緒に買い物ができるチャンスだったのに。ナーナ一生の不覚だった。

しかし。

「……やはりいい反応でした」

身支度《みじたく》を一人で整えたノクスが部屋を出て行った後、ナーナは布団に潜《もぐ》る。耳まで真っ赤にして目を見開いているノクスの顔をまぶたの裏で思い出し、ぼそりと満足げに呟《つぶや》くのだった。

ナーナの感触と刺激的《しげきてき》なビジュアルが頭から離れないまま、ノクスは人通りの多い街中を悶々《もんもん》と歩いていた。

貴族は成人すると共に婚姻《こんいん》を結び、十代で子どもを授《さず》かる夫婦《ふうふ》も少なくない。

呪いさえなければ今頃《いまごろ》キスくらいは、と不埒《ふらち》な考えがよぎり、ぶんぶんと頭を振った。

「ダメだ。こういう時は仕事するに限る」

煩悩《ぼんのう》を振り払《はら》うため、ノクスは首都郊外《こうがい》のとある建物を目指して早足で歩いた。

冒険者組合の首都本部は、アコールにある全ての冒険者組合を統括《とうかつ》している。

持ち込まれる依頼《いらい》の数も桁《けた》違いで、一階ではずらりと並んだ受付カウンターの向こうで職員たちが慌《あわ》ただしく事務処理に追われていた。

「どれにしようかな」

ノクスは壁一面に貼《は》り出された依頼を順に見ていく。量が量なので、魔物討伐系の赤、公的機関や市民からの依頼の青、採集や迷宮攻略系の緑と、掲示板《けいじばん》は種類によって色分けされている。

ノクスもといアストラが選ぶのは、いつも赤ばかりだ。いつか換金《かんきん》するためにレッドバケーションを集めているからということもあるが、単に短期で高額の依頼が多く、効率が良いからというのが一番の理由だった。

高額報酬《ほうしゅう》ということは、その分危険な依頼ということでもある。

ノクスは毎回、他の冒険者が手を出さないような、もしくは何度も失敗しているような依頼にばかり手を出していた。

見分け方は簡単だ。ずっと貼られているせいで、日焼けしてインクの色が薄くなっているのだ。

「一番古いのは……鉱山の竜《りゅう》の討伐。例のあれか……」

ノクスが呪われていると言われる原因の一つ。ちょうどノクスとラノが生まれた頃《ころ》、アコールの領土内にある銀鉱山に住み着いたという竜。

呪いがジェニーの言うとおり宿主の精気を奪うものなら、竜の出現はただの偶然だ。十六年間塩《しお》

漬《づ》けの因縁《いんねん》とも、いい加減決着をつけたほうがいいかもしれないと思ったが、

「さすがに日帰りは無理だなあ」

相手は竜だ。ドットスパイダーのように気軽に立ち向かえる相手ではない。夕方までに帰らなければナーナが心配することもあり、一旦保留にした。

「となると……。まあいいか、これで」

今はとにかく、簡単で黙々《もくもく》と作業できる依頼ならなんでもいい。ドットスパイダー同様に大体いつでも貼ってある、首都郊外に広がる農耕地帯の害獣《がいじゅう》駆除《くじょ》依頼を剝《は》がし、ノクスは受付に持っていった。


黒いフードの少年が受注手続きを済ませて出て行った後の、本部の最上階。

「は？【大魔法馬鹿《フーリッシュウィザード》】のアストラが、【石無し】がやるような害獣駆除依頼を受けていった？」

今でも現役《げんえき》であることを誇示《こじ》するような筋骨隆々《りゅうりゅう》の男性——首都本部の本部長は、部下からの報告を受けて思わず聞き返した。

「そのあだ名、本人に言っちゃダメですよ」

部下がため息をつく。【大魔法馬鹿】は、組合内部で呼ばれているアストラの非公式で不名誉《ふめいよ》な二つ名だった。魔術師なら誰もが羨《うらや》み憧《あこが》れ、その地位を手に入れるために人生を懸《か》ける、宮廷《きゅうてい》魔術師のスカウトを蹴《け》ったことに由来する。拠点を持たない神出鬼没《しんしゅつきぼつ》のアストラに連絡《れんらく》するには組合を通すしかなく、職員の目の前で、偉《えら》そうな使者の勧誘《かんゆう》を間髪入れずにばっさりと断ったことが、組合の中で広まった結果だった。

「……記録によると、どうやらガラクシアから徒歩で首都まで向かっていたようですが、道中で受けている依頼も似たり寄ったりです」

本部長は、冒険者証を更新《こうしん》するためだけに依頼をこなしているとしか思えない完了《かんりょう》記録をじっと見て、

「……所帯を持ったか？」

当たらずとも遠からずな予測を立てた。

屋敷《やしき》を出た日にナーナを探すために使った魔力探知の魔術は、本来は人間ではなく魔物を探すために使うものだ。

同じ種類の魔物は同じ魔力の形をしているので、一匹《ぴき》見つければ二匹目からは簡単に居場所を探せる。とても便利だ。

というのがノクスの言い分なのだが、ジェニーはそれを聞いた時、大笑いした。

「その魔術はね、魔術学院の研究生が発案したものの『目視できるくらいまで近寄らないと使えない』って一蹴《いっしゅう》されたお蔵《くら》入《い》り魔術だよ。まさか使い道を見出《みいだ》せる魔術師が現れるとは」

「じゃあ、なんで教えてくれたの？」

「存在すら知らないより、知っていて使えないほうが自分の身の丈《たけ》がわかるだろう？」

ノクスはそんなことを思い出しながら、死蔵魔術を使って黙々と指定の魔物だけを屠《ほふ》る機械と化していた。

二時間ほど農耕地帯を走り回り、良い汗《あせ》をかいたところで首都本部に帰還《きかん》する。規模が大きくて

も基本的な構造は変わらない赤の報告窓口は、表側ほどは混んでいなかった。休憩で職員の数も少ないことがわかっている昼食時は、入れ替わり立ち替わりに顔やら体やらに傷がある屈強《くっきょう》な冒険者が出入りする程度だ。

そんな中に手ぶらでふらりと現れた細身で小柄なノクスは、逆に目立つ。

「これの報告に来た」

ノクスは依頼書と冒険者証をカウンターに載せ、

「ありがとうございます。証明できる部位を提出してくださ――」

受付の女性が言い終わるよりも早く、広場にドサドサと魔物の死骸《しがい》を積み重ねて、女性の顔を引き攣《つ》らせた。

「……部位のみでいいのですが」

依頼を完了したことを証明するには、角や足、耳など、討伐した証《あか》しに魔物の部位を持ち帰らねばならない。

「このほうが確実だろ？」

その決まりは、冒険者のほとんどが魔術収納を持っていないことや、持っていても容量が少なく魔物を持ち帰れないことから作られたものだ。つまり持ち帰れるのなら丸のまま持ち帰ったほうが、いちいち切り取る手間がない。組合側の確認と処分の手間は増えるが。

「本当に丸ごと持って帰ってくるのか……。しかも全て一撃ときた」

いつの間にか、厚手の革手袋《かわてぶくろ》をしたガタイのいい男性が、積み上がった魔物の死骸を調べていた。

「誰？」

「ええと、ほ」

「グロウ。ここの職員だ」

受付の女性が『本部長』と言うのをわざと遮り、冒険者組合セントアコール本部長グロウは、簡潔に名乗った。

「ふーん……。偉い人か」

一番偉いかどうかまでは見抜けなかったが、それなりの地位の人間だろうということだけ勘付いて、ノクスは頷いた。確認してもらえるなら誰でもいい。

「三十体あると思う」

「依頼を受注したのは二時間くらい前だっただろう？　よくもまあこんなに狩《か》れるもんだ。群れでもいたのか？」

「そんなとこかな」

死蔵魔術の魔力探知を使いながら、これまた使い手がいない身体強化魔術で走り回っていたと説明するのが面倒《めんどう》で、ノクスは適当に頷いた。

「ガラクシア支部から報告を受けた時には、ドルクが幻覚《げんかく》でも見せられたんじゃないかと思ったが。これなら大量発生したドットスパイダーを竜巻で殲滅《せんめつ》したって話も、まんざら嘘《うそ》じゃなさそうだ」

「信じてもらえて良かった。早く報酬の手続きをしてくれ」

ナーナはまだ寝ているだろうか。何か美味《おい》しい菓子《かし》でも買って帰ろうと、ノクスはもはや依頼と全く関係ないことを考えていた。

「それは滞《とどこお》りなく。しかし、赤五つには【石無し】が受けるようなみみっちい依頼は物足りないんじゃないか？」

【石無し】とは、危険を冒《おか》さず旅もせず、一ヶ所に居座り細々と雑用をこなしてその日暮らしをするだけの最底辺冒険者を揶揄《やゆ》した言い方だった。

「別に。今は他にやることがあるから更新しにきただけだし」

「……お前、石付きの特典を知らんのか」

「特典？」

ノクスは首を傾げた。

「石一つにつき更新期限が三ヶ月、四つ以上は一年延びるって、説明されなかったか？」

「知らない……」

そもそも石は一つ付くだけでも十分に優秀《ゆうしゅう》で、精力的に活動している者ばかりだ。

しかしいくらやる気のある冒険者でも、怪我《けが》や病気、その他様々な事情で一ヶ月仕事ができないことだってある。不可抗力で今までの功績が抹消《まっしょう》されてしまったら、そのまま引退してしまうかもしれない。有能な人材を逃《に》がさないための制度だった。

「まあ、四つ以上持ってる奴なんて滅多にいないからな……」

担当した職員が特典を知らない可能性もあった。

「じゃあ俺は、二年くらいは何もしなくていいのか。良いことを聞いた」

それならもう少しペースアップしてサースロッソに向かえると、冒険者証を引き取り踵《きびす》を返すノクス。

「待て待て！　言わなきゃ良かった」

「面倒な依頼は引き受けない。言っただろ、他にやることがあるんだ」

またガラクシア支部と同じパターンかと、先手を打った。すると、

「女だろう？　今までずっとソロだったアストラに、旅慣れない同行者がいるって情報がある」

グロウは下世話な顔でニヤニヤと笑った。

「……だったら何だ」

ナーナを人質《ひとじち》に取ったり危険にさらしたりするなら今この場で殺す、とノクスはグロウに明確な殺意を向けた。

「わかった、わかった。赤五つと敵対するつもりなんざねえし、弱みになりそうな噂は潰《つぶ》しておく。安心して旅を続けてくれ」

グロウは慌てて両手を挙げ、降参のポーズを取った。

「かわりと言っちゃなんだが、月一で構わないから、もう少し骨のある依頼を受けてくれないか」

「……間違いないな？」

「ああ。任せろ」

しっかりと頷いたグロウを見て、スッとノクスから殺気が消えた。

振り向かず立ち去る後ろ姿を眺めながら、グロウはゆっくりと息を吐き、革手袋を外した。そして、

「……何だあれ、本当に人間か？　竜種の間違いじゃないか？」

手のひらにかいた尋常《じんじょう》ではない量の汗を腿で拭き、カウンターの裏で泡《あわ》を吹いて倒れている哀《あわ》れ

な受付係を覗き込んだ。

首都で三日目の朝。ノクスとナーナはジェニーに別れの挨拶《あいさつ》をするため、再び王立大図書館を訪れた。

「もう行くのかい？　せっかく家を出たんだから、一ヶ月くらい首都で遊んでいけばいいのに」

「ナーナをサースロッソに送り届けなきゃいけないから、そんなにゆっくりはしてられないよ」

サースロッソまでは、首都から一ヶ月ほど南下する道のりだ。首都にひと月も滞在《たいざい》していたら、季節が変わってしまう。

「それに、あんまり長居すると面倒事に巻き込まれそう」

昨日冒険者組合で出会った男のこともあるが、何よりもこの街は現国王のお膝元だ。エドウィンは騎士団《きしだん》を指導するために一年の半分以上を首都で過ごしているし、第二王子の信奉者《しんぽうしゃ》には殺されそうになったこともある。あまり居心地のいい場所ではなかった。

「そうか……。まあ、またいつでも会えるからね。引き続き呪いについての調査は進めておくよ」

「うん、ありがとう」

名残惜《なごりお》しそうなジェニーがノクスを抱きしめるが、今度はナーナは嫉妬しなかった。

それじゃ、とノクスは手を振り、ナーナは美しくお辞儀をして立ち去ろうとした。しかし、

「そうだノクス。ちょっと」

数歩歩いたところで呼び止められた。

「何？」

ナーナはその場で待ち、ノクスだけが戻る。と、ジェニーは突然肩を組み、身体の陰に隠《かく》すようにしてノクスの胸に一冊の本を押《お》しつけ耳打ちした。

「せっかく好きな子と首都まで来たんだから、少しくらい雰囲気《ふんいき》の良いところに行きなよ」

「えっ」

渡《わた》されたのは観光ガイドだった。それも、首都近郊のデートスポットの特集が組まれた最新号。

ノクスは表紙だけ確認すると、急いで魔術収納に仕舞った。ジェニーは何事もなかったように、パッと距離を取る。

「道中気をつけるんだよ。いつでも歓迎《かんげい》するから、また二人でおいで」

「う、うん」

ぎこちないノクスと、それを怪訝《けげん》そうに見るナーナ。

「さあ、行った行った！」

一度は呼び止めたくせに、ジェニーは追い払うようにノクスの背中を押した。

仲睦《なかむつ》まじそうに歩いていく二人の後ろ姿を見えなくなるまで眺めてから、

「本当に良かった」

ジェニーは大きく背伸びをして、自分の持ち場に戻っていった。

図書館を離れてしばらく経《た》ってから、ナーナはノクスに訊ねた。

「ノクス様。先ほどジェニー様から何か渡されていませんでしたか」

「え!?　いや、別に」

観光ガイドの中身をどこで確認しようかと考えていたところで図星を突《つ》かれて、ノクスはあからさまに狼狽《ろうばい》した。

「……私に見せられないものですか？」

ジトッと見つめるナーナ。

「これです……」

結局隠し通すことは叶《かな》わず、ノクスは観念してガイドを取り出した。

『セントアコールで話題のデートスポット特集』

受け取って中を確認したナーナが真顔で見出しを読み上げ、ノクスは顔を覆《おお》った。

「連れていってくださるのですか？」

「……ナーナが、行きたいところがあるなら」

せっかく首都に来たのに、ナーナは図書館以外の場所にほとんど行っていない。長居は良くないが、ナーナが気になるところに寄り道するくらいなら問題はない。

「では、どこか落ち着けるところで読みたいです」

そして、二人は適当に、近くのカフェに入った。真剣にガイドブックの内容を吟味《ぎんみ》するナーナを見ながら、ノクスは紅茶を飲む。往来を眺めながら、ナーナが淹《い》れてくれたお茶のほうが美味しいな、などと考えていた。

「決めました。ここに行きたいです」

しばらくしてから、ナーナは見開きのページを見せた。

「ええと……教会？」

青空の下に、高い塔と変わった形の白い建物が写った写真。それはアコール内にほどほどの信者がいる、女神《めがみ》教と呼ばれる宗教の施設《しせつ》だった。

「ナーナ、女神教徒だったっけ」

「いえ、特に信仰《しんこう》している神はいませんが……。でも、行ってみたいです」

「……？　わかった」

地図を見ると、現在地からもそう遠くない。ノクスは詳《くわ》しく内容を確認せず、ナーナが行きたいならと承諾《しょうだく》した。


ガイドブックに従って歴史の感じられる石造りの町並みをのんびりと進むと、やがて建物の合間から白い塔が見えた。

「あれかな」

「そのようです」

徐々に近くなる塔に向かって気軽に歩を進めていたところで、ノクスはふと気付いた。

「……なんか、二人組が多くない？」

それも、手を繫《つな》いでいたり腰に手を回していたりと、明らかに恋仲《こいなか》に見える男女の。

「はい。ですから私たちも変に思われないように、そんな雰囲気で行きましょう」

そっと控《ひか》えめに、ナーナの手がノクスの人差し指に触れた。

「……わかった」

手繰《たぐ》るように細い手を摑むと、ナーナは自分たちの手元を満足げに見てから、

「こちらです」

堂々と胸を張って、教会の門に近づいていった。

教会の前に作られた庭園では、良く言えばカジュアルな、悪く言えば俗《ぞく》っぽさがすぎる催《もよお》しが行われていた。

体裁《ていさい》としては、有志や信者たちが作った小物や置物を売っているただのバザーだ。しかし明るい色合いで統一されたテントの中で売られているものは、どれも女性や恋人同士が好みそうなデザインや機能がついていたりペアセットだったりと、明らかにターゲットが決まった商品ばかりだった。

「最近、この教会が若者に人気なのだそうです」

ナーナがガイドブックを渡してくる。同じガイドを小脇に抱《かか》えている者がちらほらいるので、完全に紛《まぎ》れ込めていた。ノクスは先ほどカフェで見たページを探す。と、『塔の頂上で愛を誓《ちか》うと永遠になると話題に！』と書かれていた。

「中に入ってみましょう」

ナーナは腕に手を回し、さあ、と開け放たれた教会の入り口を指さす。修道服を着た女性がにこやかにこちらを見ている中、

「ただの観光ですよ」

いつになく楽しそうな黒い瞳《ひとみ》を見て、ノクスは仕方なく付いていくことにした。

教会の中に入ると両側に艶《つや》のある木製のベンチが並んでおり、正面には美しいステンドグラスのはめ込まれた窓があった。祈《いの》る女神の姿が色とりどりのガラスで描《えが》かれている。浮《う》かれた若いカッ

プルはそれらに見向きもせず、ノクスたちを追い抜いて塔へ続く階段を上っていく。

「綺麗だな」

「はい」

ちょうどガラスの向こうから日が差しており、ステンドグラスがきらきらと輝《かがや》いていた。ノクスは通行人の邪魔にならないよう少し奥《おく》に入って静かに眺め、ナーナも隣で見上げていた。途中、司祭と思《おぼ》しき男性が通り掛かり、二人の様子を見て優《やさ》しげに目を細めてから奥の部屋に入っていった。

「ごめん、塔に上りたいんだっけ？」

うっかり見入っていたことに気付き、ノクスはハッとナーナを見た。途中からノクスを見ていたナーナと思いきり目が合った。

「せっかくですから」

頷くナーナにやや強引《ごういん》に腕を引かれ、階段へ向かう。四人はすれ違えない幅の螺旋《らせん》階段を、下りてくるカップルに時折道を譲《ゆず》りながら、ゆっくり上った。

「もう、この程度の階段で息が上がるなんてサイテー！」

「僕《ぼく》はきみみたいに、鍛《きた》えてないんだよ」

頂上に着くなり、喧嘩《けんか》している男女がいた。どうやら女性は冒険者で、男性は商人のようだった。

「外から見るより、高いなあ」

「そうですね」

喧嘩を気にすることもなく、涼《すず》しげな顔で景色の見える縁《へり》に歩いていくノクスとナーナを、小言を言われている男性が息を整えながら恨《うら》めしそうに見ていた。

「愛を誓うって、何をするんでしょう」

傾斜のついた煉瓦《れんが》色の屋根群を眺めながら、ナーナがぽつりと言う。

「……さあ……」

おそらくプロポーズかそれに準ずることだ。さすがにノクスにもわかったが、こんな中途半端《ちゅうとはんぱ》な立場と気持ちで何を言えばいいのだろう。今言える最善の言葉を探すノクスを、ナーナはしばらく観察した後、

「先ほども言ったとおり、今回はただの観光ですよ。……またいつか一緒に来られたら嬉しいです」

ここぞとばかりに、腕に抱きついた。

「……うん」

突然の衝撃《しょうげき》にノクスは一瞬肩を震《ふる》わせたがなんとか堪え、その時までに言える言葉を探しておこうと心に誓った。

しばらく普通に景色を楽しんでから塔を下り、庭園に戻ってきたところで声をかけられた。

「そこの黒髪と赤髪のお二人！」

黒髪はノクスしかいないのはもちろん、赤い髪もナーナしかいない。振り返ると、恰幅《かっぷく》の良い女性が、にこやかな笑顔で手招きしていた。

「あら、近くで見るといい男！　ラノ王子にちょっと似てるんじゃない？」

二人が寄っていくと、エプロンを着けた女性は、口に手を当てて頬を染めていた。

「あ、ありがとう……？」

褒められたのはわかるが、ラノと似ていることがバレるのはあまり良くない。複雑な気分で返事

をした。

「何を売っているのですか？　お菓子のようですが……」

半月を少し内側に折り曲げたような奇妙《きみょう》な形の菓子が、籠《かご》いっぱいに入っていた。

「クッキーだよ。中に恋占いが書かれた紙が入ってるの」

コーンの粉で作った生地《きじ》で紙を包んで焼き上げたものだと女性は説明した。

「面白《おもしろ》そうです。一ついただきます」

ナーナが適当に一つ取り、代金を払った。

「じゃあ、俺も」

せっかくだからとノクスも一つ選ぶ。

「意外と当たるって評判なんだよ！　お幸せに！」

自分で『意外と』と言う辺りが全く信憑性《しんぴょうせい》のない占いだったが、もとよりこの俗っぽい教会に奇跡《きせき》や特別な力は期待していない。真ん中から割るとパキッという小気味よい音がして、中から細長い紙が出てきた。それぞれ引き抜いて、クッキーを口に放り込みながら内容を確認する。

ノクスの引いた紙には、『困難はあるが結ばれる』と書いてあった。

「ノクス様、どんな内容でしたか？」

「え!?　いや、大したことは……。ナーナのほうは？」

サッと魔術収納に仕舞ったのを見て、

「ノクス様が見せてくださらないのなら、私も見せません」

ナーナは『相手もあなたを同じくらい想《おも》っている』と書かれた紙を、ポーチに仕舞った。目に見えて上機嫌になったナーナを見て、悪い内容ではなかったのだろうとノクスは安心した。

「ジェニーと、この観光ガイドに感謝しないとなあ……」

ナーナに楽しんでもらうのが目的だったが、思ったよりノクス自身も楽しんでいたことに気付き、もう一度ガイドブックの表紙を眺めてから、魔術収納に仕舞った。

幕間　その頃のラノ

ノクスとナーナが屋敷《やしき》から消えた二週間後、ラノもイースベルデへ旅立っていた。

約半月の行程を経てイースベルデの領主館に着いたラノは、

「……やっと着いた……」

自分にあてがわれた寝室《しんしつ》に入るなり、へたり込《こ》んだ。

「同じ領内なのに、どうしてこんなに遠いの……」

使用人たちの前ではなんとか気丈《きじょう》に振《ふ》る舞《ま》ったものの、もはやシャワーを浴びる気力もない。過《か》酷《こく》な旅で母譲《ゆず》りの美しい金髪《きんぱつ》は艶《つや》がなくなり、白い肌《はだ》は少々日に焼け、いくらか痩《や》せた。

「冒険者《ぼうけんしゃ》や旅商人ってすごいんだなあ。農家の人たちも、どうやってガラクシアまで食材を運んでるんだろう」

実はガラクシアで売られているイースベルデ産の食材は、あくまでも食材が傷《いた》まない程度の距離《きょり》から輸送したものだったりする。気候や育て方、品種はほとんど同じなのだから、イースベルデ近《きん》郊《こう》で穫《と》れたものでもイースベルデ産と言ったほうが聞こえがいいということで、半ばブランドとして使われている名称《めいしょう》だということをラノが知るのは、数日後の話だ。

「はあ、せめて着替《きが》えなきゃ」

このまま床《ゆか》で寝落《ねお》ちしそうな勢いだったが、さすがにまずい。最後の気力を振り絞《しぼ》って立ち上がり、よたよたとクローゼットに向かった。次期公爵《こうしゃく》の側仕《そばづか》えになるための熾烈《しれつ》な争いに勝《か》ち抜《ぬ》き喜び勇んで付いてきたメイドたちも、今日ばかりはラノの寝支度《じたく》を手伝いに来る様子はない。実家ではラノが断っても世話をしに来ていたというのに。

この半月、常に従者たちと共に行動し、寝る時でさえ一人になる時間がなかったラノには都合が良かったが、それにしても疲《つか》れた。

なんとか一人で寝間着に着替えると、すぐにベッドに突《つ》っ伏《ぷ》す。

「距離的には首都よりも近いはずなのに……」

初代国王が整備した、首都から東に延びる街道《かいどう》は、ガラクシアから先にはない。

揺《ゆ》れる馬車で大量の荷物と共に移動し、昼夜を問わず魔物《まもの》や賊《ぞく》の襲撃《しゅうげき》を警戒《けいかい》し、天候にも左右されて夜までに中継点《ちゅうけいてん》の町に着けず、野宿も度々《たびたび》した。

ひとときも気が休まらない旅路は、身体《からだ》だけでなく精神的にもくるものがあった。道理で父も、東側にあまり行きたがらないわけだ。

「ノクスがいてくれたらなあ」

ノクスは冒険者としての経験がある。少しでも快適な旅路にする知恵《ちえ》を持っているはずだ。魔物と対峙《たいじ》するにしても、お互《たが》いの気配がわかるので連携《れんけい》が取りやすい。

いや、ノクスが出て行った日に廊下《ろうか》で磔《はりつけ》にされていたメイドのことを考えるに、戦闘《せんとう》はノクス一人で事足りるかもしれない。

それに大きなベッドを収納できるほどの魔術収納があったら、守る馬車の数も少なくて済む。

兄を便利な道具のように使いたくはないが、いてくれたらどれだけ心強かったことかと度々考えていた。

「……でも、ノクスがいなくなったのは僕《ぼく》のせいだもんな……」

ラノはずっと自分を責めていた。

エドウィンが息子《むすこ》にあまりにも無関心だったことは擁護《ようご》のしようがないし、ラノ自身も不満に思うことは度々あった。

しかしラノが父を必要以上に恐《おそ》れず、わがままを言ってでもきちんと話をしていれば、ノクスの扱《あつか》いがあんなに酷《ひど》くなることはなかったはずだ。

「せめてこれからは、僕がしっかりしなくちゃ」

エドウィンはノクスが出て行ってから、何かにあてられたようにぼんやりとしていることが多くなった。

少し前までは今でも王座を狙《ねら》っている野心が垣間見《かいまみ》え、剣術《けんじゅつ》を習うために対峙するだけでも身体が震《ふる》えるほどだったのに、ガラクシアを発《た》つ前の最後の手合わせでは勝ち筋が見えた気がした。

――まるで、急速に衰《おとろ》えているような。

「あの時のノクスは確かにちょっと怖《こわ》かったけど、あれが原因なわけないよね……」

ノクスの話を聞いている時の父から感じたのは、目の前の息子に対する畏怖《いふ》だった。ラノは元々他人の怒《いか》りの感情や言い争いの場が苦手だが、数多《あまた》の修羅場《しゅらば》をくぐり抜けてきたはずのエドウィンが何も言い返せず、ましてや恐れるというのは少し妙《みょう》な感じだった。

だが微《かす》かな違和感《いわかん》は眠気《ねむけ》に押《お》し流《なが》され、ノクスはすごいなあという感想だけが残る。

「僕も、はっきり意見を言えるようにならないと……」

兄のような啖呵《たんか》を切れる未来は思《おも》い浮《う》かばないものの、もう少し強気にならなくてはと、まどろむ意識の中で考える。

ノクスとまた会えた時に胸を張って話ができるように、自分にできることからやっていこう。

「街道の整備って、どれくらい予算が必要なのかなあ……」

せめて道が平らなら身体の疲れはまだマシだっただろう。首都から四方に延びる街道は初代国王が生涯《しょうがい》を懸《か》けた一大事業だったと聞く。それでも成《な》し遂《と》げたいくらい国王も移動が大変だったのだろうなと、先祖の偉業《いぎょう》を改めて噛《か》みしめながらラノは眠りに落ちた。

第五章　南街道で会った吸血鬼

南に延びる歩きやすい石畳《いしだたみ》の道を進みながら、ノクスは首都の冒険者《ぼうけんしゃ》組合で聞いた石付きの特典についてナーナに説明していた。

「って感じで、俺《おれ》はもう頻繁《ひんぱん》に冒険者証を更新《こうしん》する必要はないんだって」

アストラの同行者というだけでナーナが狙《ねら》われる可能性があることは伏《ふ》せ、ただ『月一くらいは仕事をしてほしいと頼《たの》まれた』とだけ伝えた。

「でしたら、次はサースロッソに着いてからで大丈夫《だいじょうぶ》そうですね」

「うん。でも、この先は途中《とちゅう》から山道になるだろ？　宿場が少ないから、しばらく野宿になる。結局魔物《まもの》退治しなくちゃいけなくなるんじゃないかなあ」

宿場の外では常に魔物と鉢合《はちあ》わせる可能性があるのだが、ナーナは暢気《のんき》なものだった。

「ノクス様がいれば、どこでも宿場のようなものでは？」

なにしろ町の結界装置よりもよほど優秀《ゆうしゅう》な防御《ぼうぎょ》魔術を張れるし、屋根付きの家もベッドも用意できる。魔術収納のおかげで新鮮《しんせん》な食材を使った食事が取れることはもちろん、水の魔術は洗濯《せんたく》に便利だし、温めれば湯も使える。ナーナがガラクシアに来る時の道のりとは比べものにならないくらい気楽な旅だ。

「確かに。……いっそのこと、そういう商売を始めようかな」

旅に同行して好きな場所に拠点《きょてん》を作るサービス。商人や物好きな貴族連中なら、多少ふっかけても需要《じゅよう》があるのではと、真剣《しんけん》に考えるノクスだった。

「いけませんよ。もっと大がかりなことに利用しようとする輩《やから》が出てきます」

好きな場所に簡単に強固な拠点を作れるというのは、戦《いくさ》においても大変有利だ。強い魔術師はどこに行っても引く手数多《あまた》であらゆる組織が常に求めているというのに、そんな便利な魔術まで使えることが知れたら、ノクスを手に入れるために血が流れるレベルだ。

「それもそうか。やっぱり冒険者が性に合ってるってことかな」

――ノクスに魔術の才能があることがわかった時、ジェニーは何度も何度も、繰《く》り返《かえ》し言い聞かせた。

「きみには力がある。誰《だれ》にも従うな。自分のために魔術を使うんだ」

それはノクスを守るための言葉だった。魔術を教えたのがエドウィンの配下ではなくジェニーだったことは、幼いノクスにとって幸運だったかもしれない。

「……」

ナーナはノクスをただの冒険者にしておくつもりはないので、肯定《こうてい》も否定もしなかった。

そんなやり取りをしながら、またいくつか宿場町を経由する。その度《たび》にノクスは冒険者組合にも寄った。依頼《いらい》は受けなくて良いのにどうしてかと首を傾《かし》げるナーナに、

「掲示板《けいじばん》を見れば、どんな魔物や事件が発生してるかわかるだろ」

と説明する。もし気になる内容があれば、職員から直接話を聞くことだってできる。

「ジェニーは『きな臭《くさ》い話は酒場が一番』って言ってたけど、俺たちの見た目じゃナメられるだろ

うしさ」

宿場には大体酒場があり、酔《よ》って陽気になった人間は口を滑《すべ》らせやすい。ちょっと盛り上げれば様々なことを話してくれると、ジェニーは笑っていた。

しかし普段《ふだん》のノクスは物腰《ものごし》の柔《やわ》らかい少年だ。大抵《たいてい》の獲物《えもの》は遠距離《えんきょり》から一撃《いちげき》で屠《ほふ》るため、あまり服が傷《いた》まないし、見ているだけのナーナに至ってはようやく着慣れてきたという程度。隣国《りんごく》の王位継承権《けいしょうけん》を持つ姫《ひめ》と、自らも王子でありながら護衛をたった一人で務める赤五つの冒険者だなんて、誰が思うだろうか。

そこでふと、ナーナは気になった。

「そういえばノクス様。お酒を飲んだことは？」

「……ないね」

ジェニーは破天荒《はてんこう》な人物だが、ノクスに教えられる程度の常識は持っている。未成年、それも一応は王子に、無理に酒を勧《すす》めてくることはなかった。『成人したら一緒《いっしょ》に飲もうね』と言われていたが、ナーナがいる手前、今回は夜の街に誘《さそ》うのを遠慮《えんりょ》してくれたのだろう。

「次の町で飲んでみますか、お酒」

「えっ」

ナーナの考えることはただ一つ。酔っ払《ぱら》ったノクスが見てみたい。

つい先日悪戯《いたずら》をして反撃されたばかりだというのに、好奇心旺盛《こうきしんおうせい》だった。

ジェニーが話のついでに言っていた『美味《うま》い酒が飲みたいだけなら地元民が入っていく酒場に行

け』という言葉が役に立つ日が来るとは。雰囲気《ふんいき》の良い酒場のカウンターで、ノクスは出された酒に感心していた。店主におすすめを聞いたら、飲み慣れていないことがわかっている様子で、香《かお》りの良い弱めの酒がスッと出てきたのだ。

「そういえば、ゼーピア人はお酒が強い体質の人が多いって、本に書いてあったな」

「ええ、アコール人の父よりも、母のほうが圧倒的《あっとうてき》に強いです」

そういうナーナも「〜〜はありますか」とノクスの知らない酒を注文し、既《すで》に二杯目《はい》だが顔色一つ変えない。

一方ノクスはつまみの干し肉の味が気に入り、酒よりもそちらのほうが進んでいる。

それはそれで可愛《かわい》らしいのだが、これではいつまで経《た》っても酔いそうにない。

「ノクス様、こちらも飲んでみませんか。甘《あま》くて美味《おい》しいですよ」

ナーナは飲みかけを勧めてみた。甘いのは本当だ。度数も高いが。

「本当？　じゃあ一口だけ」

策略とも知らず素直《すなお》に受け取り、ぐび、と飲んでみるノクス。

「本当だ、甘い。あっ、でも喉《のど》にくるなこれ」

少しだけ頬《ほお》に赤みが差し、いつもより朗《ほが》らかに笑っている気がするので、多少は酔っているのかもしれない。しかし、ありがとう、と本当に一口だけで返されてしまった。

「お気に召《め》しませんでしたか」

「ううん、美味しかったよ。でも、ナーナの分だし。せっかくだから、次は他のを頼んでみるよ」

節度がありすぎる。ナーナは次の策を考えることにした。

ノクスは更《さら》に一、二杯飲んだが特に様子が変わらなかった。割と強いらしいということがわかり『これは飲み比べで潰《つぶ》すしか』と野蛮《やばん》な考えに至ったナーナが、いつ勝負を持ちかけようかとタイミングを窺《うかが》っていると、不意に隣《となり》の席に座《すわ》る者がいた。

「お姉さん、可愛いねえ。どこから来たの？」

まだ遅《おそ》い時間ではないのに既に出来上がった町の青年だった。多少小綺麗《こぎれい》な見た目をしていて本人も自信があるのかもしれないが、ナーナにとってはただのじゃがいもだ。

「……」

ナーナはじゃがいもをしらっと無視した。

「旅の人でしょう？　いつまでいるの？」

「……」

しつこい。カウンターの向こうの店主は助けを求めれば適当にあしらってくれるだろうが、身体《からだ》を触《さわ》るとか、直接手を出してこない限りは自発的に動きそうにない。

ノクスを飲ませ潰すのは一旦《いったん》見送って、今日はもう宿に戻るべきかと思案していると、じゃがいもはようやくノクスの存在に気付いた。

「隣は弟さん？　姉弟《してい》で旅してるの？」

これにはナーナもイラつき、言い返そうとした。

が、先に口を開いたのはノクスのほうだった。

「さっきからしつこいよ。嫌《いや》がってるのがわかんないの？」

立ち上がり、するりとナーナの腰《こし》に手を回すと、

「彼女《かのじょ》は俺の婚約者《こんやくしゃ》だよ」

まるで自分のものだと言わんばかりに太々しく睨《にら》み付《つ》けた。そして言い放つ。

「こんな美人がアンタみたいな奴《やつ》の相手をするとでも？　身《み》の程《ほど》を知れ」

途端《とたん》に酒場全体がしんと静まり返る。どうやら常連たちは、このやり取りがどう決着するか聞き耳を立てていたらしい。

一拍《いっぱく》置いて、店内には拍手《はくしゅ》と爆笑《ばくしょう》、そして指笛が鳴《な》り響《ひび》いた。

「かっこいいぞ、彼氏《かれし》！　よく言った！」

「それもそうだ！　お前にゃ勿体《もったい》ねえ！」

「よく見りゃ彼氏のほうもいいツラしてんじゃねえか！」

「お幸せに！」

賑《にぎ》わう空気の中、じゃがいもは連れの男に首根っこを摑《つか》まれ、酒のせいだけではない真っ赤な顔で端《はし》の席に回収された。恥《はじ》を搔《か》いても出て行かない辺りよほど酒が好きらしいとナーナは呆《あき》れた。

「マスター、その兄ちゃんに一杯奢《ばいおご》ってやってくれ！」

「俺からも一杯！　田舎者《いなかもの》が邪魔《じゃま》した詫《わ》びだ」

「え？　でも……」

「貰《もら》っときな。お嬢《じょう》さんもいける口みたいだし、一杯ずつだ」

戸惑《とまど》うノクスに対し、ナーナは好機を見逃《みのが》さない。

「では、先ほどと同じものを彼にも」

店主はわかっていたとばかりに頷《うなず》き、甘くて強い酒をそれぞれの前に置いた。

奢りの一杯を飲み終わり、二人は陽気な酔っ払いたちに見送られながら酒場を後にした。

「ノクス様、先ほどはありがとうございました」

「んー？　何が？」

隣を見ると、ノクスがふわふわと揺《ゆ》れている。今頃《いまごろ》酔いが回ってきたのかと、ナーナは転ばないよう寄《よ》り添《そ》った。

「絡《から》まれているところを助けてくださったじゃないですか」

「あれは俺がムカついたからだよ」

「え……」

姉弟に間違《まちが》われて腹を立てていたのは、ナーナだけではなかった。

「でも、弟に見えたってことは、まだ釣《つ》り合ってないってことだよなあ」

そしてノクスはナーナの腰を引き寄せ、肩《かた》に頭を預けた。

「……待ってて。ちゃんと、ナーナに釣り合う婚約者になれるように頑張《がんば》るから」

「!!」

いつもより低い艶《つや》のある声に囁《ささや》かれ、ナーナは思わず耳を押《お》さえて飛《と》び退《の》いてしまった。

「どうしたの、ナーナ」

白い月明かりに照らされてふにゃふにゃと笑いながら、ん？　と首を傾げるノクス。今度は『ギユン』が来て、ナーナの心は一人で忙《いそが》しかった。

宿に帰って簡単にシャワーを浴びたノクスは、さっさと寝《ね》てしまった。

普段より安らかに見える寝顔を確認《かくにん》してから明かりを消し、布団《ふとん》に潜《もぐ》ったナーナは、今日の酔っ払いノクスの姿を覚えておかねばと、悶々《もんもん》と反芻《はんすう》した。

そして、

「……美人って言っていましたか？」

じゃがいもに言い返した言葉をハッと思い出した。

「……私のことを、美人だと思ってくださっている？」

頬が熱いのは少し飲みすぎたせいだろうか。手を当て、途端に旅で日焼けしパサついている肌《はだ》が気になってきた。

いや、じゃがいもを牽制《けんせい》するための言葉の文《あや》かもしれない。迂闊《うかつ》に喜んではいけない。しかし。

「……釣り合えるようになりたいのは、私のほうです……」

今後間違いなく大成する未来の夫のそばに居続けるために、改めて頑張らねばと意を決するナーナだった。

＊＊＊

ノクスの朝は早い。起こされなくてもなんとなくいつも同じ時間に起きてしまうのは、酒を飲んでも同じだった。

「おはようございます、ノクス様」

いつもより少し早起きをして入念に肌の手入れをしたナーナが、いつもどおり既に身支度《みじたく》を終えた姿で挨拶《あいさつ》をする。

「おはよう、ナーナ」

ノクスは、なんだか肌がツヤツヤしてるな、と思いながら、いつもどおり挨拶を返した。

それから、昨日の出来事を思い返して首を傾げた。

「俺……昨日、酔って変なことしなかった？　二杯目くらいから、記憶《きおく》が曖昧《あいまい》で……」

「えっ」

ノクスは悪酔いしないだけで、実はしっかり酔っていた。

――つまりナーナを美人だと言って助けてくれたかっこいいノクスも、月明かりの下で囁いてくれた艶っぽいノクスも、全て酒という名の魔術にかかった幻覚《げんかく》。

「……」

「やっぱり何かしたんだ!?」

「……いえ、何も」

急にスンとしたナーナを見て、ノクスは今度は何をやらかしたのかと慌《あわ》てたが、口の堅《かた》い婚約者は何も話してくれなかった。


首都とサースロッソの間には、さほど高くない山脈が寝そべっている。

高くないと言っても山は山だ。緩《ゆる》やかに蛇行《だこう》する坂道が通行人の体力を奪《うば》い、平坦《へいたん》な道を行くよりも時間がかかる。

「さすがに、こんな道に石畳を敷《し》くわけにはいかないか」

辛《かろ》うじて道は作ってあるが、平地の街道とは違って馬車がようやくすれ違える程度の幅《はば》しかない。すれ違う人影《ひとかげ》もまばらな中、二人は言葉少なく山の中腹にある宿場を目指して進んだ。

「ナーナ、大丈夫？」

定期的に休憩《きゅうけい》を取って治癒《ちゆ》魔術をかけてはいるものの、延々と続く坂道は登るだけで息が上がってくる。ノクスは度々ナーナを気遣《きづか》った。

「登りだけでも馬車を使えば良かったかな」

ノクスはあまり馬車が好きではなかった。車内は狭《せま》いし、よく揺れるので乗り心地が悪い。大荷物を運ぶわけでもなし、徒歩とそう変わらない速度しか出ないのなら、歩いたほうが気楽だというのがノクスの感覚だった。

「構いません。思っていたより楽しいです」

ノクスの心配をよそに、ナーナは首を振《ふ》った。治癒魔術をかけるために足に触《ふ》れるノクスは何度やっても遠慮がちでいじらしく、下を向く時に見えるつむじを思わずわしゃわしゃと撫《な》でたくなる衝動《しょうどう》をじっと我慢《がまん》していた。

「そう？　今日は宿場で休めると思うから、もう少し頑張ろう」

柔らかい微笑《ほほえ》みのせいでわしゃわしゃしたい衝動がより高まるも、ぐっと堪《た》えた。

「ごめん、くすぐったかった？」

「……いえ、大丈夫です」

己《おのれ》の足の感覚を忘れていたナーナは、不意にくすぐったい感覚を取《と》り戻《もど》してまた堪えた。

夜は魔物の活動が活発になるため、日が傾《かたむ》き始めると人々は道を急ぐ。だが、

「魔物だ!!」

あと十分も歩けば次の宿場に着くという夕暮れ時、ノクスたちの背後から叫《さけ》び声《ごえ》がした。振り返ると三人ほどの人影が一目散に走ってくる。

「おい、アンタたちも走れ！　飛竜《ひりゅう》だ！」

ノクスたちよりも少し年上に見える冒険者たちだった。

「飛竜？　宿場の近くなのに？」

竜種《りゅうしゅ》は幼体でも多少の知能があり、人里を好まない。こんなところに現れるわけが、と見上げると、赤く染まった空には確かに羽の生えた黒い物体が数匹《すうひき》飛んでいた。

「何してんだ、早く逃《に》げろって！」

手で庇《ひさし》を作り、ノクスは羽の生えた魔物をじっと観察する。ナーナは後ろでノクスを観察する。

「おい！　食われちまうぞ」

「うるさい。あれは飛竜じゃないよ。コウモリだ」

「……コウモリ？」

言い合いをする間にその輪郭《りんかく》がはっきりしてきた空飛ぶ物体は、確かに巨大《きょだい》なコウモリだった。五匹ほどの群れで、うち一体は特に大きい。胴体《どうたい》だけで人間の大人ほどのサイズがありそうだ。

「スパイキーバット。どっちにしろ、普通はこんなところには出ない魔物のはずだけど」

名前のとおり鋭利《えいり》なトゲを持つ巨大コウモリは、本来ならもっと西の高い山に生息している。怪訝《けげん》そうに首を傾げながら、ノクスは魔術収納から弓を取り出した。

「まあいいや、調べればわかる」

緩い姿勢から放たれた矢は次々と黒い翼《つばさ》を射抜《いぬ》き、コウモリたちは甲高《かんだか》い悲鳴を上げながらバランスを崩《くず》して落ちていく。

突然《とつぜん》の事態に、冒険者たちは逃げることも忘れてぽかんと口を開けて固まっていた。

「落ちたやつは俺が見てくるから、アンタたちは町に行って組合に報告！」

ノクスが指示を出すと、ぼんやりしていた冒険者一行は慌てて動き出した。

後ろ姿を見送ると、ノクスは一番大きなコウモリが落ちたほうに向かう。元々群れで行動する魔物だが、明らかに指令役のような個体がいるとなると、ドットスパイダーのように変異を起こしているか、上位種の可能性があった。

「あれ？」

しかしそこに巨大なコウモリの姿はなく、

「にゃあぁぁあ！　服が破れたのじゃー!?」

ノクスよりも年下に見える金髪《きんぱつ》の少女が、穴の空いた黒いケープコートを見て涙《なみだ》ぐんでいた。

「あ！　さっきの矢はおぬしじゃな!?　いきなり撃《う》ち落《お》とすとは無礼な奴め!!」

ゴテゴテとしたフリルたっぷりの服を着た少女は、ノクスを見ると指を差した。

「……」

「……」

ノクスとナーナは、状況《じょうきょう》が呑《の》み込《こ》めずに固まった。

「おい！　なんとか言わんか！　わらわの服を台無しにしよって！」

金髪の少女がキャンキャンと喚《わめ》く。なんとなく察しはつきつつも、ノクスは棒読みで白々しく言った。

「おかしいなー。俺が撃ち落としたのはコウモリのはずなのに、なんでこんなところに女の子がいるんだろう」

するとと少女は、

「はっ」

自分の失言に気付き、慌てて小さな口を押さえた。

「そ、そうじゃ！　わらわはこの近くに住む可愛い人間のおなごじゃ！　矢で撃ち落とされたコウモリなぞ知らぬ」

目を逸《そ》らし、口の辺りに握《にぎ》りこぶしを添えて、うふふと可愛らしくぶりっこしてみせる。

「知ってるか、本物の人間は自分で人間って言わないんだよ」

ノクスはいつでもぶつけられるように小さく凝縮《ぎょうしゅく》した風の球を準備した。すると少女はあわあわと腕《うで》を前に出し、顔を庇《かば》った。

「な、なんでじゃ!?　わらわは供を連れてちょっと散歩しておっただけじゃ！　まだ何もしておらぬ！」

「まだ？」

「はっ！」

自称《じしょう》人間の少女は、再び口を押さえた。間の抜けた会話にどうしても警戒心《けいかいしん》が緩んでしまう。

「……ノクス様。彼女も、魔物ですか？」

ナーナがそろりと口を挟《はさ》んだ。ノクスは頷く。

「たぶん。コウモリに化けられるってことは、吸血種か？」

すると少女はまだ涙目《なみだめ》のまま立ち上がり、ふんすと胸と虚勢《きょせい》を張った。

「バレてしまっては仕方ない！　我《わ》が名は誇《ほこ》り高《たか》き魔族アイビー！　ぬしらの言うところの吸血鬼《きゅうけつき》じゃ！」

少女の甲高い声が響いた反動のように、山はしんと静まり返った。

一拍置いて風が通り抜け、アイビーは吸血鬼と聞いても動じないノクスとナーナから居心地が悪そうに目を逸らした。

「……吸血鬼じゃぞ？　竜と並ぶ最上位種じゃぞ？　人間は恐《おそ》れ慄《おのの》くもんじゃろ？」

やがて恥《は》ずかしそうに頰を染め、わたわたと無闇《むやみ》に腕を振りはじめる。それを見て、ノクスは後頭部を掻いた。

「いや、うん、俺もせめて驚《おどろ》きたかったんだけど……」

恐れ慄けと言う割にはあまりにも威厳《いげん》がない。人外っぽさで言えばジェニーのほうが上だな、などと失礼なことを考えてしまった時点でダメだった。

気を取り直して、ノクスは再び風魔術で脅《おど》しながら訊《たず》ねる。

「まあ、普通に話が通じるみたいだし。とりあえず、何をしようとしてたのか教えろ」

するとアイビーはあからさまに怖《こわ》がりながら、

「た、大したことではない。南のほうに用があって、腹が減ったからその辺の家畜《かちく》でも襲《おそ》って食事しようと思っただけじゃ……」

素直に答えた。ノクスはため息をつく。

「家畜は良くない。そんなんだから駆除《くじょ》対象になるんだ」

「ううううるさい！　仕方なかろう、人間が育てた家畜は血が美味いんじゃ！」

「じゃあ、金を出して一頭買い取ればいい。それか血だけ欲しいって言えば、案外交渉《こうしょう》が成立するかもしれないぞ」

食肉にする際には血抜きをする。どうせ洗い流してしまうものを引き取ってくれるなら、意外と需要と供給が一致《いっち》するのでは。

「なるほど？　……ではない！　わらわは魔族じゃぞ!?　なんで人間と交渉なぞせねばならぬ!?」

一瞬《いっしゅん》ナイスアイデアだと納得《なっとく》しかけたアイビーだったが、流されていることに気付いて慌てて首を振った。

「人間が作ったものが食べたいんだろ？　なら、人間のルールに従えよ」

「うゅ……」

正論をぶつけられて再び小さくなった。

変な奴だと思いながら、ノクスは気を取り直して訊ねる。

「『供を連れて』って言ってたけど、吸血種はアンタだけか？」

「うむ、力を分けてやったら少々でかくなったが、あ奴らはただのスパイキーバットじゃ」

通常のスパイキーバットのサイズは、大きくてもせいぜい中型犬くらいだ。少々どころではない巨大化だった。冒険者が逆光のシルエットで飛竜と見間違えるのも無理はない。

「何も悪さはしておらぬ、見逃してやってくれんか」

大きさは気になるが、スパイキーバットは木の実を食べる魔物だ。住《す》み処《か》は洞窟《どうくつ》や森の暗がりで、人間と生活圏《せいかつけん》もほとんど被《かぶ》らない。群れで住み着くというのでなければ、ほぼ無害と言っていい。

「まあいいか……。って言っても、俺が撃ち落としたからなあ」

見逃したところでしばらくは空も飛べず、あの大きさではすぐに見つかって捕《つか》まるのではと、ノクスは腕組みした。

「わらわが力を与《あた》えたのじゃ、日が落ちる頃《ころ》には回復する」

アイビーはフフンと胸を張った。不老不死とも言われる吸血鬼から力を与えられたのなら、確かに回復は早いかもしれない。

「なら、大丈夫か」

これから本格的に日が暮れる。冒険者組合は危険を伴《ともな》う夜間にわざわざ森を捜索《そうさく》することはないだろうし、逆に魔物は夜に活発になるので上手《うま》く逃げおおせるはずだ。

「じゃあ、アンタはどうするんだ」

「う？」

問題はこのアイビーという吸血種だ。

吸血種は名前のとおり生物の血を吸い、人間や動物に害をなすため、下位種でも見つけ次第の駆除または組合への報告が推奨《すいしょう》される。

だというのに、彼女は人間と同じ言葉を話す上位種の吸血鬼。伝説やおとぎ話にも登場し、本来なら一体出現するだけで周辺が封鎖《ふうさ》される災害級の魔物だった。

「わらわはこのまま南へ向かうぞ。用事が済んでおらぬからな」

しかし討伐《とうばつ》されるのはあくまでも、人間社会に甚大《じんだい》な被害《ひがい》が出る場合だ。下手《へた》に立ち向かったところで、人間側の被害のほうが大きくなることはわかりきっているからだ。大義名分がなければ無駄死《むだじ》にを増やしたと糾弾《きゅうだん》されかねない。

「……わかっておる、家畜は襲わぬ」

一方のアイビーも、家畜一頭をみみっちく狙わずとも、腕の一振りで宿場ごと壊滅《かいめつ》させられるだろうに、人間への害意や敵意は見られなかった。本当にただ通りすがっただけという感じで、今もこうしてノクスの話を聞く意思がある。

「南に行ったらサースロッソだけど、何をしに行くんだ？」

それでも、もしナーナの実家に被害が及《およ》ぶなら、この先に行かせるわけにはいかないと、質問を重ねた。しかしアイビーはあっけらかんと言った。

「会議じゃ！」

そこにはやましい気持ちや隠《かく》さねばならない事情はないようだった。

「最近、妙《みょう》な噂《うわさ》が流れておるのでな」

「噂？」

「我らの王が復活――いや、再生？　誕生？　人間の言葉で何と言うかわからんが、とにかく、長らく不在だった王が再び現れたという噂じゃ」

またしても聞き覚えのあるワードに、ノクスは眉《まゆ》をひそめる。

「王って、何百年か前にアコールの国王が倒《たお》したっていう？」

「そうじゃ。わらわはまだその頃ちんちくりんじゃったから覚えておらぬが、当時の王を知っていて、似た気配を感じ取った者がおるというんじゃ」

その頃から生きているのか、とノクスとナーナは驚いたが、今はいちいち突《つ》っ込んでいる場合ではない。

「会議して、何をするんだ？」

「魔族もいろいろじゃ。率先《そっせん》して近づいて取り入りたい奴もいれば、力を付ける前に倒して成り代わりたい奴もおる」

「じゃあ、アンタは？」

何か企《くわだ》てを持っているのかと思いきや、

「わらわか？　わらわは――」

アイビーはにかっと鋭《するど》い犬歯を見せて笑った。

「面白《おもしろ》そうだから行くだけじゃ！　会議なんぞ久しぶりだからのう！」

「……」

あまりにも屈託《くったく》のない笑顔に、ノクスとナーナは顔を見合わせるばかりだった。

アイビーの話が本当なら、今回の彼らの目的は比較的《ひかくてき》平和なもののようだ。

それなら一体で町を消し飛ばすような厄介《やっかい》なものを下手に刺激《しげき》しないほうがいいか、とノクスは結論を出した。

「人間の町に害がないなら見逃してやってもいい。そのかわり、会議が終わったら手に入れた情報を共有してくれないか」

「う？　何故《なぜ》じゃ？」

アイビーはこてんと首を傾げる。本当に、普通に話しているだけならただの可愛らしい少女だ。

「魔王の復活が人間にとってどんな脅威《きょうい》になるかわからないだろ。対策なんか無意味かもしれないけど、何も知らないよりはマシだ」

それに魔王のことがわかれば、魔王の残滓《ざんし》だという呪《のろ》いに関しても何か掴めるかもしれない。

すると、アイビーは何かを値踏《ねぶ》みするようにじっとノクスを見上げた。そして、

「なら、おぬしも会議に来ればよい！」

にかっと笑った。

「はあ？」

「わらわは難しいことはわからぬ。興味のないことを覚えておくのも苦手じゃ。おぬしとの約束は守れぬ。ならばわらわに共として付いてきて、勝手に情報を集めればよかろう」

「約束って……」

律儀《りちぎ》に約束を守る魔物のほうが少ないのではとノクスは思ったが、アイビーは続ける。

「魔物にとって約束は重要じゃ！　わらわの頼みをおぬしが聞いてくれるのなら、おぬしの頼みも聞かねばならぬ」

それは人間社会では契約《けいやく》と呼ばれる。

アイビーの目は真剣だった。ノクスはしばし考え、

「……わかった。自分の目で確かめられるなら、それに越《こ》したことはないしな」

アイビーの提案に頷いた。

「……本気ですか？」

思わずナーナは聞き返していた。

いくらノクスが強いと言っても、魔物の会議に潜入《せんにゅう》するとなれば、知能を持った上位種ばかり集まる中に突っ込むことになる。——もちろん、足手まといにしかならないナーナは付いていけない。

ノクスはナーナを危険にさらすくらいなら、ナーナの機嫌《きげん》を損《そこ》ねてでも阻止《そし》するだろうということはわかっていた。

「案ずるな娘《むすめ》！　会議中の戦闘《せんとう》は禁じられておる」

ナーナの懸念《けねん》を察してか、アイビーは明るく言った。

「それにこやつの見た目と魔力なら、人間とバレることもあるまいよ。バレたらバレたで面白そうじゃが」

にやりと細める瞳《ひとみ》は赤く、ノクスの目の色とよく似ていた。

「まったく、同胞《どうほう》のようなツラをしよって。さっきの風の魔法といい、矢に纏《まと》わせた強化魔法といい、ろくでもない威力《いりょく》じゃ。おぬし本当に人間か？」

「一応そのつもりだよ」

ノクスはため息をついた。いっそのこと魔物として生まれたほうが良かったかもしれない。家柄《いえがら》も外見も呪いも関係ない、強さと契約で成立する世界。話を聞く限り、よほど暮らしやすそうな気さえしてくる。

「どうじゃ、いっぺん本気で戦ってみんか？　もしもおぬしが勝てたら従魔になってやってもよい」

赤い目をギラギラと光らせるアイビー。こういうところはやはり魔物だ。

「やめとくよ。吸血鬼に本気を出されたらこの山が平らになる」

吸血鬼の強さに関しては、町どころか小国が一夜にして滅《ほろ》びたという伝説もある。

「そうか。面白そうだと思ったんじゃが」

アイビーは行動基準の全てが面白そうか否かでできているらしい。やはり下手に刺激しないほうが得策だった。

「それより会議っていつなんだ？　さすがに空は飛べないから、間に合わないかもしれないぞ」

ノクスは話を戻した。

「ひと月後じゃ。ぬしらの足でもじゅうぶん間に合う」

サースロッソには、あと一週間ほどで着けるはずだった。やはりアイビーの言う南とは、サースロッソ周辺のことらしい。

「じゃあアンタは、そんなに早々と何をしに行くつもりなんだ」

野放しにしていたら騒ぎの張本人に自覚のない被害が増えそうだ。監視《かんし》したほうがいいだろうかと考えたが、

「せっかく遠路はるばる南に行くのじゃぞ？　遊ぶに決まっておろう」

「……」

随分《ずいぶん》と楽観的な魔物だった。遊びの内容を聞くべきかとも思ったが、ろくでもないことは確かだ。

「よし、これで交渉成立じゃな？　ぬしらはそこの人間の町に泊《と》まるのじゃろ？　明日の朝、南に向かう道の結界がなくなった辺りで落ち合うぞ。よいな！」

「先に行かないのか。俺たちと一緒だと着くのが遅くなるぞ」

「構わぬ。着いてから遊ぶより、ぬしらに付いていくほうが面白そうじゃ！　ではな！」

一方的にそう言うと、アイビーは森の中に消えていった。

「……嵐《あらし》のような方ですね」

ナーナがぽつりと呟《つぶや》く。ノクスも頷いた。

「敵にならなくてよかった。これからは変異個体の可能性がある魔物を見つけたら、一撃で仕留めるか様子を見るかしよう」

完全に日が落ちた頃に辿《たど》り着《つ》いた宿場町では、なかなか来ない二人を案じて騒《さわ》ぎになっていた。

探しに行くべきか、いや危険だ、と冒険者組合の前で押し問答《もんどう》している中にノクスは割《わ》り込み、

「ちょっと大きいだけのスパイキーバットだったから、夜のうちにいなくなってると思う」

と説明し、無理矢理《むりやり》解散させた。

「……なんか、疲《つか》れたな」

治癒魔術で精神の疲労《ひろう》は癒《い》やせない。二人は早々と寝ることにした。


翌朝、アイビーは約束どおり、結界の効果が途切れた辺りに現れた。

「さあ、この山を降りたらサーナントカという街なんじゃろ！　早く行くぞ！」

と言った後に、ん？　と首を傾げた。

「そういえば、ぬしらの名前を聞いておらなんだ。名は何と申す？」

言われてみれば、と二人で顔を見合わせ、ノクスが口を開く。

「俺はノクス。彼女はナーナ」

フルネームを言ったところで意味はないだろう。呼び合えれば十分だ。

「ノクスとナーナじゃな！　行くぞノクス！　ナーナ！」

自分が隊長のようなノリで、歩きづらそうな厚底のブーツのまま、山道を意気揚々《いきようよう》と前を歩いていくアイビーだった。

元気な後ろ姿に向かってノクスは訊ねる。

「落ち合う場所にわざわざ結界の外を指定したってことは、上位種にも町の結界って効果があるのか？」

指定するからにはアイビーは宿場を迂回したのだろう。建国以降、人里に上位種が現れたことはほとんどないため、どれくらいの魔物まで効果があるかは検証されていない。

「下位種のように一切立ち入れぬということはないが、多少は不愉快《ふゆかい》じゃ。こう、首やら足やらをちくちく刺《さ》してくるというか……。着心地の悪い服を着ているような……」

もちろん無視して突っ切っていく奴もいるが、自称繊細《せんさい》なアイビーは避《さ》けて通れる時には避けるということだった。

「忌避剤《きひざい》くらいの効果はあるってことか」

「うむ。嫌がらせには持ってこいじゃ。人間もなかなか良い物を作りよる」

確かに人間にとっては偉大《いだい》な発明だが、魔物感覚の良い物の基準がおかしい。

「魔族の町にも人間除《よ》けが作れぬものか……。冒険者とかいう奴ら、地形を変えても茨《いばら》で遮《さえぎ》っても幻覚で惑わせても、何とかして辿り着こうとしよる」

「魔族の町？」

「うむ。西のほうにあってな、わらわが治めておる」

「聞いたことないな。そんな場所があったら、冒険者の間で話題になってそうなものだけど」

少なくともジェニーの耳には入るはずだ。しかし様々な国や町の話をしてくれたジェニーも、魔物の町の話をしたことはなかった。

「そりゃ、まあ……。害を為《な》す者は殺すし、記録しようとする者は記憶を消して追い返しておるからな」

「随分優《やさ》しい措置《そち》だなあ。アンタなら、近くの人間の町を滅ぼして警告するくらいのことは簡単だろ？」

「警告なんぞして場所を知らしめたら、余計に侵入者《しんにゅうしゃ》が増えて面倒《めんどう》になるだけじゃ。わらわはそも、人間と敵対するつもりなぞない」

「そうなの？」

魔物は基本的に人間を害する存在だというのが、人間側の認識だ。だから無害な魔物でも恐れて駆除しようとする。なのに、

「言うことを聞かぬ者がおったほうが、面白いじゃろ？」

いざとなればいつでも言うことを聞かせられる自信がある、圧倒的強者の意見だった。

「人間は同じ人間も魔物も従わせようとして必死なのに、面白い考えだなあ」

「全てが自身に従うだけの世界なぞ、面白くも何ともなかろうに。人間こそ奇妙《きみょう》なことを考える」

「……それもそうだ」

腕を組んで心底不思議そうに首を傾げるアイビーを見て、ノクスは、ふっと笑った。

それを見て、それまで黙《だま》ってノクスとアイビーのやり取りを聞いていたナーナが突然口を開いた。

「町を作ったり集まって会議をしたりするなんて、魔物にも人間のような秩序《ちつじょ》があるのですね」

「う？　そうじゃな。群れで暮らす魔物は大なり小なり巣を作るが、わらわは確かに人間の真似《まね》をしておる！　人間というか、伝え聞く王の真似じゃな」

「魔王も町を作っていたのですか？」

ナーナは少し驚いた様子で聞き返した。

「うむ。同族だけでなく、あらゆる魔物を受け入れた巨大な町だったと聞いている。その王が、人間の真似をしておったという話じゃ」

魔王は種を問わず全ての個体を従えることができたとジェニーが話していた。従えた魔物たちを、自分が作った町に住まわせていたということか。

ジェニーすら知らない情報を持っているとは、やはり魔物のことは魔物に聞くに限るなと、ノクスは感心した。

何故それをアイビーが真似しているかといえば、聞くまでもなく『面白そうだから』なのだろう。

二人はだんだんアイビーの行動原理がわかってきた。

「それこそ会議は王のいた時代の名残《なごり》と聞いた。人間の言葉を解するようになったのもな」

「魔物の中に、わざわざ人間語を勉強する奴が現れたってこと？」

「そうじゃ。かの王は流暢《りゅうちょう》に話し、他の魔族にも教えていたという。今も、わらわのようにすらすらと喋《しゃべ》れるものはそうおらなんだぞ！」

アイビーは誇らしげだった。

「そう聞くと、魔王はおかしな奴だったんだなあ」

町を作って統治し、民《たみ》に教育を施《ほどこ》すなど、まるで人間の王のようだ。

「わらわもよくおかしいと言われるが、おぬしも十分おかしな奴じゃぞ。ちょっと腕に覚えのある冒険者は、わらわが吸血鬼だとわかった途端に斬《き》りかかってくるというのに、人間のように扱《あつか》う」

「何かやらかしてるならまだしも、言葉が通じて友好的な態度の相手に、いきなり斬りかかるほうがおかしいだろ」

撃ち落としたのは確認のためだ。アイビーも人里に不用意に近づいた自分にも非があると、気にしていなかった。

「……それもそうじゃな？」

冒険者は功績や名声に目が眩《くら》んでいるところがある。吸血鬼を倒したとなれば一躍英雄《いちやくえいゆう》だ。そしてそのいずれも、アイビーの前に灰燼《かいじん》に帰したというわけだ。

「じゃが、おぬしは今まで斬りかかってきた者よりも間違いなく強い！　どうじゃ？　一発撃ち込んでみんか？　許すぞ？」

どうあっても、一戦やり合いたいようだった。

「群れの長《おさ》をやってるような吸血種が褒《ほ》めてくれるってことは、竜にも通用しそうだな」

「もちろん。千年竜でもなければじゅうぶんじゃろ。なんじゃ、竜とやり合う予定があるのか？」

赤い目を輝《かがや》かせるアイビー。交ぜろと言わんばかりだ。

「冒険者をしてればそういう機会もあるかもって話」

「なんじゃ、つまらん」

ナーナは二人が和気あいあいと会話をする姿を交互《こうご》に見て、

「……」

ノクスは実はお喋りが好きなのでは、無口な自分といるのはつまらないのではと、一人不安になっていた。

野営をする時、料理はナーナが作ることになっている。別にノクスが指示したわけではなく、普通に分担して作ろうとしたらこれもお茶と同じく、ナーナが『ノクス様の給仕《きゅうじ》は私の仕事です』と言って譲《ゆず》らなかっただけだ。

「うむ！　美味い！」

そして今は、ノクスよりも先にアイビーがナーナの作った昼食を食べている。

「吸血種って、血以外もいけるのか……」

てっきり血しか飲まないものかと思っていたが、普通に食事に参加していた。

「大した補給にはならぬが、おやつくらいにはなる。おかわり！」

「おかわりはありません。元々ノクス様と私の分の食料しかないのです。娯楽《ごらく》で消費してもらっては困ります」

「そ、そんなあ」

ナーナに素っ気なく断られ、アイビーは物足りなそうにスプーンをかじった。

「仕方ない。その辺で獣《けもの》でも狩《か》ってくるか……」

よいしょと立ち上がるアイビーに、ノクスは訊ねた。

「吸血種は日光を好まないって聞いたことがあるんだけど、アンタには関係ないの？」

下位の吸血種は、日光を浴びるとその場で浄化《じょうか》されたように灰になることがわかっている。

しかし人型を成すような上位の吸血種は個体数が少ない上、人前に姿を現す時は全てを蹂躙《じゅうりん》する時なので、生態はほとんどわかっていない。

「うむ！　わらわの防御魔法は日光の力を弾《はじ》く特別製じゃ！」

「へえ、そういうのもあるのか」

人間も、夏場や山の強い日差しの効果を打ち消せるなら便利そうだ。

「わらわの魔法に興味があるか？　一戦やったらもっといろいろ見せてやるぞ？」

「やらないってば。魔法に興味があるのは確かだけど」

すると自分の分を用意したナーナが、ノクスが用意した椅子《いす》に腰掛けながら訊ねた。

「アイビー様が使っているのは、魔術とは違うのですか？」

「うん。魔法は、魔物が感覚的に使うものだから」

彼らに原理や仕組みなどという小難しい考えはないので、教わることはできない。人間にできるのは、使っているところを見て理論を推測して、魔術で再現することだけだ。実際にその魔法を受けてみるのが手っ取り早いのは確かで、実践《じっせん》しようとして命を落とした研究者も少なくない、とジェニーは言っていた。

「防御魔法くらいなら、かけてやってよいぞ？　人間の肌も日光に弱いのじゃろ？」

「本当か？　助かる」

ノクスが頷くなり、アイビーはパチンと指を鳴らした。途端にノクスとナーナをベールのような光が包み、すぐに消えた。

「……これで終わり？」

ナーナ共々、手を裏返してみたりするが、見た目には何の変化もなかった。

「うむ！　わらわは食事をしてくる。しばしゆっくりしておれ」

そう言うと、音もなく飛び去った。

「あの飛行魔法も習得できればなあ……」

上空に浮《う》かんだ瞬間、魔力でできた黒い羽のようなものが現れた。アイビーの魔法を真剣に観察するノクスの横顔を、ナーナは真剣に観察していた。


アイビーが飛び立ってから三十分ほど経った頃だった。

「確かに、いつもより日差しが気になりません」

「そう？」

ノクスにはよくわからなかったが、ナーナはしっかり効果を感じていた。

「防御魔術って難しいのでしょうか。これが使えればサースロッソの夏も快適に過ごせそうです」

「サースロッソって、そんなに暑いの？」

ガラクシアやイースベルデは東部と呼ばれる地域で、比較的気候が穏《おだ》やかだ。夏はそれなりに暑いがからりとしているし、冬も雪が積もるほど降ることは少ない。

しかし。

「冬はガラクシアよりも暖かくて過ごしやすいですが……。夏場の日差しは、生物への殺意があります」

「殺意」

思わず繰り返したが、ナーナは至極《しごく》真面目な顔だった。

「うん、まあ……ナーナが防御魔術を覚えるのは、賛成かな」

ナーナを実家に送り届けたら、ノクスは冒険者になる。そばにいられない時に身を守る術《すべ》を持っていれば安心だ。

「成人の儀の時、多少は魔術が使えるって言ってたよな」

「はい。本当に、一般《いっぱん》教養というか、嗜《たしな》み程度ですが」

ノクスの魔術を見た後では使えると言うのもおこがましい、薪《まき》に火を付ける程度の簡素な魔術だ。

「しかも、火の魔術にしか適性がないようで……。水と土は全くと言っていいほど使えませんし、風もそよ風が吹《ふ》くくらいの威力です」

「普通なんじゃないか？　ラノなんか、四属性魔術は何一つまともに発動できなかったし」

魔術の才のなさは、文武両道で人望も厚い弟の唯一《ゆいいつ》の欠点と言っても良かった。辛うじて無属性の身体強化魔術が少し使えた辺り、生粋《きっすい》の戦士だ。

「やってみよう。防御魔術は無属性のものが多いし、適性は関係ないはずだ」

『必要なのは魔力の量とセンス』とは、ジェニーの言葉だ。

「でも、何から始めれば？」

「まずは感覚を掴むところからだな。俺が普通の防御魔術を張るから、魔力の流れを見てて」

ノクスは立ち上がり、手を差し出す。ナーナは少し躊躇ってから、そろりと手を重ねた。

「【障壁《しょうへき》】」

二人の周囲を淡《あわ》い光が包み、重ねた手のひらが不意に熱を帯びた。

「自分の中の魔力を意識して放出するのは、他の魔術と同じ。それを凝縮するんじゃなくて、卵の殻《から》みたいな薄《うす》さに伸《の》ばして包むような感覚をイメージするんだ」

その薄さは均一であればあるほど良い。

「それから、包んだ魔力に効果を付与《ふよ》する。今回は物理的な衝撃を拒絶《きょぜつ》する」

すると二人を包んだ魔力が一瞬強く光り、手のひらの熱が引くのに合わせてすっと透明《とうめい》になった。

「これで完成。あとは解除するか、俺の魔力が切れるまで効果が続くよ」

ノクスは簡単に言うが、通常は凝縮してなるべく濃《こ》くしたものを一瞬だけ放出するような使い方しか習わない。防御魔術にしても、一時的に硬《かた》い壁《かべ》を出現させるのがせいぜいだ。それを薄く伸ばして維持《いじ》しろというのは、常識外の話だった。

「……ノクス様の魔術の才を改めて思い知りました。素晴らしいです」

「えっ、あ、ありがとう」

最近ナーナの『褒め』が落ち着いて油断していたノクスは、防御魔術が通用しない攻撃を真正面から受けて固まった。

ナーナが防御魔術を使うために必要なのは、魔力を思いどおりに引き伸ばしたり縮めたりできるようになる訓練だった。

「目を閉じて、自分の中にある魔力を感じるんだ」

ナーナは言われたとおりに目を閉じ、自身の感覚を研《と》ぎ澄《す》ませる。

「焦《あせ》らなくていい。得意な魔術を使う時には、何も考えずにできてるはずなんだから」

視覚を閉ざしたことでクリアになった聴覚《ちょうかく》に、木々のざわめきと共に伝わるノクスの穏やかな声が心地よい。

不意に、真っ暗な闇の中に、赤く光る筋が見えた。これがノクスが言っていた『色の付いた魔力』というものだろうか。ならばこれを手繰《たぐ》って集めて、好きな形にできるようになれば——。

「なんじゃ？　面白いことをしておるのう！」

しかし、あと少しで摑めそうだったナーナの集中の糸は、元気な声でブツンと途絶えた。

「うわっ、もう帰ってきたのか」

「うむ。この辺りの獣は西のほうとはまた違った味がして良い」

満足そうなアイビーの背後には、ずんぐりとしたイノシシが横たわっていた。

「ぬしらは肉のほうが好きじゃろ？　土産《みやげ》じゃ」

「あ、ありがとう……」

要は食べ残しなのだが、見た目には大した傷もなく、解体すれば食料にしても問題なさそうだった。買い取ってくれる店があるなら引《ひ》き渡《わた》してもいいので、ノクスは一応受け取り、魔術収納に仕舞《しま》った。

「ノクス、茶は持っておるか？　飲みたくなった」

「いろいろ嗜むんだな……」

「うむ！」

自由すぎる吸血鬼のリクエストに応えて、ノクスは魔術収納からイノシシと入《い》れ替《か》わりに茶葉を取り出す。ナーナは黙って受け取り、三人分の茶を淹《い》れた。客人に茶を出すことは構わないが、二人の時間を邪魔されて若干不愉快だったので、ノクスに先に渡す。と、

「……ぬしらは『つがい』なのか？」

その様子をじっと見ていたアイビーが、突然訊ねた。あまりにも開けっぴろげな問いに、ノクスが茶を吹き出しかけた。

「はい」

アイビーに茶を渡しながら平然と頷いたナーナに、更に咽《む》せた。

「そうか！　なんじゃ、『かけおち』というやつか？　人間の町に出回っておった本で読んだことがあるぞ」

アイビーは目を輝かせている。ノクスは慌てて訂正《ていせい》した。

「違うって！　ナーナをサースロッソの実家に送るんだ」

「実家？　……婚姻《こんいん》の挨拶か!?　『娘さんを僕《ぼく》にください』というやつじゃな!?」

「そうです」

「ナーナ!?　ていうか、アイビーもなんでそんなのばっかり読んでるんだ!?」

興味のないことは覚えられないと言っていたくせに、読んだ恋愛《れんあい》小説の内容は覚えているらしい。

「結婚式とやらは、人間がたくさん来て面白いのじゃろ!?　わらわも呼べ！」

「貴族の結婚式ですから堅苦しいですよ」

「そうなのか？　料理もないのか？」

「料理はたくさんあります」

「ならば呼べ！」

「人間のマナーは覚えていただきますよ」

「うゅ」

当事者の片方を置き去りにして勝手に話が進んでいく。ノクス自身も『ドレス姿のナーナはさぞ綺麗《きれい》だろう』などと妄想《もうそう》してしまい、にやける前に顔を覆《おお》う羽目になった。

＊＊＊

それからナーナの寝る前の日課が増えた。体内の魔力を感じて捏《こ》ね回《まわ》し、操《あやつ》る訓練だ。

ノクスは邪魔をしないように、そばにいるだけだ。静かに見守っていることもあれば、先に寝てしまうこともある。

「勤勉じゃな」

野宿の時だけ、アイビーも遅くまでそばにいる。初回以降は邪魔はしないつもりらしく、離《はな》れたところから見ているので、椅子を出してやった。

「アイビーって、いつ寝てるんだ？」

吸血鬼は夜行性で、日中に寝ているのが基本のはずだ。ところが彼女は昼間に活動し、疲れる様子もなく、ノクスたちに同行していた。

「最近はぬしらに合わせて夜寝ておる」

生活サイクルより、面白いことを見逃さないようにするほうが大切らしい。

「絶対昼間寝なきゃいけないわけじゃないんだ……」

「魔力さえあれば寝なくても動けるからのう。日除けができぬ吸血種は、昼間にすることがなくて暇《ひま》じゃから寝ておるだけじゃ」

「へえ……？」

話す度に、本で読んだり人づてに聞いたりした吸血種の定説がどんどん塗《ぬ》り替えられていくのを感じながら、ノクスは気がついたら眠《ねむ》っていた。


また数日歩き、あと数日でサースロッソの街が見えるはずという、最後の宿場で一夜を明かした朝のことだった。

新しい情報を確認するために黒フードを被《かぶ》って冒険者組合の中に入ると、今までの宿場よりもいくらか活気があった。アコールの内陸部では見かけない髪色《かみいろ》の者もちらほらいる。

「ゼーピアから来た冒険者も交ざってるみたいだな」

「そのようです」

おかげでノクスやナーナの髪色もあまり目立たない。それだけでもいくらか居心地の良さを感じながら奥《おく》へ進むと、依頼掲示板の前がざわついていた。

「あれ、何？」

人だかりには近寄らず、ノクスは受付の職員に訊ねる。すると職員は少し声のトーンを落としながら、ひそひそと言った。

「緊急《きんきゅう》の依頼です。ここからそう遠くないところに洞窟があるのですが、最近勢力を拡大している盗賊《とうぞく》グループが拠点を作っているという情報があって」

拠点を監視して有益な情報を持ち帰るだけでも報奨金、討伐できれば青の功績に大幅な加点が得られるということで、多少腕に覚えのある冒険者たちが、リスクとリターンを吟味《ぎんみ》しているということだった。

「青かあ」

依頼の種別を聞いて、ノクスは自分向きではないと判断して立ち去ろうとした。あれだけ人が集まっていれば、いずれそれなりの大きさの討伐隊になって対処されるだろう。しかし、

「……アストラ」

ナーナがローブの端を引っ張った。

「ここはサースロッソも近いので、できれば早めに対処しておきたいのですが」

黒い瞳がじっと見つめてくる。

「……」

それでも少し無言で抵抗《ていこう》してみるが、

「アストラ」

もう一度呼ばれ、

「……わかった」

ノクスは肩を落として掲示板のほうに向かい、人だかりに割り込んで思い切り注目を集めながら依頼書を剝《は》がした。

赤五つの冒険者証に萎縮《いしゅく》する職員から近隣の地図を受け取り、二人は洞窟へ向かった。

「宿場がここととすると、結界はたぶんこの辺りまでしかない。一応気をつけておいて」

指で距離を測り、ナーナに指示を出す。

「いくら盗賊とはいえ、結界の外で暮らすなんて思い切ったことをするのですね。魔物に襲われるかもしれないのに」

洞窟がノクスが示した結界の効果範囲《はんいがい》外にあることを知ると、ぽつりと言った。

「案外いるよ。冒険者崩れが集団になれば、結界の外でもなんとか暮らしていけるから」

組合に所属せずとも冒険者は名乗れるが、そんな素性《すじょう》の知れない輩に好んで依頼する人間はいない。期限切れなら再登録もできるが、素行不良などの理由で組合から除名されてしまうと、もはや冒険者として働くことはできない時代だった。

更に冒険者というのは、社会的には末端の仕事とされている。それすらまともにこなせなかった人間となると、一般的な仕事にも就《つ》けないはみ出し者が多い。結果、悪い意味で『なんでもやる』集団が生まれてしまうのだ。

「もしかすると、簡単な結界が張れる魔術師も交ざってるかもな」

そんなことを言いながら、地元民が行き来してなんとなく筋ができている程度の獣道を進み、結界の効果が薄れるエリアに来た時だった。

「なんじゃその格好は。暑苦しいのう」

どこからともなく声がして、上空からアイビーが降り立った。

「よく俺だって気付いたな。認識阻害は魔物には効かないのか？」

「見た目はなんだかよくわからんことになっておるが、魔力は変わらぬ。ナーナもおるし」

魔族には見た目を変えられる者がおり、アイビー自身もコウモリに変身できる。故《ゆえ》に外見ではなく魔力の質で判断するのが当たり前なのだと、アイビーは説明した。

「それで、どこに行くんじゃ？　あっちは街の方角ではなかろ？」

「ちょっと盗賊退治に」

大雑把《おおざっぱ》に事情を説明すると、

「面白そうじゃな」

案の定付いてくるつもりだった。間違いなく戦力にはなるので、ノクスも邪険にはしなかった。


地図どおりの場所に洞窟はあった。話では、奥行き百メートルほどの横穴だそうだ。そして、

「あやつら、殺すのか？」

ちょうど成人男性が入れる高さにぽっかりと空いた穴の両脇《りょうわき》に、若いが人相の悪い見張りが立っていた。

「全滅はさせないよ。拠点がここだけじゃないかもしれないし、情報を吐《は》かせるために何人かは生《い》け捕《ど》りにしたい」

すると、アイビーはぱあっと顔を輝かせた。

「ならば生かす奴を選べ！　残りはわらわがもらう」

「……」

もらうということは、彼女の食事になるということだ。

「どうせなら有効活用したほうが良いじゃろ？」

ノクスは一旦ナーナを見た。

「……下手に逃がして、逆恨《さかうら》みされるよりはいいかもしれません」

「決まりじゃ！　行くぞ！」

「待って、まだ人数もわかってないんだから」

早速餌場《さっそくえさば》、もとい敵陣《てきじん》に乗り込もうとするアイビーを慌てて制止する。しかし。

「洞窟の中は、十一人じゃな。外に出ている者はおらぬ。夜動くために休んでおるのではないか？」

「便利だなあ」

力を借りる度に生贄《いけにえ》を差し出すわけにはいかないが、やる気になったアイビーの能力は、やはり太古から恐れられる吸血鬼のものだった。

「それで？　あの見張りは喰《く》って良いのか？」

「うん、見張りってことは下《した》っ端《ぱ》だろうし。他の奴よりも身なりが良くて偉《えら》そうな奴と、魔術師は残しておいてくれ」

その二者は情報を持っている可能性が高い。

「魔術師は喰えぬのか」

アイビーは少し肩を落とした。

「……吸血鬼って、血の好みとかあるの？」

「もちろんある」

最近は吸血鬼の数が減ってしまったが、熟練の魔術師ばかり狙う者や見目の良い女しか襲わない者、人間よりも野生動物のほうが好きな者など多種多様だったと、アイビーはしみじみと語った。

「わらわは若くて魔力が多い奴が好みじゃ。性別や見た目はどうでも良い」

それからノクスのほうを見て、にやりと犬歯を覗《のぞ》かせた。

「身が引き締《し》まっているとなお良い」

「ノクス様のことは遠慮してください」

ナーナがサッとノクスを庇った。


基本はアイビーに任せて、万が一討《う》ち漏《も》らしがあったらノクスが出る。作戦とも言えない簡単な打ち合わせをすると、アイビーは、洞窟の入り口が見える木陰《こかげ》ギリギリまで静かに近づいた。

「それ」

軽く手を振ると、指先から紫《むらさき》色《いろ》の丸い球が放たれる。球はふわふわと見張りの男たちに寄っていき、

「？　なんだこれ……」

男たちの注目が集まった途端、頭上ではじけた。途端に、二人はその場に崩れ落ちた。

「死んだの？」

「眠らせただけじゃ。死ぬと味が落ちるからのう」

アイビーに続いてノクスたちも木陰から出て行き、男のそばに屈《かが》んで確認すると確かに寝息を立てていた。

「わらわが起こさない限り、殴《なぐ》ろうが蹴《け》ろうが起きぬ。そやつらはデザートじゃ」

当然のような顔でぞっとするようなことを言いながら、アイビーはさっさと洞窟の中へ入っていった。

歩きにくそうな厚底ブーツをものともせず、アイビーはずんずん洞窟の奥へと進んでいく。ノクスは魔術で明かりを灯し、自分とナーナの足元を照らしながら、付いていくだけだった。

「なんだお前、らっ……？」

「敵襲《てきしゅう》……だ……？」

少し広くなった小部屋のような場所で休んでいた男たちを一瞬で眠らせ、更に奥へ。そして、

「ここで行き止まりじゃな」

突き当たりの空間は自分たちで広げたのか、天井が高く広くなっていた。他の連中よりもいくらか年上に見えるガタイの良い男が、腰に手を当てて不敵に微笑むアイビーに眉をひそめた。

「子ども？　外の奴らはどうした？」

隣には露出《ろしゅつ》の高い服を着た女が侍《はべ》っており、少し離れたところに痩《や》せた猫背《ねこぜ》の男が蹲《うずくま》っている。

「おい、魔術師！　やれ！」

リーダーと思《おぼ》しき年長の男の指示で、薄汚《うすよご》れたローブを着た猫背の魔術師が立ち上がる。が、

「あまり美味そうではないのう」

一瞬で距離を詰《つ》めたアイビーのビンタ一発で、実力を発揮することもなく昏倒《こんとう》した。

「この三人だけ残せば良いか？」

「うん、上等だ」

のんびりと顔を出したノクスの姿を見て、リーダーは後ずさった。

「全身黒のローブ……！　まさか、赤五つのアストラか？」

「俺のこと知ってるのか。いい情報を持ってそうだな」

「ま、待て！　話をしぶっ!?」

ろくに口も開かないうちに、厚底ブーツの爪先《つまさき》が男の顎《あご》を蹴り上げた。楽しい食事を前にして人の話を聞くアイビーではなかった。

「せいっ」

最後に、この世の終わりを見たような顔で怯《おび》えている女の首に一撃入れ、気絶したところでぽいとノクスの前に投げるアイビー。

「外に出したほうが良かろう？　おぬしは女を運べ」

「……ありがとう……」

リーダーと魔術師を片手ずつでずるずると引きずっていき、洞窟の外に放り出した。

「こやつらは眠らせておらぬから、そのうち起きるはずじゃ」

情報を引き出したいという意を汲《く》み、アイビーにしか解除できない眠りの魔法を使わずに昏倒させるという細やかな配慮に、ノクスは恐る恐る訊ねる。

「……なんで格闘技も強いんだ？」

「魔法が効かぬような高位の魔術師も、味わってみたいじゃろ？」

どんなに強い相手でも、できる限り新鮮な血が吸いたいという飽《あ》くなき食への追求の末、殺さずに意識を刈《か》り取る術に詳《くわ》しくなった吸血鬼だった。

ノクスはきっちり三人を縄《なわ》で縛《しば》り、起きても抵抗できないように猿《さる》ぐつわを噛《か》ませた。

「食事のついでに見張っておいてやるから、報告とやらに行ってくるがよい」

上機嫌のアイビーは見張りの二人を掴んで、またずるずると洞窟の奥へ消えた。

「生き血をすすられながら死ぬのは嫌だな……」

「はい……」

アイビーが敵に回らなくて良かったと改めて思いながら、ノクスとナーナは宿場に戻った。

後から向かった処理班が見たものは、洞窟の外に縛られて転がされている三人と、洞窟の中で血の気のない姿で死んでいる、部下たちの姿だった。人間の所業とは思えない惨憺《さんたん》たる現場の様子から、アストラに『実は魔物なのでは』という悪い噂が増えた。

そんなことは知らず、三人はのんびりと旅を続け、明日にはようやく山の麓《ふもと》の町に着くという頃。

「あっ」

ノクスのような安定感はないが、仄《ほの》かに赤みを帯びた光がナーナを包んだ。

「おお！　すごいすごい。やったな」

自分のことのように成功を喜ぶノクスの笑顔が、ナーナの何よりのモチベーションだった。

「ようやくスタートラインです」

これを安定させて、更に任意の刺激を弾く効果を付与しなければならない。先は長そうだ。魔術でできることが増える度にノクスのすごさがわかり、遠い存在になっていく気がしていた。

「ナーナなら、すぐにできるようになるよ。……俺も頑張らないとなあ」

「？　ノクス様はこれ以上、何を頑張るのです？」

「えっ！　い、いや、ええと……」

ノクスは考えていた。アイビーが見せてくれたように、防御魔術を身体に密着する形で纏わせられるようになれば、呪いの効果を怖がらずにナーナに触れられるのではないかと。

「ほら、あの空を飛ぶやつとか。真似できるようになれば移動がもっと楽になるし」

煩悩《ぼんのう》のために頑張ろうとしているとは言えず、目を泳がせしどろもどろになりながら答えた。

「……そうですね」

何かを隠していることには勘付《かんづ》いたものの、それが自分に向けた劣情《れつじょう》だという重要な部分には気付けないナーナだった。

「ええと……。そうだ、もうすぐサースロッソに着くけど、どんなところなんだ？　工芸品が有名って聞いたことはある」

無理矢理話題を逸らしたことにも気付いたが突っ込まないことにして、ノクスの話題に乗る。

「冬でも雪が降る日は皆無《かいむ》と言っていいほどありません。母のこともあり、海を挟んだ隣国ゼーピアとの交流が盛《さか》んです。術具の研究施設《しせつ》もありますよ」

「術具かあ。それは見てみたいな」

赤い目がパッと輝く。

「……ノクス様は本当に魔術がお好きですね」

ナーナは旅の中で、ノクスが本当は年相応に表情が豊かなのだと知った。同時に、四年もそばにいたのに好きなもののもろくに知らなかったのだと気付き、少し落ち込んだ。しかし、

「そうか、俺は魔術が好きなのか」

ノクス自身、言われて初めて気付いた。魔術は身を守る術や生計を立てる術としていつもそばにあり、好《す》き嫌《きら》いで考えたことはなかった。だが言われてみれば、湧《わ》き上がる感情はアイビーの言う『面白そう』に通じるものがある。生きるためには必要なくても知りたくなる。つまりそれは、趣味《すきなこと》なのだろう。

「ナーナは何が好きなんだ？」

「ノクス様ですが」

間髪《かんはつ》を入れずに答えが返ってきて、ノクスは固まった。

「ノクス様です」

繰り返しながら、ナーナがずいと隣に座る。風呂《ふろ》上がりの髪から良い香りがした。

「そういう意味じゃなかったんだけど……」

俯《うつむ》いて照れている顔を覗き込んで、ナーナは満足した。

第六章　サースロッソとメイドの実家

徐々《じょじょ》に山の傾斜《けいしゃ》が緩《ゆる》くなり、しばらく進むと急に視界が開けた。

「おお！　地上から行くのも悪くないな！」

アイビーが歓声《かんせい》を上げる。なだらかな裾野《すその》はやがて農地に変わり、その向こうに人工の建物群が見えた。

全体的に白っぽい街並みの中に、数本の高い塔《とう》のようなものが見える。そして、向こうには、きらきらと日差しを反射する青い世界が広がっていた。

「あれが海かあ」

「ノクスは、海を見るのは初めてか？」

「うん。山越《やまご》えはしたことなかったから」

いくら高速で無限に走り続けられると言っても、サースロッソとガラクシアを往復するにはそれなりの時間がかかる。ナーナとパスカルにさえ予定を告げておけば、ノクスの所在を気にする者はいなかったが、万が一エドウィンにバレると面倒《めんどう》なので、一週間以内に帰ってこられる場所までしか行ったことはなかった。

「さすがに公爵《こうしゃく》のいる土地は結界が広いのう。もう既《すで》にちくちくする」

不快そうに腕《うで》を擦《さす》るアイビー。

「会議はどこであるんだ？」

「海の上じゃ！」

「規模が違《ちが》うなあ……」

人間や下位の魔物《まもの》が簡単に立ち入れず結界を設置できない場所として、海上に専用の会議場が作られたらしい。

「人間の町に用がある時はどうしているのですか？」

「我慢《がまん》じゃ。入れぬわけではないからな」

ちくちくを我慢してでも手に入れたい面白《おもしろ》そうなものが人間の町には多くて困ると、アイビーは眉間《みけん》に皺《しわ》を寄せた。

「それなんだけどさ」

ノクスは少し考え、アイビーを見る。

「日光ですら防げるんだから、結界の効果くらい防御《ぼうぎょ》魔法で防げるんじゃないか？」

「わらわも考えたことがある。しかし人間の結界は、魔力そのものに反応してきよるからな……」

防御魔法もアイビーの魔力から構成されている以上、ちくちくは免《まぬが》れないのだという。ノクスたちがやるようにドーム型に張ると、今度はドームに触《ふ》れたものに被害《ひがい》が及《およ》んで、魔物由来の魔力を使っていることがバレてしまう。

「……俺《おれ》がアイビーの外側に防御魔術を張って、アイビーがその中でしか魔法を使わなければ、反応しないんじゃないか？」

「……なるほど!?　やってみせよ！」

バッと腕を広げて受け入れ態勢を示したアイビーを見て、ノクスは考える。

「魔術を弾《はじ》く効果でいいかな……。いや、弾くと摩擦《まさつ》が発生するか？　吸収……だと、結界の維持《いじ》に使われる魔力を壁《かべ》が吸って無駄《むだ》になる。受け流すのがいいか」

真剣《しんけん》な顔でブツブツと呟《つぶや》いた後、

「【障壁《しょうへき》】」

白い光がアイビーを包み、すぐに消えた。

「おお、ちくちくがなくなった！　やるなおぬし」

「俺から離《はな》れるとどれくらい保《も》つかわからない。効果が切れたら教えてくれ」

「うむ、わかった！」

快適になり、腕をぶんぶん振《ふ》りながら先を歩いていくアイビーの後ろ姿を眺《なが》め、

「……魔物の侵入《しんにゅう》幇助《ほうじょ》になりませんか？」

ナーナがぼそりと呟いた。

密輸や飼育目的だったとしても、魔物を結界内に持《も》ち込《こ》むと三年以下の懲役《ちょうえき》または罰金《ばっきん》だ。よりによって吸血鬼《きゅうけつき》の侵入を手伝ったとなると、割と重罪だった。

「敵意はないし、助けなくてもどうせ侵入するんだから、見逃《みのが》してほしいな……」

「確かに……」

地元をやんわり危険にさらしているような気もしたが、ノクスの魔術研究の役に立つならと、ナーナは気付かなかったことにした。

ガラクシアとも首都とも違う、どこか陽気な雰囲気《ふんいき》を纏《まと》った街並みを、ナーナの案内で歩く。

アイビーはというと、不快感なく人間の町を歩き回れるのがよほど嬉《うれ》しいようで、『効果が切れたら公爵家へ向かう』と告げて雑踏《ざっとう》に消えた。

「山一つ隔《へだ》てるだけで、本当に文化が違うなあ」

「魔導船のおかげで、山よりも海を越《こ》えるほうが早いもので。ゼーピアの色が濃《こ》いのです」

「船も魔術で動くのか。見てみたいな」

「その前に、私の家です」

「わかってるって……」

明らかに優先順位が逆になっている観光気分のノクスを、ナーナはジトッと見つめた。

サースロッソ公爵家の屋敷《やしき》は、町の中心部から少し離れた郊外《こうがい》に立っていた。建築様式や装飾《そうしょく》もゼーピア風で、華《はな》やかではないが堅牢《けんろう》な雰囲気が漂《ただよ》っていた。

「お嬢様《じょうさま》！」

こちらから声をかけるよりも早く、門番が気付いて駆《か》け寄《よ》ってきた。

「今お戻《もど》りでしたか！　では、そちらの方が？」

「はい」

「旦那《だんな》様も奥《おく》様も、お待ちしておられました。すぐ知らせてまいりますので、中でお待ちください」

そう言って、ガラガラと音を立てて重い扉《とびら》が動いた。

「これも術具かあ」

ノクスは目を輝《かがや》かせ、その反応を予測していたナーナは満足げだった。

広いアプローチを歩きながら、どういう構造かと遠巻きに門を眺めていたところでふと気付く。

「そういえば、先に知らせておかなくて大丈夫《だいじょうぶ》だったの？　出直したほうが良くないか？」

「構いません。ガラクシアを出る前に、二ヶ月ほどで帰ると知らせておきましたから」

「それって……」

ノクスと共にサースロッソに戻ることは、サースロッソ家では確定事項《じこう》だったということだ。

「門番の様子からすると、きっとここしばらくは――」

ナーナが言い終わる前に、入り口付近がばたばたと騒《さわ》がしくなった。

「奥様！　そんなに慌《あわ》てると転んでしまいます！」

「扉はわたくしどもが開けますから！」

使用人の慌てる声と、ガチャガチャと扉の金属と何かがぶつかる音。

「――ずっと待っていたのではないかと」

ナーナの言葉とほぼ同時に、

「ナーナ！　おかえりなさい！」

大きな扉が開かれ赤い髪《かみ》の女性が飛び出してきた。ナーナと同じ髪色に黒い瞳《ひとみ》、一際《ひときわ》仕立ての良いドレスから間違いなくサースロッソ夫人とわかる女性は、ナーナを全力で抱《だ》きしめた。

「ただいま戻りました、お母様」

「おかえりなさい。すっかり大きくなって」

手紙のやり取りはしていても、十四歳《さい》で奉公《ほうこう》に出た娘《むすめ》との四年ぶりの再会だ。どこにも怪我《けが》がないことを確認《かくにん》して、もう一度抱きしめた。

それから、

「初めまして、ノクス殿下《でんか》。ナーナの母、アルニリカ・ゼーピア＝サースロッソと申します。まずは娘を無事に送り届けてくださったこと、感謝いたします」

サースロッソ夫人は丁寧《ていねい》に頭を下げ、涙《なみだ》で潤《うる》んだ目で微笑《ほほえ》んだ。

「初めまして、サースロッソ夫人。こちらこそ、ナーナ……、いえ、ええと、ナーナリカ姫《ひめ》にはいつも良くしていただいて、感謝しています」

「ナーナで構いません。普段《ふだん》どおりになさって」

「ありがとうございます……」

ナーナとよく似た顔で朗《ほが》らかに笑う女性に、ノクスは少し戸惑《とまど》った。

「中にどうぞ。長旅で疲《つか》れたでしょう」

それから二人の服装を確認し、

「荷物は……。ああ、魔術収納をお持ちなのね。ナーナの分を預かります」

すぐに気付くと、視線だけで若い男性使用人が前に出て一礼する。

彼《かれ》にナーナの荷物を渡《わた》した後、ノクスはふと思い出して野菜の入った大きな袋《ふくろ》を取り出した。

「これ、ナーナからのお土産《みやげ》で、イースベルデ産の農産物です」

「まあ！　早速《さっそく》今夜の食事に使いましょう！　持っていってちょうだい」

夫人は続けてきびきびと指示を出す。

「お部屋は準備できているわね？　粗相《そそう》のないように、もう一度チェックしてらっしゃい」

「はいっ」

ザッと音を立てる勢いで使用人たちが敬礼し、速《すみ》やかに散った。

「あの、俺は……」

当然のように屋敷に泊《と》まる流れになっている。町の宿に泊まるつもりだったのに、とノクスは慌てた。

「遠慮《えんりょ》なさらないで。娘婿《むすめむこ》になる方ですもの、早く屋敷に慣れていただかないと。ねえ、ナーナ」

「はい」

「ええっ!?」

ナーナも再び強く頷《うなず》いた。この母にしてこの娘だった。

呆気《あっけ》に取られている間に応接室に案内され、久しく座《すわ》っていなかったふかふかのソファーを勧《すす》められた。

「……」

入り口に気配を感じてノクスが顔を上げると、

「うわっ、びっくりした」

いつの間にか、応接室の扉から背の高い男性がそっと様子を窺《うかが》っていた。

「あなた！　また人見知りして！」

あなたということは、とノクスが情報を整理している間に、男性はスススッと静かにサースロッツソ夫人の隣《となり》に立つ。

「……ケヴィン・サースロッツソと申します。ノクス王子殿下にご挨拶《あいさつ》申し上げます」

ナーナの父、サースロッソ公爵は、美しい礼と共に大変控《ひか》えめな音量で挨拶した。

「は、初めまして。ノクスです」

「……」

慌てて立ち上がり挨拶を返すノクスを、穏《おだ》やかな緑の目でじっと見つめるサースロッソ公爵。ノクスはその仕草に既視感《きしかん》を覚えた後、すぐに『ナーナがよくやるやつだ』と思い出した。

「ごめんなさいね、ノクス殿下。ちゃんと歓迎《かんげい》しておりますのよ」

気品と威厳《いげん》のある男性だ。しかし、何故《なぜ》か見知らぬ来客を警戒《けいかい》する飼《か》い猫《ねこ》のような雰囲気があった。夫人はため息をつくと、気を取り直して優雅《ゆうが》に微笑む。

「コーヒーはご存知《ぞんじ》かしら？　お口に合うといいのですが」

ノクスは頷いた。

「何度か飲んだことがあります」

新しものが好きなジェニーに、まだ数が少ない首都のコーヒー店に誘われたことがあった。

ノクスの返事を聞くとすぐに、テーブルに湯気の立つコーヒーが置かれる。

「ノクス様、ミルクはこちらです」

「ありがとう」

差し出された小さなピッチャーを自然な動作で受け取ったところを見て、夫人と公爵はおお、と音には出さずに口を開け、一拍《いっぱく》置いてから、うむ、と顔を見合わせた。ミルクを入れていたノクスは気付かなかった。

「ナーナ、あなたまだそんなにお砂糖を入れているの？」

ナーナはスプーンで三杯《はい》目を入れようとしたところで、夫人に止められた。が、

「やっと帰ってきたので、贅沢《ぜいたく》がしたいです」

手を戻さずに三杯目を入れてかき混ぜ、更《さら》にミルクも入れた。

「この子ったら、甘《あま》やかして育てたものだからわがままで。殿下にご迷惑《めいわく》をかけていませんか？」

「いえ、本当に良くしてくれています。……ナーナがいなかったら、成人を待たずにガラクシアを出ていたところです」

『ガラクシアを継《つ》がなかったほう』と婚約《こんやく》させる契約《けいやく》を結んでいて、ナーナとは手紙のやり取りをしていたのだから、ある程度の事情は知っているはずだ。ノクスはできる限り正直に答えることにした。

「まあ！　それならもっと早くお呼びすれば良かったわね」

「え？」

「そうですね。成人など気にせず提案すべきでした」

「いや、待って」

時々飛び出すナーナの過激な思想は、間違いなく夫人譲《ゆず》りだ。隣で静かにカップを傾《かたむ》けていた公爵が大変控えめな声でそっと言った。

「……未成年の王子を年頃《としごろ》の娘と同居させるのは、体裁《ていさい》が悪いよ」

「そうでした。ではやはり、これが最速最善だったということですね」

うんうんと頷くサースロッソ一家。どうやらつつがなくご両親の御眼鏡《おめがね》に適《かな》ったことはわかったが、あまりにもスムーズすぎてノクスは逆に戸惑った。

「あ、あの……。俺が『呪《のろ》われてるほう』だというのは、ご存知なんですよね」

歓迎してもらえるのはありがたいが、自分の悪評がサースロッソの名前に傷をつけるのではと心配した。しかし。

「もちろん。でも、魔術に長《た》けていて、真面目で研究熱心だと娘から伺《うかが》っています。これからのサースロッソに、間違いなく必要な人材です」

ぽかんと口を開けたノクスを見て、夫人は優《やさ》しく目を細めた。それからちらりと公爵を見て肘《ひじ》で小突《こづ》いた。公爵ははっと気付いて咳払《せきばら》いする。

公爵は改めて姿勢を正し、ノクスを真《ま》っ直《す》ぐに見ると、

「我々は、殿下を心から歓迎いたします。――ようこそ、サースロッソへ」

少しだけ声の音量を上げて、ゆっくりとそう言った。

ノクスは歓迎されているという実感が湧《わ》かず、どういう反応を返せばいいかわからなかった。

「ええと……。お役に立てるよう、尽力《じんりょく》します」

ナーナはその戸惑いを察し、両親を見る。

「ノクス様はお疲れです。込み入った話は休んでからにしませんか」

「それもそうね。ノクス殿下、気を遣《つか》わずに自由に過ごしてくださって構いませんからね」

アルニリカは頷き、にこにこと愛想《あいそ》の良い微笑みで付け加えた。

「身の回りのことは、今までどおりナーナに世話をさせますからご安心を」

「えっ!?」

驚《おどろ》いてナーナを見ると、当然のように頷いた。

「もちろんです。ノクス様のお世話は私の仕事です」

「ナーナの家だよ？　それにナーナも疲れてるだろ？」

「あら、娘がお世話するのは不服ですか」

「滅相《めっそう》もございません！」

「ではそのように。夕食の準備が整うまで、ゆっくりお過ごしください」

圧倒《あっとう》されているうちにサースロッソ家への滞在《たいざい》が決まり、夫妻は満足げに応接室を出て行った。

「ノクス様のお部屋に案内します」

ナーナも立ち上がる。が、ノクスは座って俯《うつむ》いたままだった。

「ノクス様？」

「……ああ、ごめん。ぼーっとしてた。ナーナを無事に送り届けて気が抜《ぬ》けたんだろうな」

力なく笑って立ち上がる。その笑顔は、ナーナの心臓に『ギュン』と来るいつもの笑顔ではなかった。

「……」

不意にナーナは、明日の朝になったらノクスはいなくなっているのではないかという不安に囚《とら》われた。

酒に酔《よ》って漏《も》らした言葉が本心なら、ナーナとの婚約が嫌《いや》なわけではなさそうだった。そばにいてほしいと言えば、きっとそのとおりにしてくれるだろう。

だがこの屋敷に留《とど》まり、サースロッソ家の入り婿になることは、彼にとって本当に良いことなのだろうか。――旅の間、活《い》き活きとしていた姿が、『殿下』と呼ばれた途端《とたん》に少しくすんだ気がした。

「せっかくだから、少し休ませてもらおうかな」

「承知しました。こちらです」

舞《ま》い上《あ》がって一方的に話を進めてしまったが、もしノクスが屋敷を出て行くと言えば、引き留めることはできない。彼の意思を尊重せず締結《ていけつ》された婚姻《こんいん》を理由に強要したら、彼を人と思っていなかったガラクシア公爵と同じだ。

用意されたノクスの部屋に案内し、ナーナは今までと変わらない顔で言う。

「夕食ができたら呼びにまいります」

「ありがとう。ナーナも、俺の世話より休むことを優先してくれ」

「……はい」

閉ざされた扉が、随分《ずいぶん》と重たく頑丈《がんじょう》に見えた。


ノクスが案内された部屋は客間と呼ぶには設備が多く、長期的に住むこと——家主一族が使うことを想定された部屋だった。

「……広いな」

ノクスを客ではなく家族として迎《むか》え入れる準備ができているという、サースロッソ家の気遣《きづか》いが感じられた。

ひとまずいつまでも冒険者《ぼうけんしゃ》装備のままなのは良くない。首都で買い足したまだ新しいシャツに着替《きが》えて、窓の外を見た。夕方の赤みが差した空は広く、日当たりが悪かったガラクシアの部屋とは全く違う。ふらふらと吸い寄せられるように窓のそばに寄り、バルコニーに出た。

山を下りた時から見えていた高い塔は、街中に堂々とそびえていた。

「あれも術具の研究に関するものなのかな」

手すりに頬杖《ほおづえ》を突《つ》いて、その不思議な景色をぼんやりと眺める。シャツ一枚で外に出ても寒いということはなく、頬に当たる風は少し湿気《しっけ》を含《ふく》んでいた。

「いいところだな」

他領と山で隔てられた環境《かんきょう》は、ガラクシアのことなど気にせずのびのびと暮らせそうだ。

サースロッソ家も、実家で受けてきた待遇《たいぐう》が嘘《うそ》だったように、ノクスを一人の人間として歓迎してくれている。だが、しかし。

「うーん……」

ナーナと結ばれるのは素直《すなお》に嬉しい。彼女《かのじょ》に相応《ふさわ》しい人間になって、ずっとそばにいたい。

一方でノクスの身分は未《いま》だにガラクシア公爵家の長男、王位継承権《けいしょうけん》四位の王子のままだ。

呪いのことや『ガラクシアを継がなかったほう』のレッテルが、『調子に乗るな、いずれ彼女に迷惑を掛《か》けるぞ』と囁《ささや》いてくる。

やっぱり、早めに屋敷を離れて行方《ゆくえ》をくらましたほうが――。

「なんじゃ、じめじめと陰湿《いんしつ》な魔力をまき散らしよって」

「うわっ！　なんだ、アイビーか……」

「なんだとはなんじゃ、失敬な」

夕方の風に髪をなびかせ、バルコニーの手すりに腰《こし》掛けたアイビーの背中で、黒い羽が霧散《むさん》した。

「おぬし、魔力がたまに漏れておるぞ。気をつけい。おかげですぐに居場所がわかったが」

「そんなことあるんだ？」

「うむ。結界の中ならさほど問題にはならぬが、外では強い魔力に惹《ひ》かれた魔物が寄ってくることもある」

「そうなんだ……。わかった、気をつける」

とはいえ、その辺にいる魔物ならノクスにとって脅威《きょうい》ではないし、ナーナを送り届けた今、守るものもない。

「漏れない程度に吸ってやろうか？　美味《うま》そうじゃと思っておった」

「遠慮します」

指で口《くち》の端《は》を広げ、尖《とが》った犬歯を光らせる吸血鬼。雑な誘《さそ》いを食い気味に断ると、不服そうに口を尖らせた。

「まあよい、またあの壁を張ってくれ。明日一日保つくらい、強めにな」

「何か悪さするんじゃないだろうな」

「ただの夜遊びじゃ！　大丈夫じゃ、ぬしらの眷属《けんぞく》を殺したりはせぬ。そも、壁の中でしか魔法が使えぬのだから大した悪さもできぬじゃろ？」

「眷属じゃないけど……。まあいいか」

魔物にとって、自分に従う民《たみ》は眷属だ。文化の違いを訂正《ていせい》するのが面倒くさくなり、ノクスは途《と》中《ちゅう》で諦《あきら》めた。

「ええと、昼間のあれで夕方までか。意外と保ったな」

昼にかけてやった防御魔術の強度を思い出して、同じものを再びかけてやると、

「うむ、よい精度じゃ！」

言うが早いか、再び黒い羽を出して手すりの上に立つアイビー。

「ではな！」

勝ち気な笑顔はそのままに、妖艶《ようえん》な成人女性の姿へと変化して飛び立つと、ノクスが呆気に取られている間に黄昏《たそがれ》に溶《と》けていった。

程《ほど》なくしてノクスを呼びに来たナーナは、ガラクシアの使用人服でも冒険者装備でもなく、落ち着いたドレス姿だった。シンプルなホルターネックで油断していたら、背中が大きく開いていてノクスは動揺《どうよう》した。

「夕食の準備が整いました」

ナーナは言いながら、『シャツに皺がないので横にはなっていない』『髪が少し乱れているということはバルコニーに出ていたようだ』と即座《そくざ》に推理した。

「……少しは休めましたか？」

ノクスの髪を整えながら訊《たず》ねる。

「うん。景色のいい部屋だな」

「お祖父《じい》様が生前に使っていた部屋です」

「……それって、めちゃくちゃ偉《えら》い人じゃない？」

アコールにおける公爵家は、いずれもどこかの時代に王の兄弟だった血筋だ。

「お祖父様は二代前の国王の従兄弟《いとこ》だったと聞いています」

「なるほど……」

つまりナーナの曾祖父《そうそふ》、初代サースロッソ公爵が三代前の国王の兄弟。健在だった頃《ころ》の二代目サースロッソ公の立場は、ちょうどノクスと同じくらい。

仲良しサースロッソ家の誰《だれ》が言い出したかはさておき、今は誰も使っていないこともあって『おあつらえ向き』の部屋だということになったのだろうと、ノクスは察した。

「そうだ。夕食ってナーナの帰りを祝って豪華《ごうか》なんじゃないか？　礼服も買っておけばよかったな」

今更思い当たる。ガラクシアにいた頃は礼服を着る機会もろくになく、いつの間にかサイズの合わなくなった真新しい礼服は、日当たりの悪い部屋に置いてきた。

「家族だけの食事ですし、楽な服装で構いません。でもせっかくですから、礼服は近いうちに身体《からだ》に合ったものを仕立てましょう」

ナーナは気付いていた。この二ヶ月の旅の間、一センチ弱ではあるがノクスの背が伸《の》びたことに。


ノクスが少し緊張《きんちょう》しながら向かった食堂には、予想どおり豪華な食事が並んでいた。お土産のイースベルデ野菜を使ったサラダや付け合わせが加わり、彩《いろど》りも豊かだ。

着席し、食前の祈《いの》りを捧《ささ》げた直後のことだった。

「皆様《みなさま》、ご注目ください。本日の議題は『四年前にガラクシアとの間に交《か》わされた婚姻契約のアラ探し』です」

ナーナが突然《とつぜん》机の下から書類を取り出し、ビシッとはたいた。夫妻と少ない使用人から控えめな拍手《はくしゅ》が上がる。

「アラ探し……？」

ノクスは思わず聞き返す。

「はい。私はノクス様と婚姻を結ぶことには全く異議はありませんし、明日にでもと思っております。しかしあのクソジジイの提案に乗った形になるのは癪《しゃく》なので、一旦《いったん》白紙に戻したいと考えています」

「賛成」

「……賛成です」

夫人がすかさず挙手し、公爵もそっと手を挙げた。

「元々ゼーピアとの繋《つな》がり欲しさの提案でしたからね。少しでもあの男が介入《かいにゅう》できる形にしたら、術具研究所の成果を寄越せとか、どんどん要求が横着になっていくに決まっています」

「……貿易にも口を出してくるかもしれない」

一家に毛嫌《けぎら》いされているエドウィンだった。

「ノクス様は契約内容すら目にしたことがないでしょう。どうぞ」

スッと差し出される書類。

「部屋に持ち帰って後で読むよ……。汚《よご》すかもしれないし」

「構いません。どうせ最終的には燃やす書類です」

アラがなくても揚《あ》げ足《あし》を取ってみせるという気迫《きはく》が感じられた。

契約書の内容があらかた頭に入っている三人は、食事をしながらああでもないこうでもないと議論を繰《く》り広《ひろ》げている。

「ノクス殿下は行方不明ということにして、別人として婚姻を結んでしまうのはどうかしら？」

「……公爵家の入り婿だ。身元くらいすぐに調べられてしまうよ」

「そうですね。ノクス様の髪と目の色は、貴族の間では有名ですし」

「もう、黒髪なんてゼーピアの南にはいくらでもいるのに！」

「あの辺りの方は肌《はだ》も日に焼けておられますから、出身を偽《いつわ》るのには適しませんね……」

「いっそ、見た目を変える術具を開発するのは？　それでゼーピアの出身ということにしてしまいましょうよ。国が違えば調査の手も及ばないでしょう？」

「私はノクス様の外見も含めてお慕《した》いしているので賛成しかねます」

「……うん、殿下に負担を強《し》いることになるのも良くない」

「却下《きゃっか》ばかりしていないで、何か提案なさい！」

議論がヒートアップする中では、『音を立てずに静かに』というテーブルマナーは隅《すみ》に追いやられていた。多少は無礼講で良さそうだとノクスも理解し、とりあえず前菜のサラダをつつきながら書類に目を通すことにした。

契約の概要《がいよう》はこうだった。

ガラクシア家の双子《ふたご》の息子《むすこ》、ノクスまたはラノのどちらかと、サースロッソ家の長女ナーナリカが婚約すること。

ナーナリカと婚約するのはガラクシア家を継承しなかったほうとし、サースロッソ家に婿入りさせること。

婚約後、ガラクシア領イースベルデの農耕技術や品種改良された種苗《しゅびょう》をサースロッソに提供し、技術交流を図《はか》ること。

同様に、サースロッソ領からは貿易でもたらされた術具の技術をガラクシアに提供すること。

そしてこの契約締結後、ナーナリカはガラクシア家に出向き、婚約相手がサースロッソ家に相応しいかを見極《みきわ》める権利を有すること。

相応しくないと判断した場合にはこの契約は白紙に戻し、なかったことにすること。

その期限はノクスとラノが成人するまでとすること。

婚約が成立するまで契約内容を広めず秘匿《ひとく》すること。

文面だけなら平等な契約に見えた。シンプルが故《ゆえ》につつける場所も少なく、判断をナーナに委ねているところなど、サースロッソに有利に見えるくらいだ。しかし、

「同じ公爵家でも、相手は現王弟。こちらはお祖父様が亡《な》くなって国内での権威が薄《うす》れてきた頃。権力の差は歴然です。契約にない内容に手を出された時が問題なのです」

ノクスが読み終わった頃合いを見計らって、ナーナがずいと隣の席から身を乗り出してきた。

「たとえば、俺の名前を出してサースロッソで術具事業を始めるとか、独自に貿易ルートを作ろうとするとか？」

「そういうのです！」

アルニリカは肉を切っていたナイフでビシ！　とノクスを指し、ケヴィンにそっと下げられた。

「ノクス様も、ガラクシア公爵がサースロッソに進出してくるのは嫌でしょう？　何か良い案はありませんか？」

本当に嫌そうな空気を隠《かく》さない三人を順に見て、ノクスは言った。

「……簡単だよ。ナーナが俺を気に入らなかったことにすればいいんだ」

「嫌です」

ほとんど反射でナーナは首を振った。滅多に動かない表情に強情《ごうじょう》な拒否《きょひ》の意思が浮《う》かんでいた。

ところが、

「……確かに。それはアリかもしれない」

「お父様!?」

「あなた!?」

ケヴィンが相変わらず大変控えめな音量で頷き、妻と娘から同時に睨《にら》まれた。ノクスは慌てて二人を宥《なだ》め、説明を加えた。

「落ち着いてください。……たぶん、それが一番正当にこの契約を白紙にする方法です。だって、内容として書いてあるんだから」

はっきりと、『ナーナが婚約相手を見極め、サースロッソに相応しくないと判断すれば白紙になる』と書いてあるのだ。

「……私もそう思う。不正をすれば、バレた時にそこを突かれてこちらに不利な契約を新たに結ばされる可能性もある。正面から突破《とっぱ》できるなら、それに越したことはない」

「ですが……」

たとえ嘘でも、ナーナにはノクスを悪《あ》し様《ざま》に言うのは憚《はばか》られた。今まで散々周囲から傷つけられてきた分、できる限り褒《ほ》めて甘やかしていこうと決めたのだ。

するとケヴィンは娘を穏やかな緑の目で見つめ、ゆっくりと瞬《まばた》きしながら言った。

「……ナーナ、考えてごらん。結婚は本人たちだけの意思や事情で決まるものじゃない。裏を返せば、本人たちには一切非がなくても成立しないことだってある」

「……あっ」

聡《さと》い娘は、父の言わんとすることにすぐに気付いた。それから、ノクスをじっと見つめる。何のことだと首を傾《かし》げるノクスに、ナーナは言い放った。

「ノクス様に付属するガラクシア公爵が嫌だから、相応しくないと言えばいいのです」


食事の後半は、エドウィンに叩《たた》きつける手紙の内容を検討しながらだった。ノクスに口出しできる部分は少なく、大人しく料理に集中していた。ゼーピアの文化が混ざったサースロッソの食事は新鮮《しんせん》で、会話の端々《はしばし》にエドウィンがちらつくこと以外はそれなりに楽しんだ。

「それでは、早速手紙を書こうと思います。失礼します」

食事が終わると、ナーナはいそいそと自室に引き上げていった。

「ごめんなさいね。変な食事会で驚いたでしょう」

「よくあることなんですか？」

「ええ。わたくしはゼーピアとの交易、夫はアコール内部の調整を担当していて、三人が揃《そろ》う機会が食事の時くらいしかなくって」

故に、しばしば夕飯が家族会議の場になるという。

「明日からは、殿下のお話も聞かせていただけたら幸いです」

「あまり面白い話はできませんが」

「魔術学院を出ずに魔術を習得なさったのでしょ？　今からでもお話を伺いたいところですが、わたくしも手紙に添《そ》えたいことがありますので失礼いたします」

最後に優雅に礼をしてアルニリカも去った。残ったのは、

「……」

物静かなケヴィン。

「殿下。お疲れでなければ、ご案内したいところがあるのですが」

「？　どこですか？」

「……お風呂《ふろ》です」

ゼーピアには大衆浴場という文化があるという。アコールには湯船に浸《つ》かる文化自体があまり浸《しん》透《とう》していないので、風呂がある家は珍《めずら》しかった。

「……ゼーピアに留学して以来、やみつきになってしまって。帰国後に増築したのです」

ナーナ同様に表情は薄いがほくほくとした雰囲気で、ケヴィンはノクスを風呂場に案内した。

「大きい湯船ですね」

複数人で入ることを想定した円形の湯船から、程よく湯気が上がっていた。

ケヴィンに倣《なら》ってタオルを腰に巻いただけの姿になり、先に身体を洗ってから湯船に浸かる。

「……」

「……」

どちらからともなく、ゆっくりと息を吐《は》いた。

不思議と居心地《いごこち》のいい静かな空気が流れた。天井《てんじょう》付近には湿気を逃《に》がすための通気孔《つうきこう》があった。

くるくると回っているプロペラも術具のようだ。

「……我《わ》が家《や》は女性が強くて、圧倒されたのではありませんか」

ぽつりと、ケヴィンが言った。

「少しだけ」

ノクスは正直に頷いて笑った。話には聞いていたが、アルニリカはナーナ以上に強い。さすが王女だ。

「……私がもう少し、前に出てものを言えればいいのですが」

一つ一つの動作に最低限の音量しか出さないケヴィンは、申し訳なさそうに言った。

「いえ、ナーナを説得してくださって、助かりました」

「……殿下は、サースロッソ家の一員になることを望まれませんか？」

婚約が白紙に戻る可能性に安堵《あんど》した様子が見受けられるノクスに、ケヴィンは訊ねた。

「今日、ほんの少し触れただけで、ナーナがすごく温かい環境で育ったんだとわかりました。だからこそ、俺が壊《こわ》してしまうかもしれないのが怖《こわ》いというか」

この家の一員になれたら、どれだけ幸せだろうか。何も考えずに厚意《こうい》に甘えてしまいたい気持ちに駆られた。しかし呪いだけでも解決しないことには、ナーナの隣に胸を張って立てない。

するとケヴィンは、波打つ水面を眺めながらぼそりと言った。

「……娘は今、十八です。ガラクシアとの契約は非公開なので、この四年の間にも、たくさん縁談《えんだん》の申し出がありました」

「えっ」

「――表向きの筆頭候補は、第二王子です」

それを聞いて、ノクスは思わず大きな水音を立てて振り向いた。

「……あれは大きな騒ぎになりましたからね。たとえ第一王子の身に何かあったとしても、第二王子は国王にはなれません」

第二王子派がノクスに対して行った暗殺未遂《みすい》。当時八歳だった第二王子本人の意思ではないが、純粋《じゅんすい》な分、傀儡《かいらい》にしようとする輩《やから》は多く、今も完全に排除《はいじょ》しきれていない。

「王家としては、そこそこの地位に置いたまま王宮から離したい。家格の釣《つ》り合いが取れて、年の近い娘がいて、地理的に頻繁《ひんぱん》な往復が難しいサースロッソはうってつけです」

「それじゃあ……」

「……第二王子が成人するまで、あと二年です。ゼーピアに留学していることになっていたナーナが戻ってきたとわかれば、もっと早く婚約を取り付けに来るかもしれません」

結婚こそ十六歳以上と決まっているものの、婚約についての決まりはない。貴族の子の中には、生まれた時から許嫁《いいなずけ》がいる者も少なくない。

「……結婚は、本人たちだけの意思では決まらないのですよ」

静かな声が、広い風呂に妙《みょう》に響《ひび》いた。

ショックを受けているノクスにケヴィンは付け加えた。

「……もちろん、サースロッソ家の意向はノクス殿下の婿入りです。実際に会ってみたお人柄《ひとがら》も好ましく思いますし、何よりも娘が選んだ相手ですから」

そろそろ上がりましょうか、とケヴィンはやはり最低限の音でそっと湯船から抜け出した。思わず湯船の中で考え込みそうになっていたノクスは、慌てて後を追った。

ノクスを部屋まで送った後、

「おやすみなさい」

と丁寧に礼をして去るケヴィンの後ろ姿を眺め、部屋に入る。小さくため息をつき、

「いくら物静かでも、やっぱり公爵だな……」

味方でよかった、と底知れない切れ者の気配を感じるノクスだった。


翌朝、相変わらず規則正しい時間に目を覚ましたノクスのもとに、相変わらず規則正しくナーナがやってきた。

「おはようございます、ノクス様」

「おはよう、ナーナ」

ハーフアップの髪に白いブラウスとシンプルな濃紺《のうこん》のロングスカート。つい見蕩《みと》れてしまった。

「今日は街を歩きましょう。お買い物も必要です」

「買い物？」

「はい。主にノクス様の服などを」

「ああ……」

冒険者装備ではない私服は数着持っているが、いずれも最低限で、首都やガラクシアの気候に合ったものだ。これから暑くなるというサースロッソには不向き。礼服も必要だと言っていた。

「午後に術具研究所にも寄れるよう、連絡《れんらく》を入れてあります」

「本当？　ありがとう」

父がノクスを風呂に誘っていたことは、ナーナの耳にも入っていた。何の話をしたのか、落ち込んでいる様子だったノクスの顔がぱっと明るくなり、ナーナは少し安心した。

ゼーピアとの交易で栄えているサースロッソの街は活気があり、珍しいものも多かった。

領主の娘であるナーナの顔は広く知られていて、昼間は護衛を連れずに歩いていても問題はないという。誰もが敬意と親しみを持って公爵家に接しているようだった。

「ノクス様、これです。絶対にこれが似合います」

「本当……？」

「スタイルが良いので何でも似合いますが、おすすめはこれです」

ナーナは段々日常会話に褒めを混ぜてくるようになり、ノクスは一拍置いてから『今褒められたな？』となることが増えた。

悩《なや》みは解消されないが、ナーナとの買い物でいくらかノクスの気分は晴れ、これからも一緒《いっしょ》にいたいという気持ちが募《つの》った。そのためには早急《さっきゅう》に呪いの解き方を突き止める必要がある。

アイビーがいう魔物の会議で何か収穫《しゅうかく》があればいいのだがと、会計を待っている間に考えていると、不意に彼女が言っていた『魔力が漏れている』という話が気になった。

他人の魔力を感知することはできるが、自分の身から離れた魔力がどうなるかはあまり気にしていない。

考え事をしている時に漏れ出すのだろうか。しかも、その時の感情がにじみ出ているらしい。魔力を察知できる者は人間には少ないが、相手が魔物でも、感情を悟《さと》られるのは魔術師としてあまり良くない。今のところ自覚して気をつけるくらいしか方法はないが対処法を考えなければ、などと真剣に考えていると、

「お待たせいたしました。品物は公爵様のお屋敷にお届けしてよろしいでしょうか」

それなりの量になった荷物を背に、従業員が恭《うやうや》しく頭を下げた。

「ありがとうございます。お願いします」

ノクスが頷くと、ナーナは小さく首を傾げた。

店を出てから、ぽつりと訊ねる。

「魔術収納に仕舞わないのですか？」

「まだガラクシアの息子の片方が魔術師だとは、世間に知られてない。下手《へた》にひけらかさないほうがいいだろ」

ナーナと共に街を歩いていれば、ノクスがサースロッソに滞在していることは、いずれ首都貴族たちにも知られるだろう。しかし誰もノクスが高度な魔術を使えるとは夢にも思わない。エドウィンは自分の失態を他人に話すことはないだろうし、ラノも吹聴《ふいちょう》して回ることはないだろう。ならば今のところは悪目立ちしないほうが良い。

「なるほど。両親にもそのように伝えます」

「公爵は同じ考えのような気がするけどね……」

一見気弱で妻の尻《しり》に敷《し》かれているように見えるケヴィンだが、彼が公爵の立場で居続けているのはアルニリカの権力だけが理由ではない。むしろ彼女を隠れ蓑《みの》にして上手《うま》く立ち回っている。誰も

見向きもしない王子が魔術に長けているというおいしい情報を、みすみす外に漏らしはしない。

「父と、何を話したのですか？」

「世間話だよ。首都で起きてるいざこざも、多少は知っておいたほうがいいだろうってさ」

嘘は言っていない。ナーナは何か隠しているなと勘付《かんづ》いたが、深くは追及《ついきゅう》しなかった。

午前の買い物と仕立屋での採寸を終え、昼食を取る店を物色していると、朝市を畳《たた》んでいる具合の悪そうな男性が隣の店の同業者に愚痴《ぐち》を漏らしていた。

「昨日、酒場にものすごい美女が現れてさ。賭《か》け事《ごと》が強いのなんのって」

「へえ、そいつは見たかったなあ」

「金髪《きんぱつ》に赤い目の。あれは魔女に違いない。若いのが一人持ち帰られた」

二日酔《ふつかよ》いらしい男性の話を傍聴《ぼうちょう》して、ナーナが勘付く。

「金髪に赤い目……？　まさか……」

「……殺しはしないって言ってたよ」

吸血鬼は元気に夜遊びしているようだった。

「血を抜かれた若い男の死体が上がらないことを祈ります」

障壁の内側に入れば魅了《みりょう》でも何でもかけ放題だ。ノクスはアイビーを街に引き入れたことを若干《じゃっかん》後悔《こうかい》した。

「……一応、注意したほうがいいかな」

大きな騒ぎは起こさないと信じたいが、アイビーの基準は人間の常識とずれている。念には念を入れておくべきかと、ノクスは探知魔術を使って居場所を探した。

「ここよりも南……港のほうか」

ナーナの案内で港への最短ルートを取り、遠くからでもわかる大型の船舶《せんぱく》が停泊《ていはく》する港の手前、人気《ひとけ》の少ない倉庫街に入った辺りでようやくアイビーを見つけた。昨晩見た成人女性の姿ではなく、よく見知ったフリルドレスの少女の姿だったが、

「アイビー！」

後ろ姿に声をかけると、アイビーはびくっと肩《かた》を震《ふる》わせた。

「ノ、ノクスか」

振り向いた顔が引《ひ》き攣《つ》っている。不審《ふしん》な様子に首を傾げ、ふと視線を彼女の足元に落とすと――人の足が見えた。うつ伏《ぶ》せに倒《たお》れており、上半身は建物の陰《かげ》になって見えない。

「アイビー、まさか……」

「ち、違う、『ぬれぎぬ』じゃ！」

ぶんぶんと手を振って否定する姿が余計に怪《あや》しく、本当にやってしまったのかと慌てて駆け寄ると、倒れていたのは若い女性だった。

「散歩をしていたら、この女がふらふらと前を歩いておって……。様子がおかしかったから、声をかけようとしたら、突然倒れたんじゃ！　本当じゃ！　わらわはまだ何もしておらぬ！」

まだという部分に引っかかりつつ、そばに屈《かが》んで容態を確認すると、女性はまだ息をしていた。

「確かに、この前聞いたアイビーの好みからは外れるな……」

血を吸われた痕《あと》は見当たらず、それどころか痩《や》せ細《ほそ》っており、アイビーが言う『美味そう』の基準には当てはまりそうにない。

「じゃろ？　恩でも着せて、元気になってからちょっとばかり吸わせてもらおうとじゃな」

「なんか、そんな童話なかった？」

森に迷い込んだ子どもを食事でもてなし、太らせてから食べる魔女の話だ。

「一応治癒《ちゆ》はかけてみるけど。この細さ、何かの病気かもしれない」

「お医者様に見せたほうが良さそうですね」

ノクスは自分に強化魔術をかけて、揺《ゆ》らしても起きない女性を背負った。

港のそばには、長い船旅の中で怪我や病気をした船員を診《み》るための診療所《しんりょうじょ》がある。ナーナが医師に事情を説明し、女性を運び込んだ。

「命に別状はないようです。少し休めば目を覚ますかと」

医師の言葉で、一同はひとまず胸を撫《な》で下《お》ろした。治癒魔術は身体の損傷は直せても、栄養状態まで良くするようなものではない。魔術師だって、魔力があっても食べるものがなければ死んでしまうのだ。

「叩いたり抓《つね》ったりしたら、起きぬかのう」

「やめなさい」

血の気のない頬をつつくアイビーを、ノクスは慌てて病人から引《ひ》き剝《は》がした。

「私たちもお腹《なか》が空《す》きましたね」

「そういえばレストランを探してたんだっけ」

「この女性のことも気になりますし、近くのお店で持ち帰れるものを買ってきましょう。それと、術具研究所に今日は行けなくなったと連絡を入れなくては」

「これからお昼なら、港の入り口にある揚げ物の屋台がおすすめですよ」

医師に勧められたとおりに港の入り口に向かうと、遠くからでもわかる香《こう》ばしい匂《にお》いが鼻をくすぐった。コーンの粉でできた薄いパンに白身魚のフライと野菜を挟《はさ》んだ軽食を、一応アイビーの分まで三人分買って戻る。病室で食べる許可をもらい、寝《ね》ている女性の隣で遅《おそ》めの昼食を始めた。

「アイビーも食べる？」

「わらわはまだよい！」

そういえばこの吸血鬼は、昨晩しっかり食事を取ったのだった。ノクスは残りを魔術収納に仕舞い、齧《かじ》り付《つ》いた。

「美味《おい》しい。ソースがちょっと甘めで」

「はい。四年前にはなかった味です」

ナーナも頷く。屋台で聞いた話によると、ゼーピアから渡ってきたレシピだということだった。

窓から港の様子を眺めつつのんびり珍しい味と食感を楽しむ。香ばしい匂いが部屋に充満《じゅうまん》した頃、

「うう……」

不意にベッドの女性が呻《うめ》いた。そして、

「タコス!?」

「うゆ!?」

突然がばっと起き上がり、顔を覗《のぞ》き込もうとしたアイビーと頭をぶつけた。

「いった……。あれ？　ここは……？」

女性はぶつけた頭に手を当ててうずくまり、それから清潔なベッドと室内を見回して、

「……」

ノクスとナーナの手にあるタコスを見て、口の端から少しよだれが垂れた。

意識を取り戻した女性はビオラと名乗った。ゼーピアからの移民だと言う。倉庫街で倒れたところからここまでの経緯《けいい》をノクスが話すと、

「そうでしたか。ご迷惑をおかけしました……」

言いながらも、その視線はノクスの手にあるタコスに釘付《くぎづ》けだった。

「……まだありますけど、食べられそうですか？」

アイビーの分は、本人が食べたがった時にまた買えばいいと、一度は仕舞ったタコスを取り出し、差し出した。

「本当ですか、ぜひ……！」

ビオラは土下座しそうな勢いで受け取り、

「おいひい、二日ぶりのまともな食事れふ」

口いっぱいに頬張りながら、涙を流した。

「どうしてそんなに困窮《こんきゅう》しているのですか？」

ナーナは訊ねた。サースロッソは貴族や平民という階級はあれど、安定した政策と貿易のおかげで貧富《ひんぷ》の差は小さいほうだ。食事もまともに取れないような民がいるのは、ゆゆしき事態である。

するとビオラは口の中身をなんとか飲み込み、水を受け取って一息ついてから話し始めた。

「恥《は》ずかしながら、ゼーピアから来たばかりの頃に、西から来たという商人からお金を借りてしまったのです。とんでもない利息がついて、返済がままならず……」

「……移民ということは、もしかしてサースロッソにおける金利の上限をご存知ないのでは？」

「え？　そんなものがあるのですか？」

「はい。返済がままならないほどの利率となると、違法《いほう》の可能性があります」

ちなみにどれくらいですか、というナーナの問いに、ビオラはひそひそと耳打ちし、

「完全に違法ですね」

深く頷いたナーナの顔を見て更に泣いた。

「ノクス様。お力を貸していただけませんか」

サースロッソの治安に関わることを見過ごすわけにはいかないと、真剣な顔でノクスを見る。

「いいよ。他にも被害者がいるかもしれないし」

ノクスも、この陽気で人のよい街で妙なことをする輩は放っておけないと、すぐに頷いた。組合の依頼《いらい》ではないので気を遣うこともない。

そして、せっかくだからと端の椅子《いす》を揺らして暇《ひま》そうにしている吸血鬼を見た。

「アイビーも来ないか」

「うゅ？　わらわは別に……」

夜にまた獲物《えもの》を探しに行くつもりなのだろう。気乗りしない態度だった。

「……全員捕《つか》まえたら、死なない程度に吸っていい」

「早《はよ》う行くぞ！　娘、そやつらの拠点《きょてん》はどこじゃ!?」

ガッターンと椅子を撥《は》ね飛《と》ばして立ち上がり、医師が慌てて様子を見に来た。

ビオラから聞いた悪徳商人たちの根城にアイビーは一番に突っ込み、詐欺《さぎ》事件は特筆することもないくらい、あっさりと終わった。

「ほら、真っ直ぐ歩け」

貧血気味でふらつく商人たちを見送る中、比較的《ひかくてき》元気な一人が拘束《こうそく》された腕をアイビーに向けて指さす。

「思い出した、あの金髪……！　西の吸血鬼だ、【血の女王】だ……！」

「何を言ってるんだ。結界の内側に魔物が入ってきたらすぐにわかる。そもそも、公爵家のお嬢様のご友人が吸血鬼なわけがないだろう」

「そうじゃ。わらわはただの、ナーナの可愛《かわい》い友達じゃ」

アイビーは雑なぶりっこ仕草でナーナに擦《す》り寄り、んふ！　と愛らしく首を傾《かたむ》けた。


翌日の昼、レストランのテラス席で、ノクスは誰かが置いていった朝刊を読んでいた。

「西からはるばる南まで悪事を働きに来て、地元の吸血鬼に潰《つぶ》されるっていうのも変な話だなあ」

一面はもちろん詐欺商人たちの記事だ。やはり他にも被害者が多数いるようで、被害総額は膨《ふく》れ上がるだろうということだった。

「ビオラも、これでもう倒れなくて済むな」

「はい。サースロッソで餓死者《がししゃ》が出なくて良かったです。ノクス様、ありがとうございます」

「どういたしまして。何もしてないけどね」

一番の功労者は今日も元気に遊びに出かけている。ナーナが満足げに頷いたので、ノクスも満足した。

内陸部の首都やガラクシアではまず出てこない海の幸《うみのさち》をふんだんに使った昼食を味わい、午後はいよいよ術具研究所に向かう。

「この塔自体が研究所だったのか」

ずっと気になっていた高い円筒形《えんとうけい》の塔の周りは、広くフェンスに囲われていた。ノクスはてっぺんを見上げて少しふらついた。

「研究種別に分かれて四つあります。今日は生活魔術具の研究塔です」

「へえ……。他の三つは？」

「乗り物や業務用の大型設備を研究する塔と、魔物撃退《げきたい》のための攻撃手段を研究する塔、結界装置などの防衛術具の開発や改良を研究する塔です」

一つずつ手で示しながら説明するナーナ。防衛術具塔は同じく街の中にあったが、攻撃術具塔は街の郊外に、大型術具塔は海のそばに立っていた。

「防衛術具の開発かあ。それでサースロッソの結界装置は、範囲《はんい》が広いんだな」

単に公爵の直属領だからというだけではない。実験を兼《か》ねて最新技術が導入されているのだ。

「ノクス様の魔術を見せたら、どの塔でも喜ばれると思いますよ」

「だといいんだけど」

言いながら、門番のいない門の前で待つことしばし。突如《とつじょ》、ガラガラと門が開いた。

「入っていいの？」

「はい」

領主の娘が来たというのに出迎えも何もないが、先導するナーナを見るに、これが研究所の通常運行だということがノクスにもわかった。

塔まで真っ直ぐに歩き、重そうな鉄扉《てっぴ》の前にナーナが立つと、またしても扉は独りでに開いた。

塔の中では地味な制服を着た人々が忙《せわ》しなく行き交っていた。いずれもナーナとノクスを一瞥《いちべつ》すると、会釈《えしゃく》するだけですぐに作業に戻ってしまう。

と、部屋の中心に鎮座《ちんざ》していた扉が開き、中から人影《ひとかげ》が現れた。ひょろりと背が高い猫背の男性で、髪の色はアッシュグリーン。やたらと分厚く重そうなゴーグルをかけていて目元が見えない。

「あー……。ええと……。お嬢、お久しぶりっす……」

「お久しぶりです、アイギア」

男性はナーナを見つけると、話し慣れていない様子でモソモソと喋《しゃべ》る。続いてノクスを見て、しげしげと足元から頭まで眺めると、小さくお辞儀《じぎ》した。

「……白い魔力。珍しい人、連れてきましたね……」

「ノクス様です。術具に興味があるそうです」

ナーナはガラクシア家の息子だとも王子だとも言わず、簡潔に紹介《しょうかい》した。

「……初めまして……。術具研究所の所長、アイギアっす……」

「魔力の色が見えるのか」

「ええ、まあ……」

「アイギアは人や魔物の魔力が見える体質なのだそうです」

「へえ……」

人間の中に稀《まれ》に特異体質が現れるという話は、ジェニーから聞いたことがあった。ノクスもそうではないかと詳《くわ》しく調べてくれたのだ。

「……お嬢が直々に連れていらしたということは、偉い方なんでしょう？　……ええと……、ゴーグルを外さないご無礼をお許しください……」

「そのゴーグルも術具なんだろ？　何か理由が？」

「……ええと」

幾度《いくど》となく説明しているのだろう。面倒くさそうな様子を隠さなかった。かわりにナーナが説明する。

「人が魔力の塊《かたまり》にしか見えないらしく、術具で視界を補っているんです」

「大変だな……」

呪いではないとはいえ、ノクスの呪いよりもよほど厄介《やっかい》そうだ。

「……もう慣れました……」

言いながらふらりと踵《きびす》を返す。付いてこいと言いたいようだった。

先ほど出てきた扉の中に入っていくアイギアの後に続いて、ナーナと共に中に入る。と、あまり広くない空間だった。

「昇降機《しょうこうき》です。これで上階に行けるのです」

ナーナが説明している間にアイギアが壁の操作盤《そうさばん》に触れる。扉が閉まり、不意に身体が浮き上がるような感覚が生まれた。

「垂直に浮くのか。面白いな」

足元の床《ゆか》が淡《あわ》く緑に光っていた。

「……使用者の魔力を食うので、みだりに使うと閉じ込められますけどね……」

これで空も飛べないだろうかと、ノクスが真剣に考えているうちに昇降機は止まり、扉が開いた。

「……どうぞ……」

外に出ると、様々なよくわからない装置があちこちに転がっていて、壁には何かの式や文字がびっしり書かれた紙が至るところに貼《は》ってあった。

「……第一研究室っす……。……実用化前の術具の、試作品を作ったりしています……」

前置きも何もなく大変面倒くさそうだが、案内はしてくれるらしい。公爵家の命令には抗《あらが》えないということかと、ノクスは少し申し訳なくなった。

「……研究室は実用化レベルごとに、第三まであって……。食堂階と休憩所《きゅうけいじょ》と、俺の部屋がありま す……」

「部屋？　アイギアはここに住んでるのか？」

「っす……」

小さく頷いた。

「両親も、外に出るように言っているのですが。ゴーグルは目立ちますし、あまり人に会いたくないそうです」

「そっか……。なんだか、案内をさせて悪かったなあ」

「……白い魔力を見れたんで、別にいいっす……」

好奇心《こうきしん》は強いようだった。ノクスは妙な親近感を覚えて、質問を重ねた。

「魔力って、何色が多いんだ？」

「……この辺で多いのは、青とか、緑とか……？」

「ナーナは？」

「お嬢とアルニリカ様は、綺麗《きれい》な真っ赤っす……」

「じゃあ、アルニリカ様も火属性の魔術に適性があるのかな」

ナーナが頷いた。

「私同様、あまり得意ではありませんが」

「……でも……。お嬢は、少し腕を上げたんじゃないっすか」

「え？」

そう言われてもピンとこず、ナーナは自分の手を見て首を傾げる。

「防御魔術の練習をしてるからじゃないか？」

「アイギア、そんなこともわかるのですか？」

緩慢《かんまん》に頷いた。ゴーグルが重くて、あまり首を動かしたくないようだった。

「……魔術の素養の有無は一目見れば。ノクス様は、すごいっすね……。量も練度も……」

「そうでしょう」

ナーナのほうが胸を張って嬉しそうにしていた。アイギアはそれを見て、

「……なるほど。……お嬢の彼氏っすか……」

とうとう勘付いた。

「そうです」

婚約者は確定ではないが、彼氏かと問われれば間違いない。ナーナは胸を張ったまま自信を持って頷き、ノクスは隣で頬を染めていたがアイギアには見えなかった。

ノクスに対するアイギアの認識が『おそらく偉い人』から『お嬢様の彼氏』になった途端、態度が軟化《なんか》した。

「……早く言ってくださいよ……。無駄に緊張したじゃないっすか……」

モソモソとした喋り方は変わらないが、少し気を許したアイギアはアッシュグリーンの髪を掻《か》き、猫背が悪化した。

「……ええと、ノクス様？　……そう簡単に尽《つ》きなそうな魔力量を見て、一つ頼《たの》みたいことがあります」

「危険なことじゃなければ」

忙《いそが》しそうなところを見学させてもらっている礼に、魔術を見せるくらいならやぶさかではないが、とノクスは頷いた。すると、

「……危険、じゃないと思います。……正常に動けば」

妙に含みのある言い方をしながら、アイギアはのっそりと第一研究室の奥に歩いていき、ノクスとナーナは顔を見合わせてから後を追った。

「……これなんすけど」

被《かぶ》せていた布を外すと、そこには奇妙《きみょう》な装置があった。一抱《ひとかか》えほどの大きさのコロンとした円筒形に、脚《あし》がついたような形。しっかり閉まる頑丈な蓋《ふた》が付いていた。

「……これに、魔力を通してみてくれませんか。……起動するまで」

「試作品を作ったけど、起動に必要な魔力量が多すぎて、誰も起動できなかったってこと？」

「……っす」

術具は結界装置など大気中の魔力を集める特殊《とくしゅ》なものを除いて、起動する者の魔力で発動する。

魔力吸収機構を持つ術具は、それだけで金額が五倍は違う。

「……起動しないことには、どこに不具合があって、どこが削《けず》れるのかもわかんなくて……」

「なるほど。ちなみに何に使う術具？」

「……炊飯《すいはん》、っす」

「……炊飯？」

食事の用意をすることだ。この装置でどうやって、とノクスが首を傾げていたら、

「お米を炊《た》くのですか？」

ナーナも首を傾げた。

「米？」

「ゼーピアの主食になっている穀物で、アコールではサースロッソでしか栽培《さいばい》されていません。確かに、術具で簡単に炊ければ便利ですが……」

現在は竈《かま》と専用の鍋《なべ》を使って炊くのが主流だが、火加減の調整が難しいのだという。

「へえ……」

「……じゃあちょっと、米持ってくるんで。待っててください」

アイギアは少しそわそわした様子で炊飯術具の蓋を開け、中に入っていた深い金属製の容器をよ

いしょと抱えると、昇降機でどこかに向かった。

戻ってきたアイギアは、水の入ったガラス容器を持った助手を連れていた。大きな丸眼鏡をかけた小柄な女性は、何やら目を輝かせていた。

アイギアが洗った米の入った容器を術具の中に入れ、助手の女性が水を規定量注いで蓋をする。

そして、

「……お願いします」

ゴーグルを付けていてもわかる真剣な表情で、サッと術具を示した。噂《うわさ》を聞きつけた研究員たちが、わらわらと集まってくる。

「ここに手を当てて、魔力を流し込んでください」

大勢から注目される中で魔術を使うことがほとんどないノクスは少し緊張しながら、どうやら一大事業らしいと勘付く。

「こうかな」

瞑想《めいそう》したり新しい魔術を考案したりする時の要領で、言われたとおりに術具の胴《どう》の部分に取り付けられた石に、魔力を何にも変換《へんかん》せずに流した。

それから数十秒の後、チン！　という金属音がして、石が光った。

瞬間《しゅんかん》、

「動いた！！！！！」

「うわっ、びっくりした」

アイギアが、そんな大きな声が出せたのかという音量で叫《さけ》んだ。そして、

「マジすか!!」

「すげえ!! 誰も起動できなかったのに!!」

研究室中が沸《わ》いた。

「……ノクス様。あの、無理はされてませんか。魔力の使いすぎで、体調が悪くなったりとかは」

「大丈夫。もっとたくさん使ったこともあるけど、倒れたことはないよ」

ドットスパイダーを倒した時に使った分よりは少ない。赤五つになるまでに様々な魔物を屠《ほふ》ってきたが、ノクスは魔力切れの症状《しょうじょう》を経験したことはなかった。

むしろアイビーの口ぶりからすると、きちんと発散したほうが漏れ出す魔力は少なくなるようだったので、定期的に大きな魔術を発動するべきかと考えていたところだ。『漏れない程度に吸う』というのは新鮮な魔術師の血欲しさの方便かもしれないが、と思いながらも、もし使い切れるのなら限界を知るのも悪くないな、とナーナが聞いたら全力で止めそうな考えがよぎるノクスだった。

「試作室の救世主だ!!!」

「まだ余裕《よゆう》あります!? 他にも試《ため》していただきたい術具が!!」

先ほどまでは『ただの施設《しせつ》見学したい貴族か』という視線で興味なさげだった職員たちが、様々な機材を抱え、ギラギラと目を血走らせながら我先にと駆け寄ってきた。

「お前らステイ! お嬢の彼氏様だぞ! 粗相のないようにしろ!!」

アイギアが慌ててノクスを庇《かば》い、職員たちに負けない声量で制止した。ノクスは先ほどまでとのテンションと声の差に驚きながら、所長の指示に従って引き下がる職員一同を見て慕われているの

だなと察した。

それからアイギアは気まずそうに咳払いをして、元の声量で訊ねる。

「……あの、ノクス様……。……炊き上がるまで、おそらく一時間ほどかかるので、もしお時間と魔力がございましたら、彼らの研究にも、付き合っていただけませんか……」

「ナーナが良ければ」

面白そうなので承諾《しょうだく》したいが、ナーナがつまらないのでは、と一旦確認するノクス。

「私は構いません。今日は一日、ノクス様のお供をする予定ですから」

きっと術具研に行ったら午後は潰れるだろうと踏《ふ》んで、他に何の予定も入れなかった賢《かしこ》いナーナだった。


炊飯術具は三十分の浸漬《しんせき》という過程を経た後に火が入り、更に数十分かけて炊き上がるという。

「手間がかかるんだなあ」

「調理の手間そのものは、パンよりは少ないかと」

アコールの主要地域の主食はコーンと芋《いも》だ。それから貴族のみ、イースベルデで栽培される麦も食べる。以前は粗《あら》く挽《ひ》いたものを煮《に》て食べるのが主流だったが、最近はもっぱらパンに加工する。脱穀《だっこく》して細かく挽いて粉にしたものを捏《こ》ねて焼くというのは、言われてみればかなりの手間だ。

「……はあ、書類仕事を後回しにしたツケが……」

「だから、保留になってる試作品の整理をしましょうって、いつも言ってたのにぃ」

アイギアは先ほど水を持ってきた眼鏡の女性と共に、炊飯術具の隣で様々な試作品の書類と睨み合っていた。早い者勝ちにしたら研究所に血が流れかねない有様だったので、ノクスに試してもらいたい術具を改めて各自に申請《しんせい》させ、優先度を決める羽目になったのだ。

「アイギアがあんなに大きな声を出せるなんて、知りませんでした」

「……お恥ずかしい限りっす……。まさか【炊飯器】が動く日をこの目で見られるとは思わなかったんで……」

「確かに、結構強かったよ。その……【炊飯器】？」

ノクスの魔力の使用率で敵の強さを測るとするなら、下位種の変異個体より少し弱いくらい。冒険者組合では『一人での討伐《とうばつ》はほぼ無理』と評価されるクラスになるわけで、起動できる人間が今まで現れなかったのも納得《なっとく》だった。

「この目でって言っても所長、ゴーグルで見えてないんじゃないですかあ？」

「……見えてるし。……今は真っ白で綺麗だ」

「見えてなくないですかあ？」

ノクスの魔力が無事に術具の中を循環《じゅんかん》しているということだ。術具の性能や不具合を見るには便利な目だが、やはり不便そうだった。

「書類の文字は、裸眼《らがん》でも見えるのか？」

「はい、まあ……。紙やインクに魔術がかかってなければ……」

「じゃあ、そのゴーグルをちょっと見せてくれないか？　気になってたんだ」

人の頭に載《の》せられる程度というのは、術具の中ではかなり小型だ。どんな技術が使われているのだろうかと、ノクスは興味津々《きょうみしんしん》だった。

「……まあ、今はいいか……。どうぞ……」

アイギアは後頭部のベルトを外し、ゴーグルを取ってみせた。切れ長の目はグレーで、本来なら虹彩《こうさい》よりも濃い色をしているはずの瞳孔《どうこう》が光っているように見える。

「アイギアの目元を初めて見ました」

ナーナが少し驚いていた。

「……寝る時以外で、久しぶりに外しました……」

アイギア自身慣れないらしく、目頭《めがしら》を揉《も》んでいる。

「ありがとう。術具って確か、内部に魔術式を組み込むんだっけ？」

受け取って内側を見ると、壁に貼ってある書類に書かれた式と似たようなものが刻んであった。

「そうですう。所長のゴーグルは、所長の目が常時発動してる、魔法に近い効果を抑《おさ》える式が組み込んであるんですよお」

眼鏡の女性研究者が、目を輝かせながら答えた。それから、まだ名乗っていなかったことに気付いて頭を下げた。

「申《もう》し遅《おく》れました。生活術具塔の塔長、メイですう」

「……小型術具の研究は、彼女が一番っす」

「所長には及びませんけどねえ」

制服の袖《そで》が少し余っている小柄な研究者メイは、照れくさそうにオレンジ色の頭を掻いた。

「ノクス様は魔術師ですよねえ。術具に興味がある方は珍しいですねえ」

「そうなの？」

「魔術師の方は、自分たちが苦労して身につけた魔術を誰にでも使えるようにするっていう術具の考えを、良く思わない方も多いのでぇ」

「……なるほど」

魔術師は貴重だ。王宮や貴族は優秀《ゆうしゅう》な魔術師を召《め》し抱えて囲い込もうとする。故に冒険者には強い術が使える魔術師が少なく、物理攻撃の効かない魔物への対処が遅れるのだ。

「別にいいと思うけどなあ。それで不便が解消されるなら」

特にアイギアのような、日常生活に支障をきたすレベルの不便を抱えた人間には必需品《ひつじゅひん》だ。

「式を組み込む都合上、どうしてもある程度の大きさが必要になるのがネックですねぇ」

「……そいつも、かなり小型化したほうっす」

確かに、ゴーグルは金属の板にびっしりと式が刻まれている。最小限まで文字を小さくすることで、どうにか頭に載るサイズに収めたらしい。

「魔術式って、どういう組み立て方をするんだ？」

「えーとお」

アイギアは書類そっちのけでノクスに魔術式の書き方を説明し始めたメイ——淡い緑色の魔力の塊だ——を横目で見てこっちを手伝えと口を開きかけて、ノクス——濃度がやたら高い白い魔力の塊——がほわほわと嬉しそうに揺れるのを見ると、ため息をついて視線を書類に戻した。

「じゃあ、たとえば弱い風を起こす魔術を発動するんだったら、こう？」

「それなら、こう書いたほうが短くなりますねぇ。それか、こういう形状にして回すだけにすると、もっと短くなりますよお」

メイは器用に、ケヴィン愛用の風呂で見たようなプロペラを描《えが》いた。

「なるほど。構造込みでなるべく短くなるように考えるのか。難しいな」

「いえいえ、飲み込みが早いですよお。ノクス様も術具研で働きますかあ？」

「それもいいなあ」

冒険者が適職かと思っていたが、魔力を持っているだけで必要とされるのなら全然アリだな、とノクスは真剣に考えた。

「……」

メイに向けて朗らかに笑うノクスをナーナはじっと見て、

「……お嬢、嫉妬《しっと》っすか」

「違います」

赤い魔力の塊がめらめらと揺れるのを見たアイギアの言葉を、食い気味に否定した。


炊飯器の様子を窺いながら談笑しているうちにあっという間に一時間が過ぎ、魔術式に夢中なノクスがその存在を忘れた頃に、再びチン！　という音がして石の光が消えた。

「……」

アイギアが緊張の面持ちで蓋に手を伸ばし、そっと開けた。途端に白い蒸気の塊が飛び出して頭上で消えた。

「所長、どうぞお」

魔術収納を持っているらしいメイが、木製のしゃもじと器をすかさず渡す。アイギアはそれを受け取り、湯気の下から現れた平らな白い世界にそっと切れ込みを入れた。

「……炊けてるんじゃないか？」

底側からひっくり返しても、満遍《まんべん》なく火が通っているように見えた。恐《おそ》る恐る器に盛り、つま先立ちのメイと身体を丸めたアイギアの二人で真剣に確認する。

頃合いを見計らって様子を見に来た職員たちが固唾《かたず》を飲んで見守る中、メイが用意した箸《はし》で二人はそれぞれ一口ずつ頬張り、ゆっくり咀嚼《そしゃく》して飲み込む。そして。

「……………！」

無言でバチィンとハイタッチした。手の大きさが違いすぎるのに、息がぴったりで良い音が出た。

「成功？」

「……っす」

また取り乱したことにハッと気付いて、アイギアは小さく頷いた。

「やりましたねえ、所長」

「……長かった……」

二人して涙ぐんでいる。

経緯を聞けば、この試作品に辿《たど》り着《つ》く前にも幾度となく試作品を作ったものの、発火して米が焦《こ》げたり硬《かた》いままだったり術具ごと爆発《ばくはつ》したりと、まともに炊けたことはなかったらしい。ようやく理論上は間違いなく動く式と装置を完成させたら、今度は起動できる人間がおらず、泣く泣くお蔵《くら》入《い》りするところだったとか。

「ノクス様とナーナリカ様もいかがですかあ？　試作品の術具炊《だ》きに抵抗《ていこう》がなければですけどお」

湯気の立つ白いご飯をメイに差し出され、二人で顔を見合わせる。

「そっかあ、ノクス様はお箸の使い方がわかりませんよねえ。スプーン？　フォークのほうがいいかなあ」

メイが魔術収納を漁《あさ》る姿を見つめ、アイギアはふと思いついてしまった。

「……お嬢が、『あーん』すればいいんじゃないっすか」

「！」

「ちょっ」

どうして今まで思いつかなかったのだろうという名案に、ナーナはいつもより素早くノクスのほうを振り向いた。メイから箸を受け取り、すぐに実践《じっせん》する。

「どうぞ、ノクス様」

アルニリカに倣った美しい箸の持ち方で、程よい量を掬《すく》ってノクスの口元に近づける。

「本気？　こんな見られてる中で？」

「はい。『あーん』ですよ、ノクス様」

ノクスはしばし逡巡《しゅんじゅん》した後、意を決してナーナの箸から米を食べた。観衆から謎《なぞ》の拍手が起きた。

羞恥心《しゅうちしん》でしばらく味がしない気分のノクスだったが、落ち着いて噛《か》んでいるうちに、徐々に甘みがわかってきた。

「美味しいね。初めて食べる味だ」

「でしょう」

屋敷での食事は、ノクスに気を遣ってアコール内陸部で普及《ふきゅう》している食材を使用しているものが多かった。これからは米も大丈夫、とナーナは心の中にメモをした。

「残りは食堂に持っていって、あったかいうちにおにぎりにしちゃいましょお」

するとか、

「……おかか」

アイギアが挙手し、

「じゃあ私はツナでえ」

メイが頷き、

「昆布《こんぶ》が良いです」

ナーナも便乗した。

「何の話？」

「おにぎりの具材の話です」

炊いた米を手で持って食べられるように丸めたものがおにぎりで、中に様々な具材を入れたり混ぜ物をしたりして楽しむのだと教わり、異文化だなあと感心するノクスだった。

炊飯器ごと食堂階に運ばれていく米を見送ると、職員たちは早速その場で議論を始めた。

「……ひとまず、式は間違ってなかったわけだ」

「魔術師じゃなくても使える消費魔力に抑えないと」

「魔力の循環効率を上げないといけませんね」

「釜《かま》をもっと熱が伝わりやすい素材に変えるのは？」

「……アリだな」

「ていうか所長、ゴーグルは？」

「その目かっこいいっすね」

活気づく第一研究室の様子をノクスとナーナが邪魔《じゃま》にならないよう端のほうで眺めていると、メイがちょこちょこと駆け寄ってきた。

「本当に、ノクス様のおかげで一気に研究が進みそうですぅ」

改めて深々と頭を下げた。

「役に立てて良かったよ。でも、魔力消費を抑えるのって難しいんじゃないか？」

「大丈夫ですよぉ、とりあえずきちんと動くものが作れれば、小型化と省魔力化は生活術具塔の得意分野なのでぇ」

ぐっと拳《こぶし》を握《にぎ》り、やる気を見せるメイ。

「それぞれの塔に得意分野があるんだな」

「はい、大型術具塔は逆に、数人がかりで動かすことを前提にした高出力のものを作るのが得意でぇ、攻撃術具塔は魔術をそのまま術具に落とし込むのが得意でぇ、防衛術具塔は一つの術具の汎用《はんよう》性《せい》を広げるのが得意ですぅ」

「他の塔も見てみたいなあ」

「塔長たちの予定を伺っているところです」

できるナーナは既に手配していた。生活術具塔は、所長のアイギアが常駐《じょうちゅう》しているので予定を『空けさせた』らしい。

「生活術具塔は、ノクス様がお一人の時でも顔パスで入れるように手続きしておきますから、いつでもお越しくださいねえ」

「いいのか？　ありがとう」

「……本当に、いつでも、来てもらっていいんで。試作品はいくらでもあるし……」

炊飯器の今後の研究方針が決まったようで、書類束を持ったアイギアが近寄ってきた。

「……今更っすけど何者っすか、ノクス様。お嬢の公爵家公認彼氏ってことは貴族じゃないんすか」

「一応そうなんだけど、微妙《びみょう》な立場というか……。外部には、俺が魔術を使えることを広めないでほしいんだ」

「……いっすよ。黙《だま》ってれば術具研が独占《どくせん》できるって言えば、わざわざ広める奴《やつ》なんかいないんで。……通達しときます」

研究者気質の扱《あつか》い方を知っている男は小さく頷くと、早速指示するべく輪に戻っていった。

その後もいくつか試作品の研究に付き合った後、おにぎりをお土産に貰《もら》い、生活術具塔を後にする。帰りはアイギアとメイの見送りがあった。

と、

「ようやく出てきよったな！　早くこっちに来るんじゃ！」

門の外で、アイビーがぴょんぴょんと跳《は》ねた。

「……紫《むらさき》？」

アイギアが怪訝《けげん》そうに呟いた。

「アイビー？　何してるんだこんなところで」

「おぬしを待っておったんじゃ。そろそろ壁が消えそうじゃからな」

「わざわざ外で待ってるなんて律儀だなあ」

彼女の常識なら、とっくに敷地内に入り込んで騒ぎを起こしていてもおかしくないのに、と不思議に思っていると、

「人間の家は、中の者に招かれないと入れないのじゃ……」

悔《くや》しそうに肩を落とした。

「……人間の家に入れない……？　……その子、もしかして魔物っすか」

「む？　おぬし、ここの家主か？」

アイギアは生活術具塔に住んでいると言っていた。確かに彼の家だ。

「妙な目を持っておるな。面白い」

「そっちこそ、珍しい色の魔力だな……。結界を無力化してるのはノクス様の魔術か……」

「よく気付いたのう！　おぬし、なかなか見所がある」

お互《たが》いに興味を持ってしまった。

「ええと……」

魔物を街に引き入れたことをどう説明したものかとノクスが考えていると、

「案ずるな、わらわはノクスの『友達』じゃ。街で悪さをするつもりはない」

アイビーは胸を張って答えた。

「派手にやってるくせに」

「む!?　遊んだ者どもは朝方には寝かしつけておるぞ!?　ちょっと血は足りておらんかもしれんが、

動けるはずじゃ」

夜遊びの内容がバレていることに気付いて、あわあわと手を動かして弁解する。

「血って、まさか吸血鬼ですかあ？」

メイが驚いて、アイギアの陰にサッと隠れた。身長差がありすぎて、あまり隠れられていない。

「何じゃ、驚くことか？　そやつにもエルフの血が混ざっておるくせに」

「エルフ？」

エルフはアコールの国外、西方に小さな自治領を持つ種族だ。アコールだけでなく、ほとんどの地域と交流をしない謎多き民。

「その目はエルフの目じゃろ？　上手く扱えておらぬようじゃが」

「……確かに、俺の先祖にはエルフがいるけど」

ゴーグル越しに紫の魔力をしげしげと眺めるアイギアと、エルフの目に興味津々のアイビーは、しばし見つめ合い。

「……ノクス様。今度来る時、この子も連れてきてもらえませんか」

「所長!?　いくらなんでもそれはまずくないですかあ!?」

「……お嬢とノクス様が平然としてんだ。……大丈夫だろ」

若干自信がなさそうにしながらも、自分を納得させるように言うアイギアだった。

「中に入れてくれるのか!?　今からでもよいぞ!?」

アイビーはぱあっと顔を明るくし、門の中に足を踏み入れようとして、

「……いや、吸血鬼とタイマンはさすがにちょっと怖いんで、ノクス様と一緒に来て。……俺、あ

んまり血の気多くないし」

「うゅ」

丁重に断られ、敷地内の土を踏むことは叶《かな》わなかった。

＊＊＊

翌朝、まだノクスとナーナが朝食を食べている時間に、金髪の少女が門の前でノクスを呼べと言っていると、門番が伝えにきた。

「ノクス！　あのエルフの目の男のところに行くぞ！」

朝から元気な吸血鬼は、腰に手を当ててノクスを見上げた。

「こんな早い時間に行ったら迷惑だろ……」

いくらいつでも入れるようにしておくと言っても、相手の都合がある。

「今日も門の外にいたということは、この屋敷にも入れないのですか？」

「うむ……」

聞けば、吸血鬼は人間の住居に許可なく入ろうとすると、何故か身体が動かなくなるらしい。初めから来客を歓迎している店などは大丈夫だが、民家は一切立ち入れない。先日屋敷のバルコニーに降りられたのは、ノクスがちょうど外に出ていて、アイビーの来訪を拒《こば》まなかったからだということだった。

「うゅ……まだ待たねばならぬのか……。人間は何故夜に寝るのじゃ……？」

楽しみで夜が明けるのを一晩中待っていたアイビーは肩を落とした。じっと見ていたナーナが、ふと思いついて訊ねる。

「アイビー様、初めてお会いした時に破れた上着はどうなさいましたか？」

「む？　仕舞っておるぞ。穴が空いても捨てるのは忍《しの》びなくてのう」

言いながら、腰の辺りからずるりと取り出した。少女向けの愛らしいデザインのマントには、強化された矢に貫《つらぬ》かれた無残な跡《あと》が残っていた。

「直す当てがないのでしたら、術具研が開くの待つ間に私が繕《つくろ》いましょうか」

「できるのか!?」

「はい、穴を塞《ふさ》ぐくらいなら」

「では任せた！」

本当にお気に入りのマントだったらしく、笑顔でナーナに嬉しそうに手渡すアイビーだった。

サロンに大きな裁縫箱《さいほうばこ》を持ってきて、似た色の布を探して裏から当て穴を繕うナーナの様子を、アイビーは目を輝かせながら興味深そうに見る。

「普通のマントなの？」

「うむ、人間の町で買ったのじゃ」

普段着ているひらひらした服も、同じく人間の町で仕入れたらしい。

「穴を塞いだところに刺繡《ししゅう》を入れましょうか。縫《ぬ》い跡が目立たなくなりますし、補強にもなります」

「任せた！」

裁縫だけでなく、時間稼《かせ》ぎも上手いナーナだった。

「やはり人間は器用じゃな。わらわはこういう細かいことはどうも苦手で」

丁寧に黒い糸で刺繍を施《ほどこ》すナーナの手元を興味深そうに見ながら、アイビーはため息をつく。

「魔法では直せないのですか？」

「見た目を新品のように見せることはできるが、壊れたものは元には戻らぬ。時間と命は、どうにもならぬものじゃ」

一瞬だけアイビーの顔が陰った気がした。

「もちろん不可能に挑戦《ちょうせん》する者はいつの時代にもおるぞ？　人間にもおるじゃろ？」

しかしすぐにぱっと顔を明るくしてノクスを見た。

「うん。死んだ人を生き返らせようとするとか、吸血鬼みたいな不老不死を目指す話は昔からたくさんあるね」

おとぎ話や伝説の類いはもちろん、史実でも死者への執着《しゅうちゃく》や美しくありたいという欲、老化への恐怖《きょうふ》は、世界中のあらゆる場所で問題を起こしてきた。

「わらわたちも不死というわけではない。見た目は好きなようにできるし、年齢《ねんれい》というものは確かにないが、日差しを浴びただけで死んでしまう儚《はかな》い種族じゃ」

よよよとか弱そうにしなを作るが、

「克服《こくふく》してるだろ」

「まあのう」

太陽が燦々《さんさん》と降り注ぐ早朝から訪ねてきた常識外れの吸血鬼は、すぐに身体を起こした。

ノクスたちが再び生活術具塔を訪《おとず》れると、職員たちに昨日よりも丁重に挨拶をされ、一部からは尊敬の眼差《まなざ》しを向けられた。

「おはざっす……」

すぐに昇降機から降りてきたアイギアは、欠伸《あくび》をかみ殺しながら出迎えた。

「吸血鬼の子、他の職員にはノクス様の妹って説明してるんで。話、合わせてくださいね……」

狭《せま》い昇降機の中で、アイギアはぽつりと言う。魔物の侵入幇助はやはり重罪だった。

「妹？　……ふむ、わかった。演技は得意じゃぞ」

「……本当に？」

初対面での雑な村娘ムーブを忘れていないノクスだった。

「まあ、目の色は似てるし、意外とバレない気がするからいいか……」

昇降機の中は内緒話にも最適とわかったところで、着いたのは最上階だった。

「……この階は、俺の部屋と応接室っす」

相変わらず案内が苦手なアイギアの後を追った先は、上等な調度品が整然と並ぶ部屋があった。

「思ったより綺麗じゃな」

研究室のごみごみとした様子を見ていたせいで、余計に綺麗に見える。

「偉い人が一番長くいるのは、ここなんで……」

予算を貰うためのハリボテだった。

「最上階に来る権限を持ってるのは、俺とメイと、サースロッソ公爵家のご家族だけっす。……盗《とう》聴《ちょう》とかは心配いりません」

「わかった。それで、アイビーと何の話がしたいんだ？」

「……俺の目について、詳しそうだったんで」

そう言ってアイギアはゴーグルを外した。

「む？　グレーの目は首長の血縁じゃぞ。思っていたより大物が出たな。面白い」

アイビーは犬歯を覗かせてにやりと笑った。

「アイビー、エルフの族長と会ったことがあるのか」

「わらわの町も西にあると言ったじゃろ。魔族の町同士、『お隣さん』じゃ」

「え？　エルフ族が魔族？」

人間の認識では、エルフは人間に分類される別種族だ。

「そうじゃぞ？」

当たり前だと言わんばかりに、きょとんとした顔で首を傾げるアイビー。

「首長は引きこもりじゃから出て来ぬと思うが、息子か孫か、きっとこやつと同じグレーの目の者が会議にも来るはずじゃ。楽しみにしておれ」

「そうだったのか……」

そこでノクスはあることに気付く。アイギアがエルフ族の末裔《まつえい》で、エルフ族は魔族ということは。

「……もしかして、魔物と魔族は別もの？」

「別ものとまでは言わぬ。魔族は魔物と言われれば魔物じゃ」

「でも、魔族と人間の間には子どもが生まれるんだよな」

「子ができたからと、わらわの町に『かけおち』してきた者もおるぞ」

何でもないことのように、アイビーは頷いた。

アイギアもナーナもぽかんと口を開けている。初耳どころの話ではない。『吸血鬼は魔物の種族でエルフは人間の種族』『人間と魔物の間には子を成せない』という、人間の間で広まっている常識や学説を根本から覆《くつがえ》す事実だった。

「そも、ぬしらは昔から同胞《どうほう》でも都合良く魔物扱いするではないか。そんな分類に何の意味がある」

世界中の歴史の中で、実は魔物だったとして処刑《しょけい》された者の例はいくらでもある。ノクス自身、自分を人間扱いしない人間をいくらでも見てきた。

人間か魔物かという分類はあくまでも、『普通の人間の脅威となるか』という点で解釈《かいしゃく》されたものなのだ。

しんと静まり返った応接室でアイギアが口を開いた。

「ええと……俺は、いわゆる先祖返りってやつで。うちの家系に、たまに出るんだけど……」

「目の使い方までは受け継がれておらぬということか。良かろう、その目も魔法の一つじゃ。わらわが教えてやる」

そう言うと、アイビーは行儀《ぎょうぎ》悪くローテーブルに乗って、膝《ひざ》でのそのそと反対側に移動し始めた。短いフリルスカートの中が見えそうになったところで、ノクスはナーナにサッと目を塞がれたが、短めのドロワーズが覗《のぞ》いただけだった。

赤い目が近づき、思わず仰け反るアイギアの頭を摑《つか》んで引き寄せるアイビー。

「いてっ」

乱暴に額を合わせたせいで鈍《にぶ》い音がして、アイギアが声を上げた。ノクスとナーナは慌ててアイ

ビーの奇行を止めようとしたが、

「目を閉じよ。内側にある力を感じよ」

思いのほか静かな声に、引き剝がそうとした手を止める。

「おぬし自身の魔力が見えるか？　――人間の魔力とエルフの魔力が絡《から》まっておるな。それを解きほぐせ」

「……」

言われるままに、見えた景色を操《あやつ》ることに専念するアイギア。

「その目はエルフの魔力でしか制御できぬ。せっかく生まれ持った力じゃ。疎《うと》まず、隠さず、上手く使いこなすがよい」

そう言うと、アイビーは頭から手を離した。目を開けたアイギアは、驚いた顔でノクスとナーナ、そして机の上に乗ったままのアイビーを見る。今までゴーグルなしでは輪郭《りんかく》すら摑めなかった姿が、人の形に収まって見えるようになっていた。

「感覚は摑んだな？」

「……っす」

瞬きを繰り返しながら小さく頷いた。アイビーも満足そうに頷き返し、のそのそとソファーに戻った。

「まだしばらくは、その補助具も必要じゃろ。魔法を人間の魔力で制御しようとするとは、面白いものを作りよる」

「……いやあ、恐れ入りました」

アイギアは慣れない視界に目頭を揉み、深々と頭を下げた。

「エルフの目は魔力を見分けるだけの目ではないぞ。精進《しょうじん》せよ！」

胸を張ってにゃははと笑うアイビーを見て『実はめちゃくちゃすごい奴なのでは？』と今までに働いた無礼の数々を思い返すノクスとナーナだった。

「お嬢とノクス様も。改めて、ありがとうございます」

「え？　なんで俺たち？」

「お二人がアイビーさんを街から排除しなかったおかげで、俺の長年の悩みが一つ消えるんす。一生かけても返せない恩だ」

彼もまた、ノクス同様に生まれ持ったものに振り回されてきた人間だった。妙な親近感の根源はそこか、としんみりしている横で、

「アイビー『さん』って可愛くないのう。アイビーちゃんと呼べ」

「なんなりと……」

謎の主従関係が生まれていた。


「……ところで、さっき言ってた、会議ってなんすか」

応接室を出ながらアイギアが不意に訊ねた。

「もうすぐ、魔物の上位種とか魔族とかが集まる会議があるんだって。サースロッソの海上で」

「……ええ……」

なんでそんな重要なことを今更平然と言うんだ、とアイギアは少し引いた。が、吸血鬼と『友達』

になれる人間に常識を求めるほうが酷《こく》か、と術具研をまとめる変わり者耐性《たいせい》の高さで思い直し、ため息をついた。

「……それで最近、防衛塔から妙な反応の報告が上がってたんすね。忙しくなるんで、やめてほしいっす……」

「作った術具が正常に反応しとるということじゃろ？　働き甲斐《がい》があるではないか」

「何事もないのがいいんすよ、防衛塔は特に」

防衛術具塔が暇だということは、それだけサースロッソが平和だということだ。

「他の出席者も集まってきてるってことか。会議の詳しい日程は？」

「次の新月の夜じゃ。海が真っ暗になるから飛んでいっても目立たぬじゃろ？」

それもまた、魔王がいた頃からの伝統らしい。

「……次の新月。っていうと来週末っすね……。てことはそれまで他の塔は忙しいっすよ。調査とか整備とかで」

昇降機に乗り込み、操作盤で第一研究室に向かいながらアイギアが言った。

「だってさ、アイビー。他の塔は見学できなそうだ」

「うゅ」

ノクスと一緒に見学する気満々だったアイビーは、肩を落とした。

「……魔法で何でもできるんだから、人間の術具なんて見ても面白くないすか」

「そうでもない。人間は妙な魔術を考えつくから、わらわたちも逆に真似《まね》をするのじゃ」

結界を見て日光を遮《さえぎ》る防御魔法を思いついたように。

「……てことは、迂闊《うかつ》に見せたら魔族がもっと強くなるんじゃ」

「アイビーに見せるのは生活術具塔だけにしとこう、やっぱり」

「……っすね」

「そんなぁ」

アイビーの情けない悲鳴とほぼ同時に、昇降機は目的の階に着いた。

第七章　魔物会議

それから会議が始まるまでの日々は、何もないことが逆に不安になるくらい穏《おだ》やかに過ぎた。

アイビーは『兄同様に魔術に長《た》けていて、魔物にも詳《くわ》しいノクスの妹』として術具研の職員たちに受け入れられ、楽しそうに過ごしている。

アイギアは目の扱《あつか》いを練習しながら、引き続き炊飯器《すいはんき》やその他の術具の研究をしている。

そしてナーナは、ノクスがまだ見ていないサースロッソの美しい景色や珍《めずら》しいものをせっせと探してはその場所まで連れていき、ノクスはナーナが紹介《しょうかい》してくれた景色を一緒《いっしょ》に眺《なが》めたり、食事や文化に驚《おどろ》いたり、術具研に顔を出しては職員たちに囲まれたりと、サースロッソの生活を目一杯《めいっぱい》楽しんだ。

——ずっとこのままならいいのに、という気持ちとは裏腹に新月の夜はやってくる。

「まさか、仕立ててもらった礼服を初めて着る機会が魔物の会議になるとは」

「よくお似合いですよ、ノクス様」

礼服から装飾《そうしょく》を減らして地味にしてフリルドレスのアイビーと並ぶと、本当にどこかの令嬢《れいじょう》とその従者のようだ。『人間かぶれ』のアイビーが連れていくお共としては、この上ない擬態《ぎたい》だった。

「くれぐれも、お気を付けて」

「うん、ありがとう」

「案ずるな！　ノクスは強いし、何かあってもわらわが守ってやる！」

「……はい。アイビー様、ノクス様をよろしくお願いいたします」

引き留めたい、それが無理なら付いていきたいという気持ちを押《お》し殺《ころ》し、ナーナは努めて平静を装《よそお》った。

「ノクス殿下《でんか》、ちゃんと帰ってくるんですよ！　娘《むすめ》を泣かせないでくださいね！」

「……ご無理はなさらずに」

「はい」

公爵《こうしゃく》夫妻も見送りに出てきてそれぞれの言葉で心配する。本当に温かい場所だ、とノクスは微笑《ほほえ》んだ。

「では行くぞ、我《わ》が従者！」

「よろしくお願いします、アイビー様」

気取って恭《うやうや》しく頭を下げると、アイビーは満足げにパチンと指を鳴らした。

「うわっ」

途端《とたん》にノクスの身体《からだ》が浮《う》き上《あ》がる。

「今のおぬしは魔族じゃ。当たり前のような顔をしておれ！」

腕《うで》を引っ張り上げられると、明かりの灯《とも》ったサースロッソの屋敷《やしき》は瞬《また》く間《ま》に遠くなった。見上げているナーナの表情もすぐにわからなくなる。

「……」

月のない夜に、ぽつぽつと地上に見える明かりは星のようだった。

「美しい町じゃ」

「……うん」

まだ来てからひと月も経《た》っていないが、ノクスはすっかりサースロッソの街が好きになっていた。

ガラクシアの使用人たちの顔は既《すで》にパスカル以外思い出せないが、サースロッソで出会った人々の顔は鮮明《せんめい》に浮かんでくる。帰りを待ってくれている人がいるというのは不思議な気分だった。

会議で問題を起こせば、自分だけでなくサースロッソにも危険が及《およ》ぶ可能性がある。しくじってはならない。

「そうじゃ、エルフが来ると言ったじゃろ。できる限り魔力を隠《かく》して弱そうにしておれ」

「どうやって？」

「こう、ギュッと小さくしたり、薄《うす》れさせたり、あるじゃろ」

アイギアに目の使い方を教えた時にはあんなに頼《たの》もしかったのに、あまりにも説明が下手《へた》だった。

「気配を消すってこと？」

すぐに思いつくのは、ラノとのかくれんぼや冒険者業《ぼうけんしゃ》で培《つちか》った、人からも魔物からも気取られないように隠れる方法。試《ため》しにやってみせると、

「それじゃ！」

「これ、魔力を隠してたのか……」

できる限り自分の存在感を薄れさせることは、ノクスが魔術を覚えるよりも前、最初に編み出した身を守る術《すべ》だった。

「指示しておいてアレじゃが……。よくもまあ、あの魔力をなかったことにできるもんじゃな

……」

アイビーが素直《すなお》に感心している声は届かず、ノクスはもはや宙に浮いていることも忘れて早速《さっそく》【気配消し】の応用方法を考え始めていた。

月のない夜はどこまで行っても暗く、方向感覚を失いそうになる。

「アイビーは、暗闇《くらやみ》でもちゃんと見えてるのか？」

暗視の魔術はあるが、飽《あ》くまでも身体能力強化の延長のため、月明かりもない完全な暗闇ではあまり意味を成さない。

「もちろんじゃ。そうか、人間は暗いと目が見えぬのじゃな。おぬしが人間離《ばな》れしているせいで忘れそうになる」

「それ、俺《おれ》のせい？」

言っている間に、パッと視界が明るくなった。さすがに昼間ほどではないが、アイビーの髪《かみ》や目の色の判別がつく。

「さすがに気配を消したまま魔術は使えぬか？」

「そこまでは無理かも」

気配を消す間の魔力の流れがどうなっているのかはわからないが、潜《ひそ》んでいる間は防御《ぼうぎょ》魔術も解除される。瞬時《しゅんじ》に発動できるので反撃《はんげき》されても問題はないものの、万が一に備えてそういった練習もしておくべきかと、ノクスは新しい課題に加えた。

「おお、見えたぞ。あれじゃ」

アイビーが指さす先、海の上にぽつんと島が見えた。

「あれが会場？」

上から見ても、集まって何かをするような雰囲気《ふんいき》はない。本当にただの無人島だった。

「の、入り口じゃ」

アイビーは慣れた様子ですいーっと高度を下げる。と、ノクスの身体もその後を付いていくように高度が下がった。

見た目には、波に削《けず》られてブロッコリーのような形になり、海から船で来ても上陸できない孤島《ことう》に見えた。が、近づいてみると茂《しげ》った木々の中に四角い人工物が見える。

「……転移陣《じん》？」

それは迷宮《めいきゅう》の出口と同じ形をしていた。

「……まさか、迷宮を作ったのも魔族ってこと？」

「さあのう。この入り口がわらわが生まれるよりもずっと前からここにあるということしか知らぬ」

ふわりと降り立つと、やはりどう見ても転移陣だった。しかし通常は迷宮の中にあるもので、こんなに地上に剝《む》き出《だ》しになっているものは見たことがない。しげしげと眺めていると、

「なんじゃ、入り口の作りまで気になるのか？　また見に来ればよかろう」

「いつでも来られるの？」

「空さえ飛べればな」

それを聞いて、ノクスは一旦《いったん》転移陣を観察することを諦《あきら》めた。

「では行くぞ！」

ピクニックにでも行くような気軽さのアイビーのおかげで、ノクスの緊張《きんちょう》は少しほぐれた。

「はい、アイビー様」

恭しくお辞儀《じぎ》してエスコートするように手を取ると、アイビーは満足げに頷《うなず》いて一歩踏《ふ》み出《だ》した。

次の瞬間《しゅんかん》には、神殿のような建物の前にいた。――迷宮の転移陣に乗る感覚とよく似ていた。

「こっちじゃ」

細かく観察する暇《ひま》もなく、勝手知ったる様子でさっさと先導する。と、

『話す時は念話が良かろう。おぬしまで流暢《りゅうちょう》に人語を話すと怪《あや》しまれる』

突然《とつぜん》、脳内にアイビーの声が響《ひび》いた。声を出しそうになって慌《あわ》てて口を塞《ふさ》ぐ。

『こんなこともできるのか』

『難しくはない。コツさえ掴《つか》めば、魔力を知っている相手なら誰《だれ》とでも話せるようになる』

にやりと笑う。彼女《かのじょ》がこうしてノクスに親切にするのも、『人間を魔物の会議に連《つ》れ込《こ》むスリルが面白《おもしろ》いから』なのだろう。

『魔族とか魔物って、どうやって会話するんだ？』

『直接感覚を伝え合うようなものじゃな。それも共有してやる』

傍目《はため》には静かに、長い廊下《ろうか》を進むことしばし。巨人《きょじん》用かと思うほどの大きさをした一際重厚《ひときわじゅうこう》な扉《とびら》が現れた。

『着いたぞ。会議場じゃ』

そう言ってアイビーが扉をポンと押すと、ゆっくりと両側に開いた。

途端に、室内の視線がアイビー、そしてノクスに集まった。

『チッ、うるせえのが来た』

額に角が生えた赤い肌《はだ》の大男が、丸い大きなテーブルに肘《ひじ》を突《つ》き真っ先に言った。

『アイビー、お久しぶりです』

その隣《となり》に座《すわ》る上品な貴族にしか見えない眼鏡《めがね》をかけた優男《やさおとこ》。

『ケイ！　久しぶりじゃな！　息災か!?』

既知《きち》の仲らしい眼鏡の男にアイビーが駆《か》け寄《よ》る。見た目が人間に見えるのはその二人だけだった。

『ええ、そちらもお元気そうで何より』

口を開かずに会話する姿に違和感《いわかん》を覚えながらも、ノクスは黙《だま》ってアイビーの後ろに立っていた。

『そちらは？』

『わらわの最近のお気に入りじゃ！』

ふふんと胸を張るアイビー。彼女が供を連れていることは珍しくないことが、周囲の反応からすぐにわかった。

『そうですか』

ケイは柔《やわ》らかく微笑んではいるが、ちらりと見やる赤い瞳《ひとみ》には何の感情も籠《こ》もっていない。人型をしているだけの何かなのだ、とノクスは背筋が冷たくなった。

他に席に着いているのはグレーの目をしたエルフ族の男性と、珊瑚《さんご》のような角を持ち、一枚布でできた服の下から魚の尻尾《しっぽ》のようなものが覗《のぞ》いている長い髪の女性。頬《ほお》や首に鱗《うろこ》が見える。二人ともアイビーとケイの様子を黙って見ていた。

テーブルに着いている面々以外に、床《ゆか》には立派なたてがみを持ったライオンが寝《ね》そべっていた。そして、広い部屋の端《はし》のほうに蹲《うずくま》る、どろりとした何か。目がどこにあるのかもわからないのに、見られている感覚だけがある。

『う？　主宰《しゅさい》が来ておらぬではないか』

アイビーがきょろきょろと辺りを見回した。確かに、席は八つで今室内にいる数はノクスを覗くと七。

『そろそろではないですか？　王の真似《まね》をして最後に来るのが好きですから』

『そうか、あやつも相変わらずのようじゃな』

アイビーがケイの隣の椅子《いす》に腰掛《こしか》けると、ケイが言ったとおり、見計らったように扉がゆっくりと開いた。

黒い長髪《ちょうはつ》を真《ま》っ直《す》ぐに下ろした、一見すると人間にしか見えない男だった。ただし目は赤色。

――ノクスと同じ色をしていた。

男は何も言わずに部屋の中を見渡《みわた》すと、入り口から見て一番奥《おく》の席に座った。

『始めよう』

前置きも何もなく、会議は突然始まった。

『久しぶりの会議じゃ！　皆《みな》愉快《ゆかい》に暮らしておったか？』

『ぼちぼちですね』

『大して面白いもんはねえ』

楽しそうなアイビーにケイと大男が返す。

『人間が進出してきて面倒《めんどう》だ』

『あら、海に来る？　平和よ』

ライオンがぼそりと言い、人間の間では存在そのものが伝説になっている人魚族の女性がうふふと笑った。

『……おぬしが海に行ったら、下半身が魚のライオンになるのかの？』

『冗談《じょうだん》じゃない』

ふうと鼻から大きく息を吐《は》いて、ライオンは心底面倒くさそうに前脚に頭を預けた。

『そろそろ本題に入ってもいいだろうか』

戯《たわむ》れる面々を黙って見ていた黒髪の男が、ぽつりと口を挟《はさ》む。

『そうじゃ！　王が復活したというのは本当か!?』

本日の議題をようやく思い出し、そわそわと訊《たず》ねるアイビー。

『まだ確証はない。ガラクシアで似た雰囲気を感じただけだ』

『ガラクシア？　またなんであんな田舎《いなか》に』

大男の問いにノクスは『田舎だったのか』と全く関係ない感想を持った後、ぐっと笑いを堪《こら》えた。

『蜘蛛《くも》の群れが一日で消えたと聞いて。あそこには僕《ぼく》が力を分けた蜘蛛がいたんだ』

間違《まちが》いなく、あの変異しかけの巨大なドットスパイダーのことだ。こいつの仕業《しわざ》だったかと警戒《けいかい》を強めた。

『おぬしの眷属《けんぞく》がやられたのは知っておるぞ。人間がやったんじゃろ？』

アイビーが身を乗り出す。

『それまで何の素振《そぶ》りもなかったのに、人間ごときが一帯の蜘蛛を一日で？』

『最近は人間も面白いぞ！　わらわと張り合えるくらい強い奴《やつ》もおる！』

『これだから人間かぶれは』

アイビーが人間に好意的なのは周知の事実のようで、大男とライオン、そしてケイも、やれやれといった空気を出している。

『蜘蛛がやられた場所に残っていたのは、確かに人間の気配だった。後処理を冒険者たちがしていたから、あの団体に所属している者だろう』

まさか当事者がアイビーの後ろに控《ひか》えているとは知らず、魔物たちは話を続ける。

『じゃあ、王の気配はどこに？』

『……その現場から少し離《はな》れた、何もない場所にうっすらと』

『どういうことだ？　お前の眷属がやられるのを眺めてたってことか？』

『まさか！　あのお方がそんな非道なことをするわけがない！』

『なら、似ているだけの別の者だったのでは？』

『僕があのお方の気配を間違えたと!?』

『わらわは時々眷属の気配を間違えるぞ？』

『きみと一緒にするな！』

黒髪の男は髪を振《ふ》り乱《みだ》して言い返した後、はっと気付いて声のトーンを落とした。

『……実際には全く何もなかったわけじゃない。轍《わだち》が残っていた』

『轍？　王が人間と一緒に行動してるってことか？』

『偶然《ぐうぜん》かもしれない。轍は街道《かいどう》に戻《もど》ったところで途切れていたから、それ以上は追えていない。おそらくガラクシアの内部に向かったと思われるが、街の中には気配はなかった』

男は不満そうにため息をついた。

『おぬしはいいのう。ちくちくしないんじゃろ？』

『ちくちく？　……ああ、人間の結界のこと？　あの程度で僕を止められるわけがないだろう』

ということは奥の席に座っただけあって、この黒髪の男がこの中で一番強いのか、とノクスは観察した。

もしも強い順に座っているのなら、アイビーがケイと呼んでいた眼鏡の優男と鬼《おに》族と思《おぼ》しき赤い肌の大男が同列、アイビーとエルフ族の男性がその後。床に寝ているライオンと部屋の端でぐずついている謎《なぞ》の物体の序列がわからないが、空いている席が彼《かれ》らの位置を表すのなら、人魚族の女性よりもライオンかドロドロのどちらかが上。

真剣《しんけん》に考えていると、黒髪の男と目が合った。

『ところでアイビー、彼は？』

『わらわの従者じゃ。……そういえば、おぬしと見た目が似ておるのう』

『僕は王のそばに在るために似た形を取っているだけだ。きみの従者は元からその形なのか？』

『うむ。なかなか愛《う》い奴じゃろ？』

『強い魔力は感じられないが……。ラウリ、きみの目ではどうだ』

そう言うと、黒髪の男はずっと黙っていたエルフ族の男性を見た。

『同じく。正直、人型を取っているのが不思議なくらいの小さな力しか見えない』

ラウリと呼ばれたエルフ族の男は小さく頷く。アイビーはノクスが魔力を上手《うま》く隠していることに満足げに頷き、ノクスは急に注目されて内心で冷《ひ》や汗《あせ》を掻《か》きながら、顔に出ないよう努めていた。

『……まあいい。アイビーは変なものを見つけてくるのが得意だからな。会議の招集をかけてからしばらく経つが、きみたちのほうから情報はないか？』

『とくにない』

『ないのう』

『ないわねえ』

鬼、吸血鬼《きゅうけつき》、人魚がめいめいに首を振る中、ケイが微笑んだ。

『私はありますよ。――セントアコールの冒険者組合で、おそらくキサが感じたものと同じ、王に似た気配を感じました』

『何！　冒険者組合？　蜘蛛の現場にも冒険者がいたな……。王が冒険者と関わっている？』

『ケイも変わり者じゃのう。中央なんて、ちくちくが酷《ひど》くていられたものではないというのに』

『そういうアイビーだって、しばらくサースロッソで遊んでいたでしょう』

『ばれておったか』

『きみたちの娯楽《ごらく》の話はいい。それでケイ、その後は？』

アイビーのせいでちょくちょく脱線《だっせん》する話を軌道《きどう》修正し、キサと呼ばれた黒髪の男はケイに先を促《うなが》した。

『サースロッソに来るまでの道でも数回感じましたね。どちらも点で、微《かす》かなものでしたが』

『人間の貴族に紛《まぎ》れるというのも不便そうじゃのう。居場所を常に眷属に教えて、地上しか移動できぬのじゃろ？』

『そうでもありませんよ。こうして、飛んできた者にはわからない情報も手に入りますし』

ケイは柔和《にゅうわ》な微笑みを浮かべる。魔族が貴族社会にも入り込んでいるというのは驚きだった。

『……まるで、王も会議に参加しに来ているようだな』

『！』

ぽつりと呟《つぶや》いたライオンの言葉に、キサは赤い目を見開いた。

『そうかもしれない！　僕が会議を開くと聞いて、様子を見に来てくださったのでは!?　どこにいらっしゃるのです！　見ておられるのですか！』

言うが早いか椅子を吹《ふ》き飛《と》ばす勢いで立ち上がり、神殿のような会議場の中を探すべく慌てて出て行った。

『……会議は終わりかの？』

『みたいねえ』

残った魔物たちは顔を見合わせた後、伸《の》びをしたり欠伸《あくび》をしたり机に突っ伏《ぶ》したり、急にくつろぎ始めた。

遠くで聞こえるキサの声をよそに、魔物たちはぞろぞろと会議場を出て行く。

会議中一言も発さなかったドロドロが人魚族の女性を丁寧《ていねい》に持ち上げて運んでいるのを見て、きちんと知性が備わっているのだなとノクスは感心した。

『この後はどうするんだ』

再び長い廊下を歩きながら、ノクスは念話でアイビーに訊ねる。

『用事も済んだし、名残惜《なごりお》しいがそろそろ帰らねばなるまい』

何しろアイビーは自分が統治する町をひと月も空けている。何でも面白がる楽観的な吸血鬼でも、自分のものとなれば多少は心配するのだ。

『じゃあ、サースロッソに戻ったら解散だな』

『うむ』

話しながら転移陣へと向かうアイビーとノクスの後ろ姿を、ケイがじっと見ていた。そしておもむろに腕を振り、明確な殺意を持ってアイビーに風の刃《やいば》を放った。

「アイビー、危ない！」

ノクスが咄嗟《とっさ》に庇《かば》い、防御魔術で防ぐ。

『……人間語？』

『白い魔力……？』

突然の騒《さわ》ぎに前を歩いていたライオンとエルフ族のラウリが振り返り、それぞれに怪訝《けげん》そうな顔をした。

「しまった」

アイビーなら少々攻撃されたところで自分で防げただろうに、身体が勝手に動いてしまい、ノクスはケイを睨《にら》んだ。

「やはり。貴方《あなた》、人間ですね？」

ケイは微笑みを絶やさずに、同じく人間語で言った。

「噂《うわさ》は聞いたことがありますよ。黒い髪に赤い目。【ガラクシアの呪《のろ》われた王子】――ノクス殿下、ですね」

『人間？　アイビー！　なんで人間なんか連れてきた！』

ケイの言葉の子細はわからずとも事態を察したライオンが吠《ほ》えた。

「わはは！　バレたなノクス！　逃《に》げるぞ！」

「ええっ!?」

言うが早いかアイビーはノクスの腕を掴み、転移陣に走り出す。が、しかし。

『止まれ、アイビー！』

王を探していたはずのキサが、瞬時に二人の前に立ちはだかった。

『そこを退《ど》け、おぬしは王を探しておればよかろう！』

『黙れ。僕には会議場を守る義務がある』

『人間を連れてくるなという規則はなかったじゃろ？』

『人間にこの場所が知られたら、すぐに占領《せんりょう》されるに決まってる』

『こやつはそのようなことはせぬ。わらわの友達じゃ』

『人間かぶれの言うことなんか信じられるものか』

なおも引かないキサに対し、アイビーはにやりと犬歯を見せて笑った。

『ならば力ずくで通るだけじゃ』

まるでこうなることを望んでいたかのような好戦的な顔を見て、やっぱり付いてくるんじゃなかったとノクスは後悔《こうかい》した。

『そこの人間を守りながら、きみ一人で僕に勝とうって？　とうとう頭がゴブリン以下になったのか？』

『馬鹿《ばか》はおぬしじゃ。見ておらなんだか、こやつがケイの風を弾《はじ》いたのを』

『！』

言われて、ハッとノクスを見る。一方のケイはというと、相変わらず微笑んでいるだけだ。どちらかに加勢するつもりも、ノクスを捕《と》らえるつもりもないらしい。他の魔物たちも、ノクスの魔力に気付いて距離《きょり》を取っている。

「今じゃノクス、行くぞ！」

二人まとめて相手にするには、とキサが逡巡《しゅんじゅん》した瞬間、アイビーは床を蹴《け》り、ノクスを摑んだままキサを飛び越《こ》えするりと会議場の外に飛び出した。

『くそッ』

慌てて後を追い、瞬間的に距離を詰《つ》めてくるキサ。すると、アイビーが念話で囁《ささや》いた。

『ノクス、あやつに何か命令してみろ』

『命令？』

『試《ため》したいことがあるのじゃ。何でもよい』

アイビーの小脇《こわき》に抱《かか》えられるという情けない格好のまま、ノクスは訳もわからず考える。

「命令、ええと……」

急に言われても思いつかず、目の前にキサの長い爪《つめ》が迫《せま》った瞬間、何故《なぜ》だか農地で飼われている犬の躾《しつけ》のことを思い出し叫《さけ》んだ。

「伏《ふ》せ！」

『なっ』

ノクスの声が辺りに響くと同時にキサが浮力《ふりょく》をなくし、空《くう》を摑んだ体勢でノクスから急速に離れていく。

『うわっ!?』

そのまま地上に叩《たた》きつけられて土埃《つちぼこり》が舞《ま》い、先に建物を出て今にも転移陣を踏もうとしていた鬼族は、状況《じょうきょう》が摑めず飛び退《の》いた。

「わはは！　大成功じゃ、ノクス！」

「……どういうこと？」

今までで一番満足そうなアイビーは、混乱しているノクスと共にゆっくりと地上に降り、未《いま》だ地面に這《は》いつくばっているキサを見下ろした。

『すぐそばに王の気配があるのに気付かぬとは、側近が聞いて呆《あき》れるな』

屈《かが》んで顔を覗き込み、にやにやと笑う。

『ぐっ……！　何故《なぜ》、人間が……』

『それはわらわにもわからぬ。じゃが、王の力は確認《かくにん》できた』

「王の力？」

もはや念話することも忘れて、ノクスは大量の疑問符《ぎもんふ》を浮かべたままアイビーに訊ねた。

「おぬしも知っておるじゃろ？　王は全ての魔物を従えていたと。それは人間のように、戦ってねじ伏せたり、言葉で諭《さと》して従えたりしたわけではない。――強制的に従わせること自体が、王の力じゃ。今のおぬしのようにな」

「……」

開いた口が塞がらなかった。他の魔物たちも一様に呆気《あっけ》に取られている。唯一《ゆいいつ》ケイだけは、微笑みを絶やさず静かに成り行きを見ていた。

「いやあ、面白いことになったのう！　これだから人間は良い！」

満面の笑みを浮かべて勝《か》ち誇《ほこ》る吸血鬼だけが、この場における勝者だった。

「では今度こそ帰るか、ノクス」

会議場にいる面々を出し抜《ぬ》いて満足したアイビーは、会議場にはもう興味がないと言わんばかりに転移陣へと歩いていく。ノクスは慌てて後を追った。

『待て、アイビー！　もう少しマシな説明をして行け！　その人間は何なんだ⁉』

勝手に自己完結している吸血鬼の背に向かって、地面に縫《ぬ》い付《つ》けられたままのキサが喚《わめ》く。

『私がお答えしますよ、キサ』

ケイがキサの顔のそばに屈み、微笑んだ。こちらも面白いことになったという感情を隠さない。

「ノクス殿下、彼への命令を解いてくださいませんか。このままでは、ずっと突っ伏したままです」

「あ、ああ。……解除ってどうやるんだ？」

「適当に命令し直せばいいじゃろ？」

アイビーが首を傾《かし》げ、

「『伏せ』だから『よし』とか?」

ケイは本当に適当に提案した。

『僕を犬みたいに……!』

キサが凶悪《きょうあく》に睨み付けたが、ケイは全く意に介さずくすくすと笑う。

「ええと……、『立て』?」

さすがに『よし』はあんまりかと、ノクスは無難な単語を選んだ。

ようやく身体の自由が利《き》くようになったキサが、よろよろと立ち上がる。屈辱《くつじょく》を受けても尚《なお》、気《き》丈《じょう》に姿勢を正した。

『どういうことだ、ケイ。この人間のことを殿下と言ったな』

気を取り直して、不機嫌《ふきげん》そうに腕組みをして訊ねる。

『ええ。アコール王国の現王弟、エドウィン・ガラクシア公爵のご子息で、王位継承権《けいしょうけん》第四位。巷《ちまた》では【呪われた王子】と呼ばれているノクス王子殿下です』

人間の貴族に紛れて首都で暮らしているというケイは、ノクスが捨てたい肩書《かたが》きばかりを嫌《いや》がらせのように羅列《られつ》した。

『……アコールの王子が、どうして我が王の力を使えるんだ』

『アコールの貴族の間には、時々こうして王と同じ髪と目の色をした人間が生まれるのですよ。言い伝えや研究では【魔王の呪い】だとされています』

話を聞くほどに、キサの眉間《みけん》の皺《しわ》が深まっていく。

『呪いで王の力を使えるようになったというのか?』

『推測ですが』

キサの問いに、ケイはゆっくりと頷いた。

『とはいえ、今までに呪いを受けた者は王の力どころか、人間の魔術すらまともに使えず早世しています』

『じゃあ、こいつは？』

『特例でしょうね』「故《ゆえ》に私は、殿下に興味があります」

途中《とちゅう》からノクスに話しかけるために人間語に切《き》り替《か》えた。器用な魔族だった。

「アイビー、もしかして全部知ってたのか？」

「うゅ？　何のことじゃ？」

「そういうのいいから」

急にぶりっこをしてしらを切ろうとしたアイビーに、ノクスはため息をつく。

「全て知っているわけではない。王の眷属だったお祖父様《じいさま》から、王の力の話を聞いたことがあるだけじゃ」

アイビーはぶりっこが通用しないノクスに不満そうに口を尖《とが》らせながら、ぼそぼそと答えた。

「それだけでどうして、俺がそれを持ってるって？」

「初めて会った時、わらわに命令したじゃろ？」

そう言われて、ノクスは山でアイビーと遭遇《そうぐう》した時のことを思い返す。確かに、西に住むという吸血種の最上位種がどうして南に向かっているのか知るために『教えろ』と命令した。

「後になって、どうしてあんなにぺらぺら喋《しゃべ》ってしまったのか、不思議に思ってのう。もしやと思っておったのじゃ！」

更《さら》に、アイビーはその後に追加された『人間のルールに従え』という命令に従い、殺しや盗《ぬす》みのような、人間社会で断罪されるような悪さはしていない。――できないように縛《しば》られている。

「他には？　俺、何か変な命令をしてないか？」

すると、アイビーはすぐに首を振った。

「わらわの見ていた限り、ノクスは親しい者にはほとんど命令せぬ。せいぜい『してくれ』と頼む程度じゃ」

「……そうだっけ」

言われてみれば、ナーナやパスカル、ジェニー、そしてサースロッソの人々にも、強い口調で何かを指示した覚えはない。それ以外の相手とはほとんど会話をしない。強《し》いて言えば、アストラとして活動している時くらい。王族でありながら、ノクスには他人に何かを命令する機会が極端に少なく、故に今まで力が顕在化《けんざいか》しなかったのだ。

「お話し中のところ失礼します、ノクス殿下。会議中に我々が王の気配があったと言った場所に、心当たりは？」

ケイが優雅《ゆうが》な貴族の振る舞いのまま口を挟んだ。ノクスは頷く。

「正直に言うと、ある。ドットスパイダーがいた場所のそばにも行ったし、サースロッソに来る前に首都の組合にも寄った」

ドットスパイダーを倒《たお》したとは言わなかった。あれはアストラ名義での仕事だ。ケイの底知れなさを見るにとっくに情報は摑んでいるかもしれないが、下手に認めてやることもない。

「では、それらの気配も殿下のもので間違いないでしょうね。キサ、めでたいことではありませんか。王が帰ってきたのですよ」

『ぼ、僕は認めない！　人間なんかが王の力を使うなんて！』

くわっと言い返すキサの口から尖った犬歯が光る。

「おぬしの許可なぞ必要あるまい」

『黙れ！　王を実際に見たこともない奴に何がわかる！』

駄々《だだ》をこねるような咆哮《ほうこう》と共に大気が揺《ゆ》れた。人間には近寄りたくもないと言いたげに距離を取り、振り乱した黒髪の間から赤い目が光る。

『……そうだ。今お前を殺せば、王の力は解放されるんじゃないか』

「いっ!?」

ぎらりと敵意を向けられて、ノクスは一歩後ずさった。今まで多くの魔物を仕留めてきたが、キサの殺意は今まで出会ったものとは質が違う気がした。

「勝てるわけがなかろう。ほれノクス、もう一回命令してやれ」

確かに、攻撃するなと言えば、キサはノクスに危害を加えることはできなくなるはずだ。しかし、

「……できれば命令はしたくない」

ノクスは首を振った。納得《なっとく》できないことに逆らえないということが、どれだけ苦痛かはよく知っている。

「ほう？」

アイビーは面白そうににやりと笑い、ケイは初めて微笑みを崩《くず》して意外そうに首を傾げた。

『死を受け入れるのか？　人間のくせに賢明《けんめい》じゃないか』

キサが手元に火の球を構えた。すると、ノクスも迎撃《げいげき》できるように手のひらを向けた。

「もちろん死にたくはない。でも、ここで逃げてサースロッソに被害《ひがい》が出るようなことは避《さ》けたい」

隙《すき》を突いて転移陣まで走ることはできても、屋敷まで追ってこられたら最悪の事態もありうる。

「……俺がアンタたちの王の力をとりあえず持っておくことを、認めてもらえればいいんだろ」

キサを睨み返し、口《くち》の端《は》を薄く持ち上げた。

『ふざけるな！』

再びの咆哮と共に火の球が膨《ふく》れ上がり、ノクスを襲《おそ》った。

『その力は、人間ごときが持って良い力ではない！』

『おお、怒《おこ》っとる怒っとる』

爆風《ばくふう》に煽《あお》られながら、アイビーが赤鬼のそばまで避難《ひなん》した。

『お前のツレだろ？　良いのかよ、本当に死ぬぞ』

爆風の中でも腕組みの姿勢で微動《びどう》だにしない赤鬼が呆れながら聞くと、

『わらわのツレがそんなにヤワなわけがなかろう？』

アイビーは腰に手を当て、フフンと胸を張った。瞬間、

「俺だって、誰かに譲《ゆず》れるものなら譲りたいよ」

土埃の中から強化魔術を使って頭上に飛び出したノクスが、縦回転と共に降ってくる。その手には剣。

『おお、キサの火球も防げるのですね』

ケイまでアイビーのそばにやってきて、パチパチと手を叩いた。

魔法は魔術のように詠唱《えいしょう》が必要ないが、大きな魔法の発動には時間がかかる。ならば剣で常に急所を狙《ねら》って斬《き》りかかりながら瞬時に発動できる小さな魔術を次々にぶつけ、その隙を作らせなければいい。極大魔術での一撃必殺が基本のノクスが滅多《めった》に使わない、手数で攻《せ》める戦法だった。

『小賢《こざか》しい！』

咆哮で吹き飛ばされるのも計算の上、空中で受け身を取りながら、ノクスは小さく唱えた。

「【水錬砲《すいれんほう》・連撃】」

巨大な水の球が分裂《ぶんれつ》し、散弾銃《さんだんじゅう》のように鋭《するど》い水の球となってキサに襲いかかる。

『ぐっ!?』

防御に気を取られている隙にノクスは着地し、間を置かずに斬り込んだ。更に、

「【拘束縄《こうそくじょう》】」

一瞬だけ合った目が魔族のように赤く光った気がして、キサの反応が遅《おく》れた。同時に、突如《とつじょ》地面から生えてきた白く光る鎖《くさり》がキサを縛り上げた。

『こ、の……っ！』

「力任せにやっても解けないよ。それは人間が開発した、魔物用の拘束魔術だ。その上、俺のは特別硬《かた》い」

最後に、鼻先に剣が突きつけられた。強化魔術がかかっており喰《く》らえばただでは済まないことは、キサにもわかった。

『くそッ！』

それでもなお諦めようとしないキサに、ノクスは静かに言った。

「大切な王様だったんだろ。認めたくない気持ちはわかる。……だから、俺に命令させないでくれ」

その言葉に、キサは一瞬ハッとした表情をした後、抵抗《ていこう》をやめた。ノクスも剣を下ろし拘束を解いたが、それ以上キサが攻撃してくることはなかった。

「相変わらず頭の固い男じゃのう。まあよい。後の説明はケイ、おぬしがやってくれるな」

そもそもケイが攻撃してこなければキサにもバレなかったのだ。収拾《しゅうしゅう》をつけるくらいのことはしろと、アイビーは眼鏡の優男を見上げた。

「ええ、お任せください」

ケイは最初から予測できていたような微笑みで、優雅に貴族式の礼をした。

「ノクス、行くぞ」

今度こそ、これ以上の引き留めは受けないという冷ややかな眼差《まなざ》しをキサに向け、アイビーはノクスの腕を掴んで転移陣を踏んだ。

エピローグ ◆ おかえりなさい

「面白《おもしろ》い会議じゃった！」

入り口の孤島《ことう》に戻《もど》るなり、アイビーは満足そうに笑った。

「やらかすなら、事前に言っておいてくれ……」

一方のノクスは疲弊《ひへい》していた。

「言ったら面白くなかろう」

「なんでそこまで面白さを追求するんだか……」

にやにやと顔を歪《ゆが》めながら、アイビーは手を差し出す。ノクスがその手を取ると、二人の身体《からだ》は再び空に舞《ま》い上《あ》がった。真っ暗な海に浮《う》かんだ小さな島は、すぐに豆粒《まめつぶ》のような大きさになる。

「長く生きていると、暇《ひま》でな」

人間の寿命《じゅみょう》ではわからない感覚なのかもしれない。ノクスは深くは追及しないことにして、話題を逸《そ》らす。

「ていうか、会議では戦闘《せんとう》は禁止じゃなかったのか？」

ケイが放った攻撃《こうげき》のせいで、魔族《まぞく》たちに顔が知《し》れ渡《わた》ってしまった。愛想《あいそ》が良く表向きにはノクスに協力的に見えたが、信用ならない男だ。

「会議中はな。終わった後は何でもアリじゃ」

「屁理屈《へりくつ》だなあ」

とはいえ、起きてしまったことは仕方がない。

「あのキサって奴《やつ》は魔王に心酔《しんすい》してるみたいだったし、警戒《けいかい》したほうが良さそうだな……」

「あれは、死にかけのところを王から力を分け《わ》与《あた》えられたおかげで生きながらえたそうじゃ」

「なるほど」

命の恩人を殺した者の末裔《まつえい》が同じ力を持っているとなれば、不愉快《ふゆかい》にもなる。

――そう、一番の問題は例の力だ。

「そもそも、どうして俺《おれ》が魔王の力を使えるんだ？　呪《のろ》いどころか、これじゃ俺自身が魔王みたいじゃないか」

今までの情報やジェニーの話では、呪いは生気を奪《うば》い弱体化させるというものだったはずだ。

「王の血縁《けつえん》に、魔王の子種が混ざっていただけだったりしてな！」

「冗談《じょうだん》に聞こえないからやめてくれ……」

アイギアのように祖先に心当たりがあるのならまだしも、ノクスは一応、由緒《ゆいしょ》正しき王族の血筋だ。婚姻《こんいん》を結ぶ際には、相手の血統まできっちり調べられる。

ケイの存在がある以上、今までにも貴族社会に魔族が紛《まぎ》れていた可能性が全くないわけではないが、ただ力の強い魔族が交ざっていただけなら魔王と同じ力は発現しないはずだ。

「結局、何かわかるどころか、俺の呪いの謎《なぞ》は深まるばっかりだ」

なんなら上位種たちに目を付けられて、厄介事《やっかいごと》が増えただけのような気さえする。

「外見が魔族に見える以外に支障はないのじゃろ？　面白おかしく使えばよいではないか。命令し放題じゃぞ」

「しないよ……」

せっかくガラクシアを離《はな》れて穏《おだ》やかな生活が送れそうなのに、よくわからない魔王の力なぞ行使したくない。

「もったいないのう」

「アイビーだって言ってたじゃないか。言うことを聞かない奴がいるほうが面白いって」

「一声で何でも言うことを聞くのなら、それはそれで面白いじゃろ。実際、あのキサが突《つ》っ伏《ぷ》したのは痛快じゃった」

要は面白ければ何でもいいらしい。しかし、ノクスには一つ気になることがあった。

「……王の力で命令された時って、どんな気分なんだ」

自分を『友達』と呼んでくれた相手を命令で縛《しば》るのは、抵抗《ていこう》があった。

しかしアイビーは、あっけらかんとした様子で首を振《ふ》る。

「気分も何も、『初めからそうしていた』という感じじゃな。暗示に近いのではないか？　キサに仕掛《しか》けたような直前の行動を打ち消す命令でもなければ、力を使われたことにも気付くまいよ」

「『教えろ』はあの時限りだとしても、『人間のルールに従え』は続いてるんだろ？」

「案ずるな、特に不便はしておらぬ。せっかくじゃ、どこまでなら大丈夫《だいじょうぶ》なのか調べてやろうぞ」

ククク と悪そうな顔で笑うアイビーは、何でも遊びに変えてしまう天才だった。

アイビーによってサースロッソ家の屋敷《やしき》まで送り届けられたノクスが門の前に降り立つと、夜勤の門番の隣《となり》に見慣れたシルエットがあった。

「ノクス様！」

寝間着《ねまき》の上に薄手《うすで》の上着を羽織ったナーナが、ノクスに気付いて慌《あわ》てて駆《か》け寄《よ》ってくる。

「ただいま、ナーナ……。もしかして、ずっと待ってたのか？」

「おかえりなさい。お怪我《けが》はありませんか。お腹《なか》は空《す》いていませんか」

「大丈夫だよ。ありがとう」

薄明るい外灯の下で頬《ほお》やら手やらをぺたぺたと触《さわ》った後、ナーナはようやく安堵《あんど》の息を吐《は》いた。

「ご無事で良かった……」

その声が震《ふる》えていることに気付いて、顔を覗《のぞ》き込《こ》もうとしたノクスを、ナーナはしっかりと抱《だ》きしめた。珍《めずら》しく取り乱した様子のナーナに、ノクスはぎこちなくされるがままになる。

「妬《や》けるのう」

にひひとアイビーが笑った声で、二人は我に返って慌てて離れた。門番はできる限り気配を薄くし、目を逸らしていた。

「アイビー様。無事にノクス様を送り届けていただいて、ありがとうございます」

「無事ではないかもしれぬぞ。魔族の上位種どもに、顔と名前がばっちり知られたからな」

それはアイビーのせいでもあるのだが、吸血鬼《きゅうけつき》を全面的に信用してしまった自分にも落ち度があると、ノクスは肩《かた》を落とした。

「……何があったのです？」

「……公爵《こうしゃく》と夫人にも知らせたほうがいいと思うから、改めて話すよ。今日はもう寝よう」

「わかりました……」

本当はすぐにでも問い質《ただ》してノクスの安全を確保したいナーナだったが、疲れている様子を見てぐっと我慢した。

「では、わらわは帰る。いつか西にも遊びに来るがよい。ぬしらなら町にも入れてやるぞ！」

「うん、いろいろとありがとう」

「お元気で」

そして人一倍騒がしい吸血鬼は、新月の空に音もなく消えた。

＊＊＊

魔物会議から一夜明け、ノクスは朝食と共に会議で聞いたこと、起きたことをサースロッソ家の面々に伝えた。

「最新の結界をものともしない上位の魔物が、海にそんなにたくさん集まるなんて……」

アルニリカは祖国と領地を繋《つな》ぐ海に思いを馳《は》せ、

「……首都貴族に紛れる魔物がいるとは……」

ケヴィンは王国内部に巣くう危険分子を懸念《けねん》し、

「ノクス様は、本当にお怪我などはしておられないのですね？」

ナーナはなおもノクスを心配していた。

「大丈夫だって。アイビーも一緒だったし、怪我もしてないよ」

ノクスが宥《なだ》めてもなお、ジトッと見つめてくる。不調があっても隠《かく》しているのではないかと疑っているらしい。

「許されるなら、身ぐるみを剝《は》いで確認《かくにん》したいところですが」

「それは婚姻が成立してからになさい」

「はい……」

「アルニリカ様？」

何かと大らかな感覚をお持ちのゼーピアの王女だった。

結局誰《だれ》も言い出さないので、ノクスは自分から訊《たず》ねる。

「……俺が魔王の力を使えることは、気にしないんですか」

もはや人間よりも魔族に近い特性だ。屋敷はおろか、サースロッソから追い出されても仕方ないと思っていた。しかし、

「一声で魔物を操《あやつ》れるなんて、心強い限りではありませんか」

危険だとか気味が悪いだとか、そういった感想が一切出てこないあっさりとしたアルニリカの反応に、ノクスは拍子抜《ひょうしぬ》けしてしまった。

「殿下《でんか》は無闇《むやみ》に力を振るうような方ではないでしょう？」

ノクスの不安を察したアルニリカは微笑《ほほえ》む。

「だって、元々ガラクシアの屋敷を吹き飛《ふと》ばすくらい造作もない力を持っておられるのに、それをしていないのですから」

うんうんとケヴィンとナーナも頷《うなず》いた。炎《ほのお》を纏《まと》った巨大《きょだい》な竜巻《たつまき》を操れるのだから、ガラクシアど

ころか王城でも容易に壊滅《かいめつ》させられる。その手があったかと今更《いまさら》思うノクスだったが、過激派思考のサースロッソ家に毒され始めていることに気付いて考えを打ち消した。ラノに迷惑《めいわく》はかけたくない。

「でも、魔族に目を付けられました。サースロッソから離れないと迷惑をかけるかも……」

アルニリカは首を振る。

「ケイという魔族がノクス殿下の身元を知っていたということは、どこに滞在《たいざい》しているかも自《おの》ずとわかるはずです。なのに今も何も起きていないのなら、今のところは殿下を害する意思はないと見ていいのではないかしら」

「……殿下自身が抑止力《よくしりょく》となっている可能性が高いですね。しばらく様子を見ましょう」

ケヴィンの言葉が総意となり、サースロッソ家の朝会議はお開きになった。

今日はゆっくり休んだほうがいいと一家に言われ、ナーナに引きずられるようにして部屋に追い返された。

しかたないので、もう一度寝るかとベッドに横になったが、またもやもやと考えて気持ちが落ち着かず、ノクスはベッドで何度も寝返りを打つ。

「だめだ。散歩でもしてこよう」

寝直すことを諦《あきら》め着替《きが》えて階下に下りると、ナーナが使用人たちと話しているところだった。

「やっぱり、お出かけされるのですね」

「うん、少しだけ」

「お供します」

ノクスの行動はお見通しだと言わんばかりに、自身も身支度《みじたく》を調《ととの》えていつでも外出できる格好だった。

ナーナが案内したのは、サースロッソの街が一望できる展望台だった。午前中でまだ人気《ひとけ》が少ないのをいいことに、ナーナはそっとノクスに寄りかかった。

「無事に帰ってきてくださって良かったです。……本当に」

「ナーナ……」

初夏の日差しを浴びる海を前にして少し良い雰囲気《ふんいき》になった瞬間《しゅんかん》、ぼそりとナーナが呟《つぶや》いた。

「ノクス様。出て行こうだなんて、思わないでくださいね」

「えっ」

考えを読まれていたことに心臓が早鐘《はやがね》を打った。思わずナーナを見ると、すぐそばに顔があった。

「ノクス様がいなくなったら、私は一生独身を貫《つらぬ》きますから」

「そんな大げさな」

少し距離《きょり》を取ろうと思っても、ぐいぐい近づいてくる。

「本気です。女神《めがみ》教の修道院にでも入ります」

「ケヴィン様とアルニリカ様が悲しむよ……」

「他の方と縁談を進めるよりはマシです」

やると言ったらやるのがナーナだ。なおも積極的に身体を寄せてくるナーナから離れようとするうちに景色の良いフェンス際《ぎわ》に追い込まれ、ノクスの逃《に》げ場《ば》がなくなった。変なところを触らないようにノクスは両手を挙げる。傍目《はため》にはカップルがふざけているようにしか見えないが、ナーナは真剣《しんけん》だった。

「一緒にいると危険だと言われても、ノクス様がいなくなるのは嫌《いや》です」

引き留めてはいけないと思っていたが、本当にノクスがどこかに行ってしまうと思ったら、言わずにはいられなかった。上着の裾《すそ》を掴《つか》み俯《うつむ》く姿に、鈍《にぶ》いノクスも『これははぐらかしちゃいけないやつだ』と察した。

「……わかった、出て行くのはやめる。でも、呪いは解くよ。俺が解きたいんだ」

呪われた子どもが成人まで生き延びた例は今までにないという。自分という例外が発生したということは、糸口はそこにあるはずだ。希望を捨てていない真《ま》っ直《す》ぐな眼差《まなざ》しをナーナはジトッと見つめ、

「では呪いが解けたあかつきには、私が思わず満面の笑《え》みになるような言葉を期待してもいいですか」

ため息をついて、ようやく一歩下がってくれた。

「ええと……。善処します」

ナーナが満面の笑みになる言葉など、恋愛《れんあい》どころか対人経験値すら低いノクスには全く思いつかないが、できないというわけにもいかない空気だった。まだ両手を挙げたまませいで降参のポーズにも見えたが、

「約束ですよ」

言質《げんち》を取って満足したナーナはさっさと展望台の階段を下りはじめ、ノクスは慌ててその後を追いかけた。

ある門番の話

　私がサーースロッソ公爵《こうしゃく》家の門番になってそろそろ十年になる。

　サースロッソは平和な町だ。屋敷《やしき》を守るためだけに毎日門の前に立っているだけなんてつまらないだろうと言う友人もいるが、私はそうは思わない。

　私はサースロッソの出身だ。一攫千金《いっかくせんきん》を夢見て冒険者《ぼうけんしゃ》になり街を飛び出したものの、思うような稼《かせ》ぎにはならず実家に戻《もど》り、友人の仕事を手伝う中で知り合ったゼーピア人の女性と恋《こい》に落ち、結《けっ》婚《こん》して所帯を持った。子どもが生まれる前に安定した職に就《つ》かねばと、新しい勤め先を探していた時に偶然《ぐうぜん》募集《ぼしゅう》をしていたのが、公爵家の門番という仕事だった。夜間の勤務もあるが相応に給料が良く、何の役にも立たないと思っていた冒険者の経験を買ってもらえたのが何より嬉《うれ》しかった。

　十年前、勤務初日のことは今でも覚えている。上手《うま》くやっていけるだろうかとがちがちに緊張《きんちょう》していた私に、出掛《でか》けるところだったアルニリカ様がにこやかに話しかけてくださった。

「新しい門番の方ね？　これからよろしくお願いしますね」

　妻と同じゼーピア人のアルニリカ様は、とても明るく気さくな方だった。

「よろしくお願いします」

　アルニリカ様の真似《まね》をして隣《となり》でぺこりとお辞儀《じぎ》するナーナリカ様は、見た目はアルニリカ様をそのまま小さくしたような愛らしい姿なのに、表情や雰囲気《ふんいき》はケヴィン様に近く、物静かで頭が良さそうだというのが第一印象だった。

ケヴィン様とアルニリカ様はとても仲が良く、忙《いそが》しくても月に一度はナーナリカ様を連れて三人でお出かけをされた。十歳《さい》くらいまではナーナリカ様の両手を繋《つな》いでいたように思う。手を繋がなくなってからも、ナーナリカ様を真ん中に三人で歩いていく姿を見送るのが私の楽しみになった。

アルニリカ様はその当時でアコールに嫁《とつ》いでから十年が経《た》っていたにもかかわらず、ゼーピアでは依然《いぜん》として人気の高い王女だった。妻にとっては憧《あこが》れの人であり、単身で異国に嫁いだという意味でも先輩《せんぱい》だ。

「あなたの奥様《おくさま》もゼーピアの出身なの？　今度連れていらっしゃいよ。お話ししたいわ」

妻の話をすると、故郷の人間に会えると嬉しそうだった。

「ああでも、お腹《なか》が大きいのならここまで来るのは大変ね。私のほうから行きましょう。ナーナも一緒《いっしょ》に行く？」

「はい」

頼《たよ》れる人の少ない土地で子どもを産む決意をした妻の不安に親身に乗ってくださって、おかげで私も安心できた。ナーナリカ様はあまり笑わないが子どもは好きなようで、産まれた後には妻の腕《うで》に抱《だ》かれた娘《むすめ》を大きな黒い目でじっと見ていた。

話は変わるが、手紙を受け取るのも門番の仕事だ。ナーナリカ様が十四歳になる頃《ころ》、仰々《ぎょうぎょう》しい封《ふう》蠟《ろう》の押《お》された手紙が届いた。滅多《めった》に表情を変えないケヴィン様が、その紋章《もんしょう》を見るなり眉間《みけん》に皺《しわ》を寄せていたのを覚えている。

それから少しして、ナーナリカ様が突然《とつぜん》お屋敷を出ることになった。首都までケヴィン様がお見送りされたそうだが、詳《くわ》しい事情は誰《だれ》にも知らされず、使用人には『ゼーピアに留学したということで口裏を合わせるように』という通達だけがあった。三人で出かける姿が見られなくなり、門番の仕事が少し寂《さび》しくなった。

月に一度ほど届く手紙でナーナリカ様のご無事を確認《かくにん》すること四年、その頃には手紙が届く時期になると、アルニリカ様がそわそわと私の隣で配達員を待つようになっていた。直接受け取った手紙をその場で開き、急いで内容を読むなりぱあっと顔を明るくした。久しぶりに屈託《くったく》のない笑顔《えがお》になったのを見て、ナーナリカ様が帰ってくるのだとすぐにわかった。

「どれくらいかかるのかしら。この手紙は一ヶ月で届くけれど……。そういえばあなた、冒険者だったのでしょ？　アコールの東側に行ったことはある？」

東というとイースベルデだろうか。いや、手紙がサースロッソまで一ヶ月で届くならもう少し手前だ。その辺りで大きな街といえばガラクシア。あの辺りなら首都を経由して二ヶ月というところだが、長旅は天候や魔物《まもの》に左右されるので一週間くらい多めに見積もっておいたほうがいいと伝えた。

「二ヶ月ね、わかったわ！」

それからの二ヶ月は、寝具《しんぐ》や家具を扱《あつか》う業者の出入りが多かった。私は一階にしか入ったことがないので、運び出された古いソファーがどこにあったのか、運《はこ》び込《こ》まれた若者向けデザインのソファーがどこに設置されたのかは知らない。ナーナリカ様の部屋を整えているにしては大がかりだな、と思いながら首を傾《かし》げていると、

「ナーナがお客様を連れてくるのよ。とっても大切な」

アルニリカ様が、最近好きな異性の話をするようになった娘と同じ活《い》き活《い》きとした表情で教えてくれた。

疑問の答えは、すっかり大人の女性に成長したナーナリカ様と共にやってきた。

見慣れた赤い髪《かみ》についこちらから声をかけてしまったが、ナーナリカ様は相変わらず落ち着いた様子で頷《うなず》いた。同伴《どうはん》していたのは黒髪と赤い目を持つ若者だった。

「これも術具かあ」

術具研究所謹製《きんせい》の自動開閉門を興味深そうに見ている綺麗《きれい》な顔にはまだ少年と言って差《さ》し支《つか》えないあどけなさがあったが、ナーナリカ様をガラクシアからサースロッソまでたった一人で護衛してきた凄腕《すごうで》の冒険者だという。そして、ナーナリカ様の婚約者でもあった。

ノクス様がナーナリカ様と一緒に外に出る時の様子は、見ているほうが恥《は》ずかしくなるくらい相思相愛だった。どうして早く結婚式を挙げないのだろうと思っていたら、ノクス様は何か大変な事情を抱《かか》えているようだった。

たまたま夜番だった新月の夜、礼服姿のノクス様をサースロッソ家の三人が見送りに出てきた。先日も朝早くから訊《たず》ねてきた古風な喋《しゃべ》り方《かた》をする金髪《きんぱつ》の少女が、ノクス様の腕を引いて空に飛び上がった時には開いた口が塞《ふさ》がらなかった。しかもそれからナーナリカ様はずっと、私の隣でノクス様の帰りを待っていた。虫が寄ってくるのも構わず外灯の下でうろうろと不安そうにしている姿は、初めて見るものだった。

どれくらい待っただろうか。ノクス様は、金髪の少女と共に再び空から戻ってきた。

「ノクス様！」

ナーナリカ様が叫《さけ》んだのを聞いたのも初めてだった。慌《あわ》ててノクス様の様子を確かめ、もはや私のことも金髪の少女のことも忘れた様子で抱きついた時には、真剣《しんけん》に外灯と同化することに努めた。

金髪の少女が茶化してくれて助かったが、彼女《かのじょ》が突然暗闇《くらやみ》に消えたのをノクス様もナーナリカ様も平然と見送り、その後一切少女の所在に触《ふ》れなくなったのであれは立ったまま夢を見ていたのだと思うことにした。

世の中には、凡人《ぼんじん》が知らないほうがいいこともある。ノクス様が新聞で見かけるラノ殿下《でんか》と似ているのもきっと気のせいだ。何も詮索《せんさく》せずこの一家の様子を楽しく見守っていればいいのだと言い聞かせ、私は今日も、サースロッソ公爵家の門の前に立っている。

MFブックス

厄災《やくさい》の王子《おうじ》は素敵《すてき》なメイドと旅《たび》をする 1

サースロッソへの旅路《たびじ》

2024年4月25日　初版第一刷発行

著者　毒島
発行者　山下直久
発行　株式会社KADOKAWA
〒102-8177　東京都千代田区富士見2-13-3
0570-002-301（ナビダイヤル）
印刷・製本　株式会社広済堂ネクスト
ISBN 978-4-04-683550-5 C0093

担当編集　姫野聡也
ブックデザイン　冨松サトシ
デザインフォーマット　AFTERGLOW
イラスト　るいせんと

本書は、カクヨムに掲載された「忌み子の王子は可愛いメイドの実家で楽しく暮らすことにした」を加筆修正したものです。

代償θ《シータ》
精霊に愛されし出遅れ転生者、やがて最強に至る
漂鳥
Illustrator bob
痛みと苦しみを代償に――
輝くは最強の精霊紋!
転生に出遅れた咲良は痛みと苦しみを伴う肉体改造を代償に、最強の魔術師の素養を手に入れ、異世界の貴族・リオンに転生した。彼は精霊達に愛されながら、時に精霊達を救うため奮闘しながら、成長を重ねていく。
MFブックス新シリーズ発売中!!

モブだけど最強を目指します！

～ゲーム世界に転生した俺は自由に強さを追い求める～

反面教師
illustration 大熊猫介
ゲーム世界に転生したら、まさかの最強基礎能力持ち!?

「モブキャラだからこそ、最強目指せば絶対面白いでしょ!!」

変わらない日々をすごしていたサラリーマンは、前世で愛したゲームの世界でモブキャラ・ヘルメスに転生する。最強に至れる基礎ステータスを手に入れ、ゲーマーの血が燃え上がる!

しがらみのない立場から最強キャラを作るはずだったのに、いつの間にか学園では注目の的に!?

極めたゲーマーの最強キャラ育成譚、開幕!!

MFブックス新シリーズ発売中!!

MFブックス

MFブックス既刊

アラフォー賢者の異世界生活日記 ZERO ーソード・アンド・ソーサリス・ワールドー ①
著：寿安清／イラスト：ジョンディー
アラフォーおっさん、VRRPG《ソード・アンド・ソーサリス》で大冒険！

永年雇用は可能でしょうか ～無愛想無口な魔法使いと始める再就職ライフ～ ①～④
著：yokuu／イラスト：鳥羽 雨
新しい雇い主は（推定）300歳の偏屈オジサマ魔法使い!?

世界で唯一の魔法使いは、宮廷錬金術師として幸せになります※本当の力は秘密です！ ①～③
著：一分咲／イラスト：nima
魔法と秘密の力で幸せをつかむ、ファンタスティックラブコメディ開幕！

隠れ転生勇者 ～チートスキルと勇者ジョブを隠して第二の人生を楽しんでやる！～ ①～②
著：なんじゃもんじゃ／イラスト：ゆーにっと
ある時は村人、探索者、暗殺者……その正体は転生勇者!?

代償θ ～精霊に愛されし出遅れ転生者、やがて最強に至る～ ①～②
著：漂鳥／イラスト：bob
痛みと苦しみを代償に——輝くは最強の精霊紋！

底辺おっさん、チート覚醒で異世界楽々ライフ ①～②
著：ぎあまん／イラスト：吉武
異世界で不自由なく、冒険者らしく暮らしたい！

勇者じゃなかった回復魔法使い ①
著：はらくろ／イラスト：蓮深ふみ
お人好し回復魔法使いの、自由でのんびりな異世界交流記。

召喚スキルを継承したので、極めてみようと思います！ ～モフモフ魔法生物と異世界ライフを満喫中～ ①
著：えながゆうき／イラスト：nyanya
謎だらけなスキルによって召喚されたのは——モフモフな〝魔法生物〟!?

はらぺこ令嬢、れべるあっぷ食堂はじめました ～うっかり抜いた包丁が聖剣でした!?～ ①
著：宮之みやこ／イラスト：kodamazon
お腹を空かせたゆるふわ令嬢の聖剣料理ライフがはじまる！

泥船貴族のご令嬢～幼い弟を息子と偽装し、隣国でしぶとく生き残る！～ ①
著：江本マシメサ／イラスト：天城 望
バッドエンドから巻き戻された2度目の人生、今度こそ弟を守ります！

久々に健康診断を受けたら最強ステータスになっていた ～追放されたオッサン冒険者、今更英雄を目指す～ ①
著：夜分長文／原案：はにゅう／イラスト：桑島黎音
オッサン冒険者、遅咲きチート【晩成】で最強になって再起する！

厄災の王子は素敵なメイドと旅をする ①
著：毒島／イラスト：るいせんと
追放された王子は旅路の中で愛を知る

ヴィーナスミッション ～元殺し屋で傭兵の中年、勇者の暗殺を依頼され異世界転生！～ ①
著：MIYABI／イラスト：ニシカワエイト
女神からの依頼は、勇者32人の暗殺!?